KB020386

노란들판의 꿈

노들의 배움 · 노들의 투쟁 · 노들의 일상

노란들판의 꿈

홍은전 지음

봄날의책

개정판 서문

차별받던 사람이 저항하는 사람이 되는 기적

1.

2012년 11월, 야학 상근자들과 함께 남산으로 소풍을 갔다. 그때 우리의 화두는 '다가오는 개교 20주년을 어떻게 준비할까'였다. 하지만 그 즈음 야학을 그만둘 마음을 굳혔던 나는 그날 그 계획을 공유할 작정이었다. 동료들도 모두 그 사실을 짐작하고 있었다. 야학은 어느 때보다 유쾌하고 평화로웠다. 우리는 출근해서 퇴근할 때까지 계속 웃었다. 평화는 마치 영원할 것처럼 느껴졌지만 나는 경험으로 알고 있었다. 그런 평화는 자주 오는 것도 아니고, 오래가는 것도 아니라는 것을. 그러니 발을 빼려면 지금 빼야 한다고, 죄책감 없이 야학을 그만둘 수 있는 이런 때는 다시 오지 않을지도 모른다고, 내 안의 내가 계속 신호를 보내왔다.

그런데 그날 남산에서 너무 많이 웃어서 기분이 좋아진 탓인지, 아니면 남대문시장에서 마신 술에 대책 없이 취해서였는지, 나는 동료들에게 이렇게 말하고 있었다. "20주년을 같이 보내고 싶어." 물론 그것은 진심이었다. 관객의 자리에서 20주년 행사를 바라보기만 한다면 참을 수 없이 심술이 날 것 같았다. 저들의 틈에서 노들의 스무 살을 축하하고 또 축하받고 싶었다. 그렇지 않다면 두고두고 후회가 될 거라고 설명했지만 1년이나 끌어왔던 고민을 한순간에 번복했던 가장 결정적인 이유는 아마 그날 내 동료들이 너무 예뻐 보였기 때문일 것이다.

그렇게 나는 갑자기 1년이라는 시간을 벌게 되었다. 그 1년은 야학의 스무 번째 해였고, 내가 노들에서 보내는 마지막 해가 될 것이었다. 나는 오랜 숙원사업이었던 노들의 역사를 정리해보기로 했다. 역사 팀을 꾸리고 팀장을 맡았다. 역사 팀에 모인 사람들은 다양했다. 1993년부터 야학을 다닌 학생도 있었고, 2008년에 교사가 된 사람도 있었고, 누구는 장애인, 누구는 비장애인, 누구는 상근자, 누구는 비상근자였다. 모두들 어떤 의미에서든 '역사적 인물'로서 차출되어왔음에도 우리는 보고 들은 것, 경험한 것, 처한 환경이 달랐다. '이렇게 모여서 노들의 역사를 정리하는 일이 가능한 것일까. 우리끼리 모여 토론하고 기록하면 그것이 과연 공동의 역사로서 인정받을 만한 것이 될까.' 나는 회의적이었다. 게다가 사람들은 너무 바빴고, 나는 바쁜 그들을 독촉하는 데 나의 마지막 에너지를 쏟고 싶지 않았다.

'가장 믿을 만한 사람'으로 간주되는 '그때 그 시절 가장 열심이었던 인물들'을 찾아다니는 것도 한 방법이었다. 하지만 노들을 떠난 그들의 기억은 이미 희미해져 있었고, 그것마저도 서로 달라서 자기들끼리 '이게 맞네, 저게 맞네' 하고 싸우기 시작하면 나로

선 어찌할 도리가 없었다. 게다가 심판으로 불려온 사람이 '사실은 다 틀렸고……'라며 전혀 다른 이야기를 시작하는 걸 본 후에 나는 더 이상 기억이란 것을 믿지 않게 되었다. 그들의 기억을 돕기 위해, 혹은 그들에게 무척 중요해져버린(?) 20년 전 역사전쟁의 끝을 보기 위해서라도 기록이 필요했다. 때론 선배들의 화려한 입담보다 갱지에 쓰인 삐뚤삐뚤한 한 줄 기록이 더 믿음직했다. 나는 노들야학의 모든 기록물을 갖고 집으로 들어가기로 했다.

2013년 4월, 동료들의 양해를 구해 '얼마나 걸릴지도, 무엇이 나올지도 알 수 없는' 재택근무를 시작했다. 야학의 바쁜 일상에서 혼자만 빠져나왔다는 미안함에 눈치가 보였지만 주사위는 던져졌고 나는 무언가를 쓰기로 약속했으며 이젠 핑계 댈 것도 없고 도망갈 곳도 없다는 두려움에 비하면 그것은 아주 가벼운 것이었다. 당시엔 잘해야 단정한 자료집 한 권 만드는 일이라고 생각했지만, 글이라곤 야학소식지에 쓰는 것마저도 이리저리 피해 다녔던 나에겐 큰 용기가 필요한 일이었다. 그러나 아무리 돌아봐도 적임자는 나였으므로(나는 교장 선생님 다음으로 가장 오래된 상근자였다) 그 운명(?)을 받아들이기로 했다.

1년이 지난 2014년 5월, 놀라운 우여곡절 끝에 이것이 책이 되었고, 책이 나온 직후 나는 예정대로 야학을 그만두었다. 책의 저자로서 불려나간 자리에서 뒤늦게 그 사실을 안 사람들의 표정에선 당황스러움, 혹은 배신감(?) 같은 게 지나가곤 했지만, 1년 전 그때 야학을 그만둘 마음이 아니었다면 이 책은 절대 나오지 못했을 것이므로 나는 여전히 그 선택에 만족했다. 나에게 이 작업은 노들 생활의 마무리, 그러니까 뒤풀이였던 것이다.

2.

사람들의 이야기를 좋아했다. 밤 10시에 수업을 마치고 아차산 언덕길을 우르르 함께 내려오며 나누었던 그 목적 없는 이야기도 좋았고, 포장마차에서 '막차 올 때까지만'으로 시작해 '첫차 올 때까지' 이어지던 그 구구절절한 이야기도 좋았다. 한 사람 한 사람의 생활을 빠짐없이 공유하는 교사회의도 좋았고 지질한 뒷담화가 꽃을 피우는 뒤풀이도 좋아했다. 노들은 수많은 이야기로 채워져 있었고 그것은 사람들의 입에서 입으로 전해졌다. 한 사람의 교사가 퇴임한다는 것, 그것은 그가 가진 이야기가 사라진다는 뜻이었고, 그만큼 노들의 일부가 떨어져나간다는 뜻이었다. 그만둘 땐 언제든 다시 돌아올 것 같지만 많은 사람들은 그 길로 영영 이별이었다.

내가 그만두게 되었을 때, 나는 내가 노들에서 보고 들은 것들을 기록해놓고 가야 한다고 생각했다. 내가 기록하지 않으면 나와 함께 사라질 그 이야기들엔 한 시절 노들을 만들고 지켰던 사람들의 도전과 성장의 희열뿐 아니라 실패와 성장통의 흉터까지 고스란히 녹아 있었다. 우리는 정도의 차이가 있을 뿐 모두 노들의 일부만 보았다. 나는 휠체어를 탄 이들이 갈 수 없는 곳을 드나들었지만 그들의 눈높이에서 보이는 노들이 어떤 모습인지는 알지 못한다. 우리를 이어주었던 것이 바로 이야기다. "우리는 모두 노들의 일부이다"라는 말을 "그러니 우리가 노들의 전부이다"라는 말로 바꾸면 가슴이 벅차다. 사람을 뺀다면 노들에 아무것도 남는 것이 없듯이, 이야기 속에 녹아들지 않은 가치나 명분 같은 것도 아무런 의미가 없다. 노들의 일부이면서 전부인 그 이야기들을 기록하고 싶었다.

최대한 많은 사람의 이름을 불러주는 것, 그것이 이 작업의 목표였다. 새로운 말을 창조하는 것이 아니라 노들에서 굴러다니는 온갖 말들을 모아서 엮는 것 또한 목표였다. 우리가 늘 하던 말, 외치던 구호, 온갖 행사와 집회 제목들, 그것들을 다시 쓰고 싶었다. 그것들을 소리 내어 말하던 사람들의 표정과 그날의 분위기가 나에겐 모두 어제 일처럼 생생하므로 하나하나가 다 귀했다. 이 책의 많은 소제목이 바로 그것들이다. 학기 말 교사들이 쓰는 평가서에는 각자가 만난 학생들과 씨름하며 길어 올린 소박하지만 진실한 깨달음이 빼곡했다. 대단한 교육운동가도 직업활동가도 아니었지만 우리는 우리가 매일 시간을 들이고 땀을 흘리며 일구는 이 땅을 가장 잘 아는 농부들이었다. 교육과 운동에 관한 그들의 빛나는 통찰을 나는 이 책 곳곳에 '보물'처럼 숨겨두었다.

2014년 1월부터 한 달간 매일 한 편씩의 글을 쓰는 강행군을 했다. (물론 그 후 넉 달 동안 고쳤다.) 하나의 주제에 대해 한 편의 글을 마무리하기 위해선 반드시 그 일의 의미를 적어야 했다. 나는 매일 벽을 보며 생각해야 했다. '그게 뭐였을까. 그때 우리에게 지나간 게 무엇이었을까.' 역사를 정리하는 일이란 이미 있는 것을 나열하는 게 아니라 정성을 들여 사건을 발굴하고 난 뒤에도 그 숨은 빛깔이 온전히 드러날 때까지 인내를 갖고 솔질을 계속하는 일임을 그제야 알았다. 마음이 조급하면 사건은 훼손되고, 솔질을 멈추는 그곳에서 사건의 의미는 축소된 채로 완결되어버리는 것이다.

뒤풀이에서 신임교사를 앉혀놓고 줄줄 늘어놓던 이야기의 형식을 빌리면 될 거라 생각했다. 그러나 글이란 말과 달라서 길을 잃고 헤맬 때 '막차 왔다'며 달아날 수도 없고, '필름이 끊겼다'며 얼버무릴 수도 없으며, 설사 그랬다 하더라도 어떻게든 막힌 지점으로 다시 붙들려와 어제의 횡설수설을 지우고 맑은 정신으로 마지막 문장을 써야 끝이 나는 일이었다. 당장 야학으로 달려가 사람들에게 하소연을 늘어놓고픈 마음을 꾹꾹 참으며 나는 10년 전 좀처럼 대답이 없는 사람들에게 끊임없이 물어야 했다. 우리는 무엇 때문에 야학을 했고, 무엇 때문에 야학을 그만두었을까. 왜 그렇게 서로를 좋아했고, 또 서로를 못 견뎌 했을까.

하루 종일 눈에 불을 켜고 지난 사람들의 이야기를 읽어낸 시간. 뒤늦게 이해가 되는 누군가의 마음 옆에 '미안'이라고 쓰기도 하고, 여전히 알 수 없는 누군가의 마음에 '별표'를 달기도 하고, '아, 너는 어쩜 이렇게 멋있는 말을 하니!' 감탄하며 내 수첩에 옮겨놓기도 하는 시간들. 10년 전의 사람들을 붙들고 씨름하며 함께 답을 찾는 과정은 답답하긴 했지만 무척이나 신기한 경험이었다. 기록 바깥으로 나온 그들이 하나같이 입을 모아 말하는 것처럼 그것은 '우리의 가장 빛나는 시절'이었고, 때문에 이 작업에는 마치 별을 바라보는 것 같은 그리움과 아련함, 위로와 평화 같은 것이 있었다. 스물여섯의 내가 묻고 서른여섯의 내가 답했으나 그것은 다시 스물여섯의 나에게 가닿을 수 없고, 서른여섯의 나는 스물여섯의 내가 마음에 들지 않으나, 한 대 쥐어박으며 조목조목 고쳐준다 해도 들을 그녀가 아니므로 그녀는 지금의 내가 되었다.

혹자는 이것이 과거에 대한 미화, 혹은 낭만화가 아니냐고 물었고, 나 또한 그에 대해 고민하지 않은 게 아니다. 하지만 나의 결론은 만약 그런 부분이 있다손 치더라도 그건 이 작업의 과정 자체가 가진 어쩔 수 없는 거리감, 즉 결코 가닿을 수 없는 존재들과의 대화라는 방식으로 인해 자연스럽게 이루어졌다는 것이다. 때문에 나는 이 작업을 시작할 때 가졌던 강박, 즉 노들에 대한 미움이나 분노, 피로감은 물론 지나친 사랑의 감정마저도 가라앉혀야 한다는 생각으로부터 어느덧 자연스럽게 벗어나 있었고, 덕분에 애초 술을 끊은 것 외에는 그에 대한 특별한 노력을 기울이지 않았다.

3.

장애에 관한 수많은 이야기가 있으나, 대부분 뻔한 구도에서 장애인 당사자와 비장애인 조력자를 구분한다. 노들처럼 그것을 설명하기 좋은 곳도 없겠지만 나는 처음부터 끝까지 그 강력한 자장 안으로 빨려들지 않기 위해 안간힘을 썼다. 나는 '차별받은 사람들'이 아니라 '저항하는 사람들'에 대해 이야기하고 싶었다. 차별받은 사람들의 공동체에는 도움을 주고받는 관계가 형성될 수 있지만 저항하는 사람들의 공동체에는 그 경계의 구분이 의미가 없다. 모두는 저항의 주체일 뿐이다. '노들과 같은 공동체가 사라지는 것이 좋은 사회'라고 말하는 것은 노들을 그저 차별받은 사람들의 공동체로 바라본 것이다. 그러나 '장애인도 버스를 타자'와 같은 구호는 수십 년 차별받아온 장애인이 할 수 있는 말이 아니다. 그런 이들은 그저 해가 지고 달이 지듯 버스를 풍경의 일부로 여길 뿐 자신이 '탈 수 있는 어떤 것'이라고 생각하지 못한다. 그것은 오직 싸우려는 자, 저항하는 인간만이 '발명'해낼 수 있는 말이다. 그리고 그들은 세상의 마지막까지 반드시 살아남아야 하는 존재들이다.

노들이 궁금하여 찾아온 사람들은 약속한 듯 물었다. '무엇이 가장 보람되는가', 혹은 '이 공동체의 비결은 무엇인가'로 요약할 수 있을 만한 것들이었다. 어떤 날은 '학생들이 한글을 깨우칠 때'라고 대답하고 어떤 날은 '토요일 저녁마다 이루어지는 교사회의', 어떤 날은 '평등하기 위해 노력하는 관계'라고 대답했지만 무엇 하나 마음에 드는 것이 없었다. 이제 와 생각해보니 그 답들은 어딘가 조금 부족했던 정도가 아니라 완전히 틀린 답에 가깝다. 사람들의 진부한 질문이 싫었으면서도 나 또한 이 작업을 하는 내내 그 답을 찾으려 노력했다. 그리고 그 결과, 의도한 것이 아닌데, 실은 의도했던 것을 정확히 실패했기 때문인데, 나는 '노들야학을 하는 보람은 이거다'라고 한마디로는 표현할 수 없는 그런 이야기, '노들의 비결은 이거다'라고 못 박을 수 없는 그런 이야기를 쓰게 되었다. 다시 누군가가 물어본다면 심술궂게도 '수많은 하루들'이라고 대답하겠다.

20년간의 기록들이 내 몸을 통과해 이 책이 되었다. 노들에서 해본 일 중에 가장 길고 고단한 작업이었다. 계절이 가는 줄도 몰랐고, 없는 재주에 용을 쓰느라 허리디스크와 이석증을 얻었다. 무엇보다 괴로웠던 건 '나' 아닌 '남'의 마음에 대해 쓰는 일이었다. 남의 것이라면 상처나 슬픔뿐만 아니라 기쁨조차 조심스러웠다. 내가 외면하고 무시했던 수많은 표정이 떠올라 글을 쓰는 내내 죄의식을 견디느라 고생을 했다. 덕분에 '남'의 자리에 수시로 '나'를 올려놓는 훈련을 하며 뒤늦게라도 반성하고 글로써라도 만회하는 기회를 가질 수 있어 다행이다. 내 인생에 두 번 다시 오지 않을 이 치열한 성찰의 시간을 통과하는 동안 나는 그저 성장한 정도가 아니라 완전히 다른 존재가 되었음을 느낀다.

노들 바깥에 나와서 보니 노들이 이 사회 어디쯤 위치하고 있는지가 제대로 보인다. 또한 우리가 아무렇지 않게 했던 말과 행동들이 사실은 얼마나 귀한 것이었는지를 매일매일 깨닫고 있다. 조지 오웰의 표현을 빌리자면, 우리는 냉담과 냉소보다는 희망이 더 정상적인 것으로 취급되는 공동체, '평등'이라는 말이 저 먼 곳에서 반짝이는 별이 아니라 하루 세 끼 밥상 차리듯 꼬박꼬박 해결해야 할 과제였던 흔치 않은 공동체에 속해 있었던 것이다.

책이 나온 후 자신이 속한 공동체의 역사를 정리하고 싶다며 조언을 구하는 사람들을 몇몇 만났다. 개정판 서문에 장황하게 이 이야기를 쓰는 이유는 그들에게 작은 도움이 되었으면 하는 바람에서다. 좋은 삶을 꿈꾸며 하루하루 희망을 일구는 사람들, 저항하는 사람들, 계란 같은 몸으로 바위를 치는 그 무모하고 귀한 사람들이 자신들의 이야기를 자신들의 손으로 꼭 쓸 수 있기를 바란다.

2016년 4월 홍은전

초판 서문

실패한 적이 없는 기우제에 관한 이야기

노들야학의 스무 해를 정리하겠다고 집으로 들어온 지 1년이 조금 넘었다. 반년이면 충분할 거라고 생각했던 작업이 이렇게나 길어지는 동안에 두 사람이 세상을 떠났다. '아파서'가 아니라 '치료를 받지 못해서', '불이 나서'가 아니라 '달아나지 못해서' 죽었다. 서러운 죽음 앞에 꽃 한 송이 놓는 것밖에 하지 못하고 집으로 돌아와 글을 썼다. 아무짝에도 쓸모없는 이런 글을 쓰겠다고 앉아 있는 내가 부끄러웠다. 밖으로 나가서 그들을 죽음으로 내몬 세상을 향해 소리를 지르는 편이 옳지 않을까. 마음이 괴로웠다.

그러나 이 작업은 애초부터 옳고 그름의 문제를 떠난 것이었다. 수백 명의 삶이 딸려 올라오는 거대한 작업을 감히 겁도 없이 시작했다는 사실에 자주 식은땀이 났다. 그럼에도 나에게 이 일은 '하지 않을 수 없는' 그런 종류의 일이었다. 아름다움에 대한 복무 같은 것이 아니었을까 생각해본다. 돈이나 힘 따위가 아니라 연약하기 짝이 없는 인간들이 빚어내는 아름다움, 그러니까 인간다움

말이다.

2001년 처음 야학에 오른 뒤 복에 겹도록 좋은 사람들을 많이 만났다. 노들이 아니었다면 보지 못했을 벅찬 아름다움에 자주 취해서 살았다. 이 시각에도 노들은 죽은 이의 영정을 정성스럽게 닦고 그를 죽음으로 내몬 사회를 향해 제 몸을 던져 싸우고 있다. 나는 그런 사람들의 이야기를 기어이 쓰고 싶었다.

인디언의 기우제는 실패하는 법이 없다고 한다. 비가 올 때까지 기우제를 멈추지 않기 때문이다. 그들의 기우제를 상상해본다. 추장이 하늘을 향해 비장하게 읍소하는 순간에도 뒤에서 잡담을 하며 노닥거리는 나 같은 사람들은 꼭 있을 것이다. 의식이 끝날 때쯤이면 실컷 떠들던 그들은 이렇게 말하며 헤어지겠지.

"고생이 많지? 그래도 조금만 더 참아보자. 혹시 힘들면 얘기해."

어쩌면 누군가는 비가 올 것을 믿지 않았을지도 모른다. 그러나 그런 이들에게조차 기우제는 꼭 필요했으리라. 자기만 힘든 건 아니라는 사실을 확인하고 싶어서, 그리고 자기처럼 떨고 있을 누군가의 손을 잡아주고 싶어서 말이다. 정직한 기우제의 진짜 목표는 위로가 아니었을까. 혼자 버려진 인간은 불안을 잊기 위해 자기를 기만하고 고통을 견딜 수 없어 남을 찌른다. 인간다움을 유지하기 위해 우리에겐 위로가 필요하다.

나는 노들의 수업이 인디언의 기우제를 닮았다고 생각했다. 학생들이 30년 만에 가져본 작은 일상은 수많은 것들로 가로막혀 있었다. 그 모든 방해물을 뚫고 기어이 만나기 위해서 우리에겐 수업이 필요했다. 수업을 빙자해 서로의 이마에 손을 짚어보기도 하고 지친 이의 어깨를 두드려주기도 했다. 그렇게 하루하루 살아가다 보면 간혹 비가 내리기도 했다. 이 책은 노들 사람들이 지난 20년 동안 한번도 멈춘 적이 없는, 그래서 실패한 적이 없는 기우제에 관한 이야기다.

지금 내 옆에는 99권의《노들바람》(야학 소식지)과 40권의 교사수련회 자료집, 수천 장의 회의록과 20년간의 일지들이 수북하게 쌓여 있다. 지난 시절 나처럼 이 아름다움에 경도된 사람들이 노들의 이야기를 곳곳에 기록해두었다. 100번째《노들바람》인 이 책은 저 속의 많은 사람들과 함께 쓴 것이다. 책 속에 등장하는 '나'는 진짜 나이기도 하고 내가 좋아하고 닮고 싶었던 수많은 야학 사람들이기도 하다. 너무 많은 이름을 등장시키기가 어려워서 그냥 다 '나'라고 썼다. 저들의 노고를 갈취하는 것 같아 미안하다.

사람들은 노들에게 밝고 희망적인 것을 기대하지만 나는 노들의 어둡고 절망적인 얼굴을 더 많이 알고 있다. 그러나 단언컨대 그 모든 것을 포함해서 노들은 사람들이 생각하는 것보다 훨씬 더 멋있다. 이 글을 쓰는 동안 인간다움, 아름다움 그리고 노들다움에 대해 깊이 생각하게 되었고 너무나 많은 것을 배웠다. 노들은 나를 늘 배움으로 이끌었다. 당신도 노들을 만나서 그럴 수 있었으면 좋겠다.

2014년 5월 노란들판에서 홍은전

차례

2교시 투쟁

3교시 삶

4교시 다시 일상

5교시 뒤풀이

프롤로그
노들의 일부인 당신에게

2003년 8월, 나는 노들야학 10주년 개교기념제의 준비팀장이 되었습니다. 이제 2년밖에 되지 않은 교사에게 '지나온 10년을 기념하라'는 미션이 떨어졌습니다. 고심 끝에 우리는 노들이 살아온 모습을 보여줄 수 있는 전시회를 열기로 하고, 역사가 될 만한 것들을 찾느라 교무실을 거꾸로 뒤집어 흔들었습니다. 그러자 좁은 그곳 어디에 숨어 있었을까 신기한 옛 기록들이 후드득후드득 떨어져 나왔습니다. 한 시대를 풍미했던 '날적이'*와 꼼꼼히 갈무리 해둔 90년대의 교무일지와 학생일지는 그 자체로 훌륭한 작품이 되어 행사 내내 동문들의 사랑을 받으며 광휘를 내뿜었습니다. 우리는 일약 유물 보존에 힘쓴 개념 있는 후배가 되었지요.

그러나 행사가 끝나고 자신들의 창조자이자 든든한 후견인이었던 동문들이 모두 돌아가자, 유물들은 이내 '재투성이 서류철'

---

* 날적이: '일기'의 순 우리말. 공용 공간에 두고 구성원들이 돌아가며 적는 공동의 일기장.

로 변하여 본색을 알 수 없는 새 주인의 처분만 기다리는 처량한 신세가 되었습니다. 사실 전시회 준비에 급급해서 그 속에 무엇이 있는지 제대로 열어보지도 못한 것들이었습니다. 이제 어떻게 할 것인가. 저것들을 열면 일이 커질 것이 분명해 보였습니다. 하지만 우리는 당장 내일이 더 급한 사람들이었습니다. 고민 끝에 우리는 유물들을 그대로 봉인하기로 했습니다. "괜찮아. 20주년이 있잖아"라는 말로 석연치 않은 마음을 털어내면서.

그때 우리가 정말 20주년을 기약했을까요? 노들을 거쳐간 당신이라면 대번에 알 수 있겠지요. 교사들의 평균 활동 수명이 2년이 채 되지 않던 때였습니다. 그런 우리에게 20주년이란 당연히 '오지 않을 먼 미래'와 같은 말이었습니다.

가끔 잠이 오지 않는 밤,
나는 그 재투성이 서류철들을 떠올렸습니다.
그 속엔 무슨 이야기들이 있었을까.
아직 무사하긴 한 걸까.

생각보다 10년은 빨리 흘렀습니다. 나는 아직도 '장애 해방'이란 말을 잘 설명하지 못하고 오히려 처음보다 노들에 대해 모르는 것이 더 많아졌습니다. 그리고 그 시간 동안 노들 사람들 속에서 가슴 벅차게 사랑하고 사랑 받았으며 진심으로 미워하고 미움 받으며 수도 없이 도망을 갔지만 여전히 이곳에 있습니다. 당신들이 그랬던 것처럼요.

노들의 시간이 1년 주어졌습니다. 당신이라면 그 시간 동안 무엇을 하겠습니까? 퇴임을 결심하고 퇴임식을 앞둔 그날까지 당신은 무엇을 하며 노들의 시간을 채웠습니까? 남은 사람들이 힘들어 할까봐 끝까지 그 사실을 숨겼나요? 미안한 마음으로 술을 샀나요? 불쑥불쑥 원망이 터져 나와서 괴로웠나요? 혹시 눈물이 터지면 어쩌나, 퇴임식에 불참할 궁리에 골몰하진 않았는지요.

나처럼 많이 흔들려본 사람이 갖는 단 하나의 미덕이 있다면 그것은 시간이 소중하다는 사실을 알게 된다는 겁니다. 나에게 그런 시간이 주어진다면 나는 노들에서 만난 보석 같은 당신들의 이야기를 해보고 싶습니다. 그리고 평범한 것들을 품어 진주로 만들어내던 노들의 신비한 능력에 대해서도 이야기해보고 싶습니다.

나는 술을 무척 좋아하는데 그렇게 먹은 술로 대부분 노들 이야기를 했습니다. 노들을 잘 모르는 친구가 나에게 늘 묻던 말이 있죠.

"어제도, 그제도, 한 달 전에도, 심지어 일 년 전에도 똑같은 사람들이랑 도대체 무슨 이야길 하는 거야?"

나는 그럼 이렇게 대답합니다.

"노들 이야기! 얼마나 재밌는데! 그리고 우리 매일 다른 얘기 해."

그래 봤자 이런 이야기입니다. 어제 야학 상근자 준호는 동료인 사랑이가 한 말에 너무 화가 나서 그 좋아하는 술도 마다하고 만화방에 처박혀 만화만 볼 지경이었고, 사랑이의 전화를 수차례 씹까는 등 시위를 했음에도 전혀 화가 누그러들지 않았는데, 오늘 사랑이가 드라마 「대장금」의 배경음악이라도 깔아야 할 것 같은 생김새의 '배숙'을 가지고 와 '너를 위해 준비했다'고 삐죽거리며 내밀자, 전혀 화가 풀리지 않았음에도 불구하고 그만 웃어버려서 억울하게 사건이 종결되었다는 그런 이야기. 그나마 이 이야기에는 기승전결이나 있지, 우리들의 술자리에는 이야기랄 것도 없는, 허리 없고 꼬리 잘린 그런 것들이 꾸무럭거립니다.

그러나 그 친구가 현장에서 우리와 함께 이야기 나누는 긴 수고를 무릅쓴다면 자연히 알게 될 겁니다. 우리가 무언가를 공유하고 있고 그 무언가를 지키고 싶어 한다는 것, 그 말을 어제는 A로, 오늘은 A′로 끊임없이 변형·반복·확인하고 있다는 것을요. 하지만 그 무언가가 뭔지에 대해서 나로서는 설명하기가 좀 어려운데 혹시 당신은 자신 있게 말해줄 수 있나요?

나는 요즘 그 좋아하던 술을 잠시 끊었습니다. 그러니 매일 밤 대학로 곳곳에서 펼쳐질 '노들야화'가 궁금해서 잠이 안 올 지경이지요. 야학 상근자인 민구가 어제 마신 술로 몹시 초췌한 모습으로 출근을 하면 나는 안테나를 징- 세우고 그를 졸졸 따라다닙니다. '누구랑 마셨어?', '어디서 마셨어?', '재밌었어?'라는 질문에 걱실걱실 대답 잘하던 민구는 '무슨 이야기했어?'라는 질문에 버럭, 정색을 하며 말합니다.

"어디서 날로 먹으려고 그래요? 거래가 될 만한 걸 갖고 와요!"

간밤 술자리에서 나눈 이야기는 사실 긴 시간을 버티는 체력전과 각고의 심리전 끝에 간신히 건져올린 전리품 같은 것이므로 가만히 앉아 엑기스만 취하겠다는 심보는 부도덕한 일이라는 겁니다. 나는 주변을 어슬렁거리며 민구의 이야기와 바꿀 수 있을 만한 다른 이야기를 찾아다닙니다. 하지만 피 흘린 훈장이 없는 이에게 쉽게 들려오는 그런 노들 이야기는 없더군요. 긴긴 술의 강을 건너지 못할 거라면 누군가를 업고 산 하나쯤 넘는 수고는 감수해야 하는 거겠지요.

그때 오래 전 냉동고에 넣어두었던 재투성이 서류철들이 떠올랐습니다. 그 문을 열면 어째 일이 많이 커질 것 같아 망설였지만, 10년 전 우리가 무심결에 약속했던 그 20주년이 정말 와버렸으므로 열지 않을 수도 없게 되었습니다. 그리고 그 속에서 당신들을 만났습니다.

다행히 무사하셨군요.

당신이 고작 스무 살, 스물다섯 살이었을 때 야학을 만들고 이름을 '노들'이라 짓고, 그 꼴을 갖추기 위해 분투했던 이야기를 들었습니다. 당신의 이야기는 짧았지만 생략된 말들이 너무나 잘 짐작되어서 눈물이 쑥 솟아버렸습니다. 당신이 적어놓은 대로 '할 말을 잃게 하는' 날씨에 아차산 초입에 있던 야학을 '오른다'는 것이 어떤 의미인지는 나도 잘 알고 있습니다. '별이 또렷이 보인다'는 그날은 수업 끝나고 내려가며 소주를 한 잔 부딪쳤나요? '교무일지 좀 씁시다!'라고 교무일지 낱장마다 닦달해놓은 당신은 멘탈이 아주 단단한 분 같습니다. 교사들은 쓰라는 수업 내용은 쓰지 않고 '교사대표가 너무 무서워요'라고 '건의'했네요. 예나 지금이나 교사들은 참 말을 안 듣습니다.

'춥다, 춥다' 노래를 부르기에 어찌어찌 난로 하나 들였더니 '공기가 탁해서 숨이 막힌다' 하고, '덥다, 덥다' 노래를 부르기에 간신히 선풍기를 구해 틀었더니 이번엔 '바람에 먼지가 쓸려 괴롭다' 하고, '어둡다, 어둡다' 유난을 떨어 겨우 형광등을 갈았더니 '눈이 부셔 힘들다' 하는 일이 그때도 있었군요. 모처럼 크게 웃었습니다. 그 비슷한 이야기는 여전히, 무수히, 많이 있습니다. 마치 영원한 하루가 반복되고 있는 것 같습니다. 그리고 어느 날의 학생일지에 이런 기록이 있었습니다.

'오늘 일어난 일: 아무런 특별한 별일이 없었다. 웃긴 했는데 무슨 일로 웃었는지 모르겠다.'

절묘한 표현이라고 생각하며 한참을 들여다보았습니다. '노들야학을 한다'는 것이 깜빡거리는 형광등을 갈고 사라진 걸레를 찾아 돌아다니는 일처럼 사소할 뿐이었지만 그럼에도 웃을 일이 더 많았으니 충분히 행복한 날들이었습니다. 비록 정든 이들이 자주 떠나갔고 때로는 함께 공부하던 이가 사라지는 참담한 일도 일어났지만 그럼에도 불구하고 많은 날, 아무런 특별한 별일이 없었으므로 견딜 만했습니다.

그래서 당신이 노들을 떠나기로 결심했을 때 가장 눈에 밟혔던 것도 바로 그 사소한 일상이 아니었나요? '누군가는 노들을 지켜주었으면' 했던 당신의 이기적인 마음도 실은 누군가 남아서 형광등을 갈고 칠판지우개를 털어주길 바랐던 것이라고 나는 짐작합니다.

나는 아직도 '장애 해방'이라는 말을 잘 설명할 수가 없지만, 설명하지 못하는 내 마음까지 다 품을 수 있는 말이 바로 '장애 해방'일 거라고 믿습니다. 어떤 것을 칭하는 '제한'이 아니라 어떤 것도 품을 수 있는 '제한 없음'일 거라고. 그렇다면 수업 하는 내내 교실 위를 둥둥 떠다니던 말풍선들, 하나로 합치기엔 애매했던 우리 각자의 걱정과 바람들을 담기에 더없이 좋은 말이 아닐까 생각해봅니다. 그저 '평범하게 살고 싶다'고 했던 중증장애인 임은영의 꿈은 물론이고, '이렇게 기능적인 인간으로 살기 싫다'고 했던 상근자 홍은전의 꿈, 그리고 은영과 은전이 평범한 이웃으로 만나는 그런 꿈까지지요. 그저 소박한 하루가 지켜지길 바라는 마음들 말입니다.

그러나 우리의 작은 교실은 바깥세상과 복잡하게 연결되어 있어서 은영과 나의 꿈이 실현되기 위해서는 온 세계가 바뀌어야 한다는 사실 또한 매일 뼈아프게 가르쳐주었습니다. 어떤 이에겐 절망이었고 어떤 이에겐 희망이었을 테지요.

나는 언젠가부터 누군가가 우리의 교실로 들어와 우리에게 일어났던 일들을 기록해주길 바랐습니다. 다행히 우리는 무수히 취재되었고 고맙게도 연구된 적이 있습니다. 그러나 교실의 온도와 습도, 냄새와 소란스러움 같은 일상의 맥락이 더해지지 않는다면 아무리 잘 말해진 노들 이야기라 할지라도 음이 소거된 영상처럼 중요한 무언가가 빠져 있는 것입니다. 이제 우리 스스로 말하고 쓸 차례입니다.

'20주년을 기념하라'는 미션이 떨어졌습니다. 10년 전처럼 과거의 기록을 잘 봉인하여 냉동고 속에 넣는 것이 아니라 그 이야기들을 헤집어 다시 듣는 일부터 시작하고 싶습니다.

장애 해방 인간 해방의 길에서
밑불이 되고 불씨가 되고 싶었던
작은 학교 노들의 스무 해 이야기는
아직 충분히 말해지지 않았으므로.

당신이 아는 노들에 대해서 이야기해주세요. 사랑하고 불편하고 미워했던 그 하루들의 이야기. 그리고 노들을 통과한 당신의 이야기도 궁금합니다. 그러면 나는 그것들을 민구의 것과 바꾸어와 다시 당신에게 내가 아는 노들 이야기를 해드리겠습니다. 그 이야기를 다 나누고 나면 나와 당신이 지키고 싶어 했던 그 무언가를 말하기가 좀 쉬워질까요?

그랬으면 좋겠습니다.

2013년 4월
노들장애인야학 20년사 정리를 시작하며

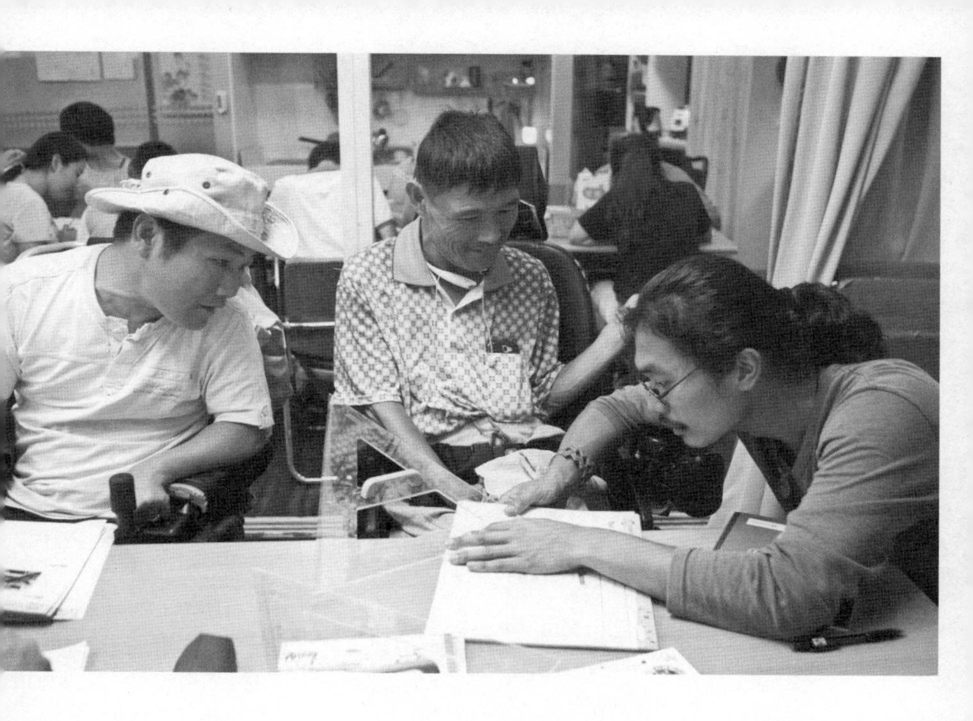

1교시

배움

들판 위의 학교

'1993년 8월 8일 개교'
이것은 노들야학의 첫 번째 기록이자 '개교'에 관한 유일한 기록이다. 8월 9일부터 시작된 첫 학기의 교무일지를 한참 동안 넘겨보던 나는 문득 의아한 생각이 들었다.

'개교 다음 날부터 바로 수업을 했네? 그럼 학생 모집은 누가 했고 수업 계획은 언제 짠 거지? 개교식 준비는 누가 하고?'

어디에도 기록은 남아 있지 않았다. 나는 언젠가 보았던 장면 하나를 떠올렸다. 박경석 교장이 어느 인터뷰에서 '노들야학은 전국장애인한가족협회가 만들었다'고 말한 것을 보고 김종환 선배가 그를 찾아와 '역사를 왜곡하지 말라'며 분개하던 장면. 김종환은 진심으로 화가 난 듯 언성이 높았지만 박경석은 어쩐지 쩔쩔매는 듯하면서도 한편으론 '그게 뭐가 그렇게 중요해?'라고 억울해하는 표정이었다. 장애인 인터넷 언론사 '비마이너'의 편집장인 김종환은 몇 년 전 야학의 운영위원을 지냈다. 나는 그를 찾아가 물었다.

"노들야학을 만든 사람들을 알고 계신다고 했죠?"

그러자 그는 마치 오래 전부터 이런 날이 올 것을 알고 있었다는 듯 담담하게 한 사람의 연락처를 건네주었다.

"이 사람을 찾아가 봐."

이석구. 김종환은 그가 '장애인운동청년연합회'라는 단체의 활동가였고 노들야학 설립을 추진했던 실무자였다고 전했다. 그리하여 야학의 20년사를 정리해보겠다는 야심찬 작업은 그 존재조차 몰랐던 어느 선배를 찾아가는 데서부터 시작되었다. 그리고 나는 이 일을 처음 구상했을 때에는 생각지도 않았던 '개교 이전의 역사'를 이해하기 위해 꽤나 많은 시간을 할애해야 했다.

20여 년 전 '장애인운동청년연합회'라는 단체가 있었고(김종환은 이곳의 활동가였던 것이다!) 몇몇 활동가와 대학생들이 있었다. 그들은 야학을 만들기 위해 정기적으로 만나 회의를 했고 1년 정도의 시간이 걸렸다고 했다. 그러나 기록은 어디에도 없고 20년이 지난 기억은 아귀가 잘 맞지 않았다. 기록되지 않은 시간. 무엇 때문에 거기에 내 마음이 그토록 끌렸는지 모르겠지만 분명한 것은 노들야학이 바로 거기서 탄생했다는 사실이었다.

나는 잘 알지도 못하는 선배들을 쫓아다니며 당사자들의 기억 속에서도 사라진 지 오래라는 것을 '어떻게든 복구해보시라'며 닦달했다. 그렇게 선배들을 흔들어 떨어진 몇 조각의 기억들을 주워와 밤새 퍼즐 맞추듯 뺐다 끼웠다 하길 반복했다. 그러나 조각이 너무 부족했다. 아무리 용을 써도 전체 그림이 그려지지 않았다.

이미 있는 야학도 아니고 앞으로 생길(지 안 생길지도 모르는)

야학의 교사가 되겠다고 젊은 대학생들이 모였단다. 서로는 일면식도 없던 사이였다고 했다. 그들이 함께 야학을 만들었다. 그것도 장애인야학을. 옛날 사람들이란 대체 무슨 정신으로 그런 일을 꾸민단 말인가! 그러나 그 궁금증은 선배들로부터 들은 이야기가 수십 장의 종이를 가득 채운 후에도 여전히 해소되지 않았다. 오히려 알면 알수록 더 묻게 되었다.

"그러니까 왜! 도대체 어쩌자고 그런 시절에 장애인야학을 만들었냐고요!"

나는 어느새 거의 스토커가 되어 그들을 추궁하고 있었다. 저편에선 선배들이 무언가를 열심히 설명하는데, 이편에 있는 나는 아무것도 알아듣지 못하는 것 같은 이상한 불통의 나날이 계속되었다. 마치 우리 사이에 보이지 않는 방음막 같은 것이 처져 있는 것 같았다. 그러던 어느 날 전혀 의외의 순간에서 '종소리'가 들렸다. 첫 키스를 할 때도 들어보지 못한 그 종소리…….

나 그때 스무 살이셨죠? 아는 사람이 하나도 없는 그런 모임에 왜 가셨죠?

선배 1 은전씨가 야학 처음 갈 때 마음이랑 비슷했을 거예요.

나 (댕……) 아…… 네……

나 서로의 역사를 전혀 모르던 사람들이 모여서 야학을 만드는 일이 어떻게 가능하죠? 이야기가 잘 통했나요?

선배 2　우린 되게 빨리 친해졌어요. 그 멤버들이 다 술을 좋아했거든요.

나　(댕……) 아…… 네……

나　선배 4를 만나서 이야기를 듣고 싶은데 인터뷰를 한사코 거부하시네요. 다리 좀 놔 주세요.

선배 3　그래요? 왜 그러지? 그 친구가 야학 할 때 연애사가 복잡해서 그러나……?

나　(댕……) 아…… 네……

선배들이 무심결에 던진 그 짧은 말들이 은은하고 깊게 내 뒤통수를 치던 그 순간 우리 사이를 가로막고 있던 막이 사라지며 거짓말처럼 모든 것이 이해되기 시작했다. 파편들을 이어 붙일 만능 접착제를 찾은 기분이었다. 사라진 조각들의 자리에도 무엇이 있었을지 짐작할 수 있을 것 같았다. 그것들이라면 나도 잘 알고 있다. 첫 마음과 술과 사랑의 힘. 그리고 어김없이 뒤따라오는 변심과 숙취와 미움 같은 것들의 힘까지도.

'20년 전, 스무 살에, 장애인야학을 만든 사람들'은 나와 다를 줄 알았다. 노들에 대한 환상은 노들을 전혀 모르는 사람만 갖는 것이 아니라 10년이 넘게 이곳에서 시간을 보낸 나 같은 사람도 품는 것이었다. 나는 그들이 결코 나와 다르지 않았다는 사실을 깨달아서 기뻤고, 더 이상 그들에 대한 환상을 품을 수 없어서 조금 서운했다.

20년 전 앞만 보며 빠르게 달려가는 무리에서 떨어져 나와 잠시

숨을 고르던 사람들이 있었다. 제 심장을 가만히 어루만져주고 싶었던 그들은 무언가에 이끌려 아차산 언덕을 올랐고 그곳에서 밤마다 수업을 하고 수업이 끝나면 어김없이 술을 마셨다. 기어이 만나고 기어이 배우고 기어이 사랑했지만 그들 대부분은 때가 되면 언덕을 내려가 다시는 올라오지 않았다. 그리고 그 길을 따라 새로운 얼굴들이 주춤거리며 올라와 긴 머뭇거림 끝에 다시 야학의 문을 두드렸다. 그 무한한 반복. 노들야학의 역사는 20년 동안 그 언덕을 오르고 내리고 다시 또 올랐던 사람들의 이야기다.

이 글을 읽어줄 당신이 술을 좋아하는 사람이면 좋겠다. 모든 것을 기꺼이 견딜 만큼 소중하게 지켜주고 싶은 것을 가졌지만, 그럼에도 불쑥불쑥 찾아오는 '한 잔 술이 간절할 때'의 느낌을 잘 아는 사람이었으면 좋겠다. 쿨하지 못한 연애를 해봐서 사랑 뒤에 따라오는 쿰쿰하고 복잡한 마음을 아는 사람이었으면 좋겠다. 한 번쯤은 그 길의 끝에 무엇이 있는지 알지 못한 채로도 자꾸만 그 길을 걷게 되는 매혹의 낯선 순간을 경험해본 사람이었으면 좋겠다. 그렇다면 노들의 이야기는 당신의 경험과도 결코 다르지 않을 것이다.

'평범하지 않은 사람들'의 이야기일 거라는 환상을 내려놓았으면 좋겠다. 그리고 모든 평범한 사람들에게는 그 자신도 알지 못하는 아름다운 능력이 있다는 약간의 환상을 품어주길 바란다. 그런 마음으로 이 구멍 많고 이음새 투박한 이야기를 읽어주었으면 좋겠다.

이 이야기는 장애인운동청년연합회가 야학을 만들기로 결정한 후 함께 준비할 교사들을 꾸리기 시작한 1993년 초부터 시작된다.

3년 뒤 그들은 모두 퇴임하지만 그 시간 동안 지금의 노들야학을 이루고 있는 형식, 비형식의 틀이 대부분 만들어졌다. 그야말로 '무'에서 '유'를 창조한 시간. 뜨겁지 않고서야 이루지 못했을 3년의 시간. 긴 이야기를 시작하기에 앞서 20년 전 우리들의 '어린 선배'들에게 뜨거운 존경의 마음을 보낸다.

장애인운동청년연합회

장애인운동청년연합회(장청)는 1991년에 만들어진 청년 장애인들의 조직이었다. 장청의 활동가들은 장애인운동을 사회 변혁 운동의 한 영역으로 설정하고 전국적인 조직을 만들고자 했다. 그들의 노력은 결국 실패했지만 바로 그 지점에서 노들야학이 시작되었다. 야학의 뿌리인 장청을 이해하기 위해서는 그 뿌리가 딛고 섰던 1987년의 땅으로 거슬러 올라가야 한다.

장애인문제연구회 '울림터'가 있었다. 울림터는 정립회관을 이용하던 청소년들의 동아리였다. 정립회관은 한국소아마비협회가 만든 국내 최초의 장애인 이용 시설로, 일반 학교의 체육 수업에서 배제된 장애청소년들을 위해 수영이나 양궁 같은 프로그램을 운영했다. 이렇게 모인 청소년들에게는 집단의식이 싹텄고 동아리가 하나둘씩 생겨났다. 울림터도 그중 하나였다.

1987년 6월 항쟁으로 한국 사회에 민주화의 열망이 들불처럼 번져 갔을 때 장애인운동도 그 영향을 받았다. 장애 문제를 '개인이 극복해야 할 것'으로 바라보던 관점에서 벗어나 '사회가 구조적으로 풀어야 할 문제'로 접근하기 시작한 것이다. 장애청년들은 장애대중을 조직하여 변혁 운동에 동참해야 한다고 생각했다. 울림터는 이런 문제의식 속에서 전국지체부자유대학생연합회(전지대련)에 가입해 활동했다.

1987년 12월 대통령 선거를 앞둔 장애인계는 '장애인고용촉진법 제정'과 '심신장애자복지법 개정'을 제기했다. 일정 규모 이상의 사업체에 장애인 고용을 의무화하라는 것과, 전두환 정권이 생색내기용으로 만든 껍데기뿐인 심신장애자복지법을 개정해 생계와 의료 지원 등을 확대하라는 것이었다. 이 양대 법안 투쟁은 1988년 장애자올림픽 거부 투쟁과 맞물려 본격화되었고 그 중심에는 울림터와 전지대련이 있었다.

울림터의 활동가들은 이 투쟁을 거치면서 전국적인 청년 조직이 필요하다고 인식했고 1991년 서울에서 장애인운동청년연합회(장청)가 먼저 출범했다. 그러나 이듬해 전국 조직을 건설하려던 장청의 노력은 답보 상태에 빠졌고 그 대안으로 두 가지 계획이 새롭게 추진되었다. 첫 번째 계획은 전국적 네트워크를 갖춘 전국장애인한가족협회와 조직을 통합하는 것이었다. 그리고 두 번째 계획이 바로 장애대중을 의식화하고 조직화하기 위한 야학을 만드는 것이었다.

장청의 활동가들은 야학을 준비하기 위해 대학생들을 찾아 나섰다. 장애인운동에 동참하고 싶었던 비장애인들, 혹은 교육 받지 못한 사람들에게 배움의 기회를 주고 싶었던 대학생들이 활동가들의 손에 이끌려 한 명 한 명 배에 올라탔다. 처음에는 두세 명으로 시작했지만 모임이 거듭될수록 그 수가 늘어났다. 그들은 대학에서 특수교육이나 사회복지를 공부하거나 장애인 봉사 동아리에서 활동하던 사람들이었다. 당시 이 모임에 합류했던 김두영과 김혜옥은 다음과 같이 말했다.

"학생운동을 하면서 친해진 동기가 있었어요. 내가 군대를 갓 제대했을 때 그 친구는 이제 막 입대를 앞두고 있었어요. 그 친구가 장청하고 같이 야학을 만들려고 준비 중이었는데 갑자기 군대를 가게 됐다면서 나더러 좀 맡아줬으면 좋겠다고 하더군요." 김두영

"우리 대학에 다니던 뇌성마비 장애인이 교정에서 추락해서 사망하는 사건이 있었어요. 추모제를 하면서 장청 활동가들을 만났고 자주 만나서 교류하며 지냈어요. 그분들이 야학을 준비하고 있는데 뭐가 잘 안 됐는지 빨리 와서 좀 도와달라고 하더군요. 나는 그 모임의 끝물에 들어갔어요." 김혜옥

야학의 장소로 가장 유력하게 거론된 곳은 정립회관이었다. 그 안에 장애인들이 집단적으로 상주하는 정립전자가 있기 때문이었다. 정립전자는 전자기계에 들어가는 부품을 생산하는 공장이었다. 노동자는 이백여 명 정도였고 대부분 장애인이었으며 정립회관 안에 있는 기숙사에서 생활했다. 당시 정립회관은 울림터와 장청 같은 청년장애인들이 만나서 교류하던 장으로서 '장애인운동의 성지'라고 불리던 곳이었다.

야학 준비 모임이 한창이던 1993년 4월, 정립회관 비리 문제 해

결을 촉구하는 점거 농성이 벌어졌다. 장청은 이 농성을 주도했고 38일 만에 승리하여 관장이 교체되었다. 정립회관은 협상 과정에서 '장애인야학의 교육 공간을 달라'는 장청의 요구를 무시할 수 없었다. 그리하여 농성이 끝난 직후인 5월, 야학의 장소가 정립회관으로 확정되었다.

교사들은 개교 준비에 박차를 가했다. 정립전자에 전단지를 붙여 학생을 모집하고 각자의 후배들을 꼬드겨 교사를 더 확보했다. 학교의 이름은 노란 들판을 줄여 '노들'이라고 지었다. 농부처럼 우직하게 땀 흘려 일하고 가을의 풍성한 수확을 함께 나누자는 뜻이었다.

몇 달이 흐른 어느 무더운 여름날 정립회관 강당에서는 노들장애인야학의 출발을 알리는 조촐한 기념식이 열렸다. 고사상 위에 돼지머리를 올려놓고 축문을 태우는 사람들의 얼굴은 한껏 들떠 있었다. 학생이 11명, 교사가 11명이었던 이 작은 학교의 교훈은 '밑불이 되고 불씨가 되자'였다. 1993년 8월 8일의 일이다.

교사와 학생들

이용자들이 빠져나가고 직원들도 모두 퇴근한 저녁 7시의 정립회관. 불이 꺼져 캄캄한 경사로를 따라 2층으로 올라가면 문틈으로 불빛이 새어 나오는 곳이 있었다. 바로 탁구장이었다. 야학은 이 탁구장을 밤에만 사용하기로 했다. 초등반과 중등반이 칸막이를 사이에 두고 동시에 수업을 했다. 교무실이 없어서 일찍 온 교사들은 복도를 서성이며 시간을 보냈다. 그해 겨울은 몹시 추웠다.

노들야학 교사와 학생들. (1998년 야학 교실)

이듬해 3월, 야학은 정립회관으로부터 독립된 공간을 얻었다. 교사들은 신이 나서 칸막이 공사를 하고 페인트칠을 한 후 종이를 오리고 붙여 아기자기하게 교실을 꾸몄다. 작지만 아담한 교무실도 생겼다. 방음에 효과가 좋다는 이야기를 듣고 중곡동을 샅샅이 뒤져 계란판을 모아서 벽에 빼곡히 붙였다. 누구의 눈치도 보지 않고 자유롭게 드나들 수 있는 노들만의 공간이 생긴 것이다. 꿈같은 일이었다. 계란판에서 뿜어져 나오는 닭똥 냄새마저도 향기로웠다.

정립회관은 지하철 2호선 구의역으로부터 걸어서 30분이 걸렸는데 그중 10분은 가파른 언덕길이었다. 수동휠체어를 타고 다녔던 대부분의 정립전자 노동자들에게 바깥출입은 사실상 불가능했다. 발 아래로 내려다보이는 화려한 도시는 그들이 속할 수 없는 딴 세상일 뿐이었다. 정립전자는 외부와 단절된 '도시 속의 섬'이었다. '노동과 복지의 메카'(세상 사람들은 정립회관을 그렇게 불렀다)에 유폐된 사람들은 오직 그 안에서 먹고, 자고, 일하기를 반복했다.

당시 20~30대였던 장애노동자들의 교육 수준은 매우 낮았다. 이들이 교육 받았어야 할 70~80년대는 '휠체어'라는 것도 모르고 살던 시절이었다. 학교란 특별한 사람들만 가는 곳이었다. 그러나 막상 야학이 그들이 매일 오가는 회사(2층)와 기숙사(4층) 사이의 3층에서 문을 열었음에도 불구하고 공부를 하기 위해 야학을 찾아오는 사람은 그리 많지 않았다. 그 이유에 대해 교사였던 김두영은 이렇게 말했다.

"어느 날 학생 한 분과 술을 마셨는데 뒷날 그분이 일하다가 사고가 나서 손가락을 크게 다쳤어요. 이 사람들이 어떤 일을 하는지 그때 처음 알았죠. 레일이 지나가면 그 속도에 맞춰서 일을 해야 하니까 화장실은 오전에 한 번, 오후에 한 번, 정해진 시간에만 갈 수 있대요. 앉아서 생활하는 사람들이니까 허리에 힘이 없어서 더 힘들죠. 그런 사람들에게 하루 종일 일하고 저녁에 야학을 다닌다는 건 대단한 결심이었을 겁니다. 힘드니까 몇 번 나오다가 그만둔 사람들이 많았죠."

학생들은 오전 8시 30분에 출근해서 저녁 6시 30분에 퇴근했다. 잔업이 있으면 보통 9시까지 일하고 물량이 많을 때는 새벽까지 일하기도 했다. 잔업을 빼달라고 하면 관리자가 싫어하기 때문에 빠지기가 어려웠다. 고된 하루 끝에 달콤한 휴식의 유혹을 뿌리치고 야학에 모인 이들은 그만큼 배움에 목마른 사람들이었다.

못 배운 한은 평생 가슴에 돌처럼 박혀 누군가가 '너는 왜 그렇게 무식해!'라고 말하는 것이 아닌데도 늘 어깨를 움츠러들게 만들었다. 이들에게 배움에 대한 열망은 얼마나 뜨거웠을까! 퇴근 후 기숙사 침대에 녹초가 되어 뻗었다가도 야학 갈 시간이 되면 무거운 몸을 일으켜 주섬주섬 책을 챙겼던 사람들에게 교실로 향하던 그 짧은 길만큼 행복한 순간은 없었으리라.

아무도 시키지 않은 공부였다. 오히려 '나이 들어서 무슨 공부냐, 그런다고 뭐가 달라질 것 같으냐'는 핀잔이 더 자주 들려왔다. 그러나 어렸을 적 숙제하기 싫어서 도망 다니던 동생들마저 얼마나 부러웠던가. 드디어 자신도 학교에 다니게 된 것이다. 1994년 야학 소식지에는 이런 기록이 있다.

"'노들야학 학생모집'이라는 광고가 내 눈에는 유난히 커 보였다. 어릴 적부터 하고 싶었던 공부! 드디어 나에게도 기회가 생겼다. 기쁜 마음으로 중학교 검정고시 수업을 듣기 시작했다. 잠자는 시간을 줄였고 일요일 외에는 노는 시간을 없앴다. 그래도 어떤 날은 한두 장 보다가 엉망이 되어 기숙사로 돌아가 자기도 하고, 어떤 날은 아예 책을 펴자마자 곯아떨어지기도 한다." 김영자

거의 모든 것의 시작

학교가 문을 연 후 교사들은 다양한 행사와 체계들을 하나하나 차곡차곡 쌓아 올렸다. '야학 좀 해봤다는' 지금의 내가 보더라도 이 '처음의 행렬'들은 아주 놀라웠다.

처음 소풍을 가고, 처음 '노들인의 밤'(문화제)을 준비하고, 처음 일일호프를 열었다. 처음 모꼬지를 가고, 처음 단합대회를 했으며 처음 검정고시를 보았다. 처음 교사회의를 열었고, 처음 교사수련회를 떠났다. 신임교사를 위한 길라잡이 과정을 마련했고, 교사 자신들을 위한 세미나를 시작했다. 소식지를 만들고 연구수업을 시작했으며 다른 야학을 찾아가 배움을 청했다. 담임을 세우고, 편집부와 검시부와 총무부를 두어 집행부를 구성했다. 학생들이 사회를 비판적으로 바라볼 수 있도록 강좌를 기획했고, 민주주의를 학습하고 실천하기 위해 학급회의와 총학생회의를 제안했다. 그리고 이 회의에서 각 반의 이름을 지었다. 청솔, 불수레, 한소리가 그것이다. 그 이름처럼 처음의 그들은 푸르고 뜨거운 하나의 큰 덩어리였으리라.

어떤 매뉴얼도 없었다. 마치 누에가 스스로 실을 토해서 집을 짓듯이 교사와 학생들은 오직 자신들의 경험과 욕구에 의지해 필요한 것들을 하나씩하나씩 만들어 나갔다. 이 많은 것을 기획하느라 얼마나 고심하고 고심하고 또 고심했을까. 돈도 없고 경험도 많지 않았던 젊은이들이 머리를 맞대어 문제를 해결하고, 주머니를 털고 발품을 팔아 살림살이들을 장만했다. 고생했던 만큼 기쁨과 환희도 오롯이 그들의 것이었다. 학생이었던 안명옥이 1995년 '노들인의 밤'과 모꼬지를 치른 후 쓴 글에는 그 벅찬 마음이 고스란히 담겨 있다.

"숱한 우여곡절 끝에 오늘 '노들인의 밤'을 맞이함에 있어 눈시울이 뜨거워짐을 감출 길이 없습니다. 우린 아무것도 할 수 없는 바보인 줄 알았는데 이제부터 꾸려나갈 많은 시간들을 더 이상 두려워하지 않을 겁니다. 무슨 행사를 한다고 하면 이리 빼고 저리 빼던 학생들이 이제는 연극도 잘하고 춤도 잘 추고 노래도 합창단 못지않게 잘합니다. 남 앞에 서는 게 영 어색하기만 한 우리들, 하지만 이런 기회로 우리의 노력한 모습을 보여줄 수 있다는 것이 참 좋습니다."

"TV에서 보았던 그렇게 부러웠던 모닥불 피워놓고 노래 부르고 얘기하는 것을 해보았을 때 너무 좋았습니다. 그때 하늘을 보신 분이 많으리라 생각합니다. 모든 별들이 우리들 곁으로 다가와서 비추어주는 것 같았습니다. 그땐 정말 눈물이 나와서 울 뻔했습니다. 무언지 모를 눈물이 나오려고 하더군요. 지금도 그때를 생각하면 마음이 뭉클해진답니다. 안에 들어와서는 누군가 카세트 버튼을 누르니 너나 할 것 없이 부끄럼도 없이 일제히 일어나 춤을 추었습니다. 그때 우리의 마음속에는 새로운 각오들이 자리 잡았을 겁니다."

첫 검정고시

한편 이 시기에는 장청이 야학을 처음 기획했을 때 의도했던 '조직화'의 흔적은 잘 찾아볼 수가 없다. 교사들은 직접적으로 학생들을 집회에 데려가거나 하는 식의 행동은 삼갔다. 그 이유에 대해 교사였던 김혜옥은 이렇게 말했다.

"우리가 정립회관 속에 들어간 거니까 그들이 거부감을 느낄 만한 건 자제했어요. 인심을 얻고 인정을 받아야 학생들이 찾아오지, 데모한다고 소문나면 누가 오겠어요? 지금은 세상이 달라졌지만 그때만 해도 갇혀 지내다시피 했던 사람들이기 때문에 외부에서 대학생들이 들어와서 야학을 한다는 것 자체가 굉장히 충격적인 사건이었죠. 우리의 일거수일투족이 관심의 대상이었어요."

교사들에게는 어떻게든 정립회관 안에서 뿌리를 내리고 살아남는 것이 최우선 과제였다. 그러기 위해서 학생들의 생활 속에서 결합해야 한다고 생각했다. 자연스럽게 학생들의 욕구를 반영한 검정고시는 야학의 1차 목표가 되었다. '외부인'들을 바라보는 정립회관의 의혹 가득한 눈초리 속에서 교사들은 어서 빨리 자신들의 성과를 입증해보여야 했다. 하루하루 열심히 밀면서 온 것 같은데 이 학교가 도대체 어디로 굴러가고 있는지, 과연 움직이기는 하는 것인지 가장 불안하고 초조한 사람들은 바로 그들 자신이었다.

1994년 5월 초등학교 검정고시 고사장. 다섯 명의 학생을 들여보내고 교사들은 밖에서 서성이며 시험이 끝나기를 기다리고 있었다. 처음 만나 멋쩍게 인사를 나누고 개교 준비 회의를 시작했던 것이 엊그제 같은데 어느덧 1년이라는 시간이 훌쩍 지나 있었다.

교과서를 구하기 위해 헌책방을 뒤지며 돌아다녔던 일, 하나부터 열까지 자신들의 손을 거치지 않은 것이 없었던 교실과 교무실, 일일호프 티켓을 팔기 위해 부족한 사교성으로 친하지도 않은 선배들을 찾아다니며 쩔쩔맸던 기억들이 주마등처럼 스쳐갔다. 그 많은 일을 치르느라 사람들은 몸살을 앓았다. 어떤 날은 울면서 야학을 내려갔고 어떤 날은 울음을 삼키며 야학으로 올라왔다. 의견이 달라 수없이 다투면서도 그들은 용케 여기까지 와 있었다. 함께한 이들이 없었다면 불가능했을 시간이었다.

시험을 치르고 나온 학생들의 표정은 밝았다. 결과는 전원 합격! 모두가 힘을 합쳐 첫 번째 관문을 성공적으로 통과했다. 함께 있다면 세상 어떤 일도 해낼 수 있을 것 같은 뿌듯함으로 그들의 가슴은 벅차올랐다.

아무도 시키지 않은 일을 한 사람들, 그리고 그들이 만든 학교. 이 자발적 공동체를 지탱했던 힘은 무엇이었을까. 무엇 때문에 학생들은 천근만근 무거운 몸을 일으켜 야학에 모였고, 교사들은 대학을 휴학하면서까지 그 높은 언덕을 기어이 올랐을까. 학생이었던 안명옥에게 물었을 때 그녀는 이렇게 대답했다.

"정립전자라는 곳이 '우물 안 개구리' 생활이에요. 기껏해야 기숙사 앞마당만 왔다 갔다 해요. 그런데 야학을 통해서 새로운 사람을 만나고 바깥세상 이야기를 듣게 된 거죠. 이제 누군가가 받쳐주니까 기댈 수가 있잖아요. 선생님들이 휠체어를 밀어주면 왠지 모르게 든든하고 그렇게 바깥세상을 만나게 되고. 야학 다니고 나서 자신감을 얻었어요. 방 얻어서 기숙사를 나올 때도 사람들이 "너 나가서 어떻게 살래?" 이랬는데 나는 자신이 있었어요. "나가서 살고 싶어. 한번 겪어보고 싶어." 그런 자신감이 붙더라고요. 야학 다니면서 방 얻고 면허증 따고 기숙사에서 나와 독립을 했어요."

교사였던 김두영에게 '그 시절 가장 기억에 남는 일이 무엇이냐'고 물었을 때 그가 말했다.

"하루하루가 다 인상적이었어요. 수업하면서 오히려 내가 힘을 얻었죠. 일주일에 한 번 만나지만 나머지 일주일을 살아갈 에너지를 얻는 느낌이었습니다. 지식을 전달해서가 아니라 내가 필요한 존재라는 느낌이었던 것 같아요. 학생분들이 자기들은 돈 버는 사람이라고 작은 간식거리라도 꼭 챙겨줬어요. 그분들 만나는 것이 마냥 좋아서 수업 없는 날에도 야학에 올라가고, 심지어 야간에 알바를 했는데 그거 끝나고도 다시 야학에 올라갈 정도였어요. 특수교사가 되어야겠다고 마음을 먹었던 것도 그 덕이었죠. 내 기억 속에 가장 좋았던 시절입니다."

이제 겨우 이십대 초반. 고개를 반대로 돌리면 해보고 싶은 것도, 갖고 싶은 것도, 이루어야 할 것도 너무나 많았다. 그러나 같은 시대를 살아가는 또 다른 청춘들은 단지 장애가 있다는 이유만으로 초등교육조차 받지 못한 채 이 좁은 세상에 갇혀 하루 종일 고된 노동을 하며 살아가고 있다는 사실에 가슴이 먹먹했다. 야학은 그들에게 끊임없이 질문했을 것이다. 어떻게 살 것인가.

늦은 밤 정립회관 복도 끝 교무실에 모여 앉아 밤새 술을 마셨을 사람들. 매일매일이 인상적이었다는 그들의 뒤풀이는 얼마나 재미있었을까. 교사에게도, 학생에게도 그 시간은 세상에 눈을 뜨는 시간이었다. 사람들은 서로를 이해하고 감싸안으며 함께 자라고 있었다. 훗날 교사 김혜옥은 그 시절에 대해 이렇게 회고했다.

"살아가다가 어느 날 깨달았다. 아! '내가' 살려고 아차산 골짜기로 스스로 기어올라간 거였구나. 거창한 무엇이 아니었고 그저 나를 위한 몸부림이었구나. 술과 야학을 빙자해 나를 쏟아내고 풀어냈구나. 노들은 그런 나를 안아주고 다독여주고 감싸줬다. 나는 아차산 그 푸른 골짜기와 따사롭고 풍요로웠던 노란 들판에서 치유되고 성장했다."

야학은 사라지기 위해 존재한다?

1996년 2월, 교사 김혜옥을 마지막으로 다섯 명의 창립 멤버들은 모두 야학을 떠났다. 그들은 '야학이 한 시절의 자신들, 그 자체'였다고 말할 만큼 열정적이고 헌신적인 사람들이었다. '고인 물은 썩는다'는 말을 믿었으므로 그들은 다음 사람들이 야학을 이끄는 것이 당연하다고 생각했다. 그들에게 야학은 늘 뜨겁고 늘 새로운 청춘의 자리였다. 그러나 '창립 멤버들이 그렇게 빨리, 모두 떠나버릴 줄은 몰랐다'는 누군가의 말처럼 청춘은 기약할 수도, 예측할 수도 없는 것이었다.

학생들은 야학을 떠나는 교사들을 적극적으로 붙들지 못했지만 그렇다고 원망과 서운함을 숨기지도 못했다. 그런 학생들을 그 높은 정립회관에 남겨두고 기어이 야학을 내려갔던 교사들에게 '야학은 사라지기 위해 존재한다'는 그들이 굳게 믿었던 역설은 위로가 되었을까. 야학은 없어져야 했다. 야학이 필요 없는 세상이 되어야 하므로. 그러니 모순이었으리라. 사라져야 할 존재에 미래를 건다는 것은.

청춘의 열정은 뜨거웠지만 열정에만 기댄 야학은 위태로웠다. 꼬리에 꼬리를 무는 교사들을 통해 그 정신을 이어나간다 하더라도 그것이 1~2년을 주기로 반복되어야 한다면, 긴 호흡으로 보았을 때 야학의 시계는 같은 자리를 맴돌고 있는 것이었다. 뿌리는 내렸으나 땅을 틀어쥐는 힘은 약했다.

야학에서의 시간은 세상에 대한 새로운 눈을 뜨는 시간이었다.
학생에게도, 그리고 교사에게도. (사진 제공 윤길중)

한편 이 시기에 교사들이 한 학기를 마무리하며 만든 자료집에는 눈에 띄는 문건이 하나 있다. 모든 교사들이 당장 다음학기를 어떻게 채울까 걱정하고 있는 속에서 홀로 노들의 먼 미래를 준비해야 한다고 외치는 외로운 목소리의 주인공은 바로 전장협의 활동가 정태수이다.*

"노들야학의 장기적인 전망을 위해 교장이 있어야 한다. 교사들은 수업하랴, 행사하랴, 정신이 없는데다 6개월 주기로 계속 바뀌는데 그런 이들에게 야학이 나아갈 방향까지 고민하길 기대하는 것은 너무 큰 욕심이다. 그러나 지속적인 고민과 그에 따른 작은 실천이 없다면 조직은 발전할 수 없다. 긴 임기를 갖는 교장의 주도 아래 교사와 학생들의 의견이 충분히 반영된 장기적인 전망을 세워야 한다."

야학의 초기 기록 속에서 전장협은 그 존재가 잘 드러나지 않았다. 당시의 사람들을 만나 인터뷰를 했을 때도 그들은 하나같이 전장협을 '피부로 느끼지 못했다'고 말했다. '거기 있는 줄도 몰랐던' 전장협이 그 뜨거웠던 창립 멤버들도 하지 못했던 이야기를 하고 있었다. 거리를 두고 지켜보았기에 가능했을 날카로운 진단. 전장협은 그동안 어디에 있었던 걸까.

* 장청은 1993년 8월, 야학의 개교와 함께 전국장애인한가족협회(전장협)로 통합되었다.

멀리 볼 사람이 필요하다

전장협은 야학의 설립 주체였지만 둘 사이에는 뚜렷한 체계가 없었다. 전장협은 나침반 같은 존재였지만 야학 사람들은 나침반의 필요성을 인식하지 못했다. 그 이유에 대해 당시 교사였던 박경석은 이렇게 말했다.

"야학은 시작부터 자치성이 매우 강했다. 교사와 학생들은 매일 모여서 수업을 하고 술을 마시면서 삶을 이야기했다. 교사들은 휴학까지 해가면서 야학을 할 정도였다. 재정은 교사들이 일일호프를 하고 회비를 모아서 스스로 마련했고 필요한 것이 있으면 직접 구하러 다녔다. 현장을 꾸려가는 것은 오로지 교사들의 몫이었다. 스무 명도 안 되는 사람들이 매일 만나서 이야기하는 집단에 한 달에 한 번 만날까 말까 한 전장협 활동가들의 입김은 크게 작용할 수 없었다."

전장협과 야학 사이를 이어주던 창립 멤버들이 모두 퇴임한 1996년, 전장협의 눈에는 이렇듯 자치성이 강한 야학이 조금 위험해 보였던 것 같다. 전장협은 다시 한번 야학을 견인하기 위해 두 가지 제안을 한다. 하나는 야학을 전장협의 부설기관으로 승격시켜 그 연결고리를 단단하게 만들자는 것이었고, 다른 하나는 장기적인 전망을 고민할 교장을 세워야 한다는 것이었다. 야학이 전장협의 부설기관이 되면 그 대표인 교장은 상부기관인 전장협에서 임명하게 될 것이었다.

교사들 중에는 이에 대해 거부감을 느끼는 사람들도 있었다. 자신들이 선출하지 않은 '낙하산' 교장을 모시는 일이 달가울 리 없었다. 더 근본적으로는 전장협이 가진 강한 운동성에 대한 불편함이기도 했다. 당시 교사회의록에는 앞으로 임명될 교장에 대해 그 권한을 견제하려 했던 흔적이 남아 있다. 교장이 교사 자신들 사이에서 나올 수 있다는 가능성을 전혀 염두에 두지 않았다는 뜻이다. 그리고 그런 생각은 전장협도 마찬가지였던 것 같다.

긴 논의 끝에 1997년 야학은 전장협의 부설기관이 되었다. 전장협은 곧바로 야학의 교장을 세우기 위해 변호사나 교수 같은 '이름 있는' 사람들을 물색하기 시작했다.

그때 한 야학교사가 이런 의문을 품었다.

'나는 왜 안 돼지? 나는 야학이 좋아서 직장도 때려치웠는데 왜 아무도 나를 추천하지 않을까? 장애인이라서 그런가?'

그는 교사 박경석이었다. 얼마 전까지 그는 성남장애인복지관에서 총무과장으로 일했었다. 직장보다 야학을 더 좋아했던 그는 퇴근을 알리는 시계가 '땡' 치자마자 아차산으로 내달리기 바빴다. 처음에는 '좋은 일 한다'고 잘 봐주던 복지관 측이 슬슬 눈치를 주는가 싶더니 언제부터인가 야학을 그만두라고 은근히 압력을 넣기 시작했다. 직장이냐 야학이냐. 박경석은 그 갈등이 그리 길지 않았다고 말했다.

"복지관에서 받는 월급을 따져봤더니 정년 즈음에 잘해봐야 1~2억 정도 모을 수 있는 정도였다. 그에 반해 야학은 상근자에게 월급을 줄 돈이 없었다. '돈이냐, 운동이냐'를 두고 고민했다. 어머니께는 너무나 죄송했지만 나는 노들과 함께 장애인운동을 하는 쪽을 선택했다. 미련 없이 때려치웠다."

서른일곱의 나이에 잘 다니던 직장을 때려치운 것을 두고 사람들은 그가 '부잣집 아들이니까 그런다'고 말하곤 했다. 그는 그 말이 늘 억울했다. (일단 그 '부잣집'은 오래 전에 망했다.) 유리한 환경 때문에 고민을 조금 쉽게 떨칠 수는 있었겠지만 좋은 조건일수록 저버리기 힘들 수도 있다. 누리는 것이 많을수록 잃을 것도 많기 때문이다. 그를 움직인 건 조건이 아니라 마음이었다. 박경석은 그만큼 야학을 사랑했다. 사람들과 마음을 터놓고 몸을 부대끼며 살아가는 것이 좋았다.

당시 그는 가장 오래된 교사이면서 가장 연장자였고 전장협의 활동가이기도 했던 실세 중의 실세였다. 그러나 아무도 그의 이름 뒤에 '교장'이란 직함을 붙여볼 생각을 하지 않았다. 왜 그랬을까. 어느 교사의 말처럼 그의 성격이 '도가 지나칠 만큼 명랑해서 단점일 정도'여서일 수도 있고 어쩌면 정말 그가 장애인이었기 때문

떠날 때가 되면 떠나는 것이 당연했던 시절에
박경석은 야학을 자신의 인생에 묶은 최초의 교사였다.
(2002년 장애인이동권 투쟁)

일지도 모른다.

야학은 모든 사람들이 사랑하는 공간이었지만 누구도 남으려 하지 않고, 남을 수도 없는 가난하고 외로운 공간이기도 했다. 그러니 아무도 누군가의 등을 떠밀지 못했으리라. 그때 박경석이 겸연쩍게 손을 들고 나섰다. 그가 야학을 사랑하는 방식은 '남아서 키우는 것'이었다. 그는 노들야학의 세 번째 교장이 되었다.

노들과 함께 세상을 바꾸자

1997년 6월 10일, 별 준비 없이 초라하게 진행된 박경석 교장의 취임식은 단언컨대 노들야학 역사에 있어 가장 중요한 순간이다. 떠날 때가 되면 떠나는 것이 당연했던 시절에 야학을 자신의 인생에 묶은 최초의 사람이 나타났기 때문이다. 그는 청춘의 한 마디를 끊어서 야학에 바치는 것이 아니라 자신의 인생길 위에 야학을 얹어 보았다. 그런 사람에게 야학 교사로 남는다는 것은 '고인 물이 되어 썩는 것'이 아니라 '새로운 물을 조직해서 끊임없이 흘러야 하는 도전'이 된다. 그리고 그런 이를 만난 야학은 더 이상 '사라져야 할 대상'이 아니라 '반드시 필요한 존재가 되도록 살려야 할 대상'이 된다. 한 사람이 자신의 인생을 걸고 손을 내밀기 시작했다.

> "노들과 함께 세상을 바꿉시다! 노들은 희망을 일구는 사람들의 터입니다. 희망을 일구는 실천은 노들이 '기능'으로 작용하는 것이 아니라 '가치'로 남는 것입니다. 우리의 교육이 장

애인을 차별하는 세상을 바꾸는 실천과 분리된다면, '보다 나은 대안적 세상'을 향한 우리의 가치는 사라지고 '시혜'와 '기능'의 껍질로만 남을 것입니다. 우리는 앞으로도 쉽지 않은 길을 갈 것입니다. 하지만 가치로 남는다는 것은 인생을 걸어볼 만한 일입니다."

누군가의 인생이 기대어지는 순간 그 존재는 숭고해진다. 노들은 이제 새로운 세상을 만들기 위한 수단이나 몰아내야 할 세상의 어두운 자리가 아니라, 우리가 만들어야 할 세상, 우리가 지켜야 할 가치, 그리하여 우리가 살고 싶은 삶 그 자체가 되기 시작했다.

그는 남았고 사람들은 떠났다. 반복되는 상실감에 대해 그는 이렇게 표현한 적이 있다. '추수가 끝나고 바람 부는 텅 빈 들판에 홀로 남아, 낮술에 취해서 하늘을 바라보는 마음 같았다'고. 그런 박경석 교장을 일으켜 세운 것은 그가 내민 손을 잡고 하나둘 배 위로 올라탄 사람들이었다. 노들과 함께 세상을 바꾸고 싶었던 사람들, 노들에게 어떤 힘이 있다는 것을 믿었던 사람들, 그들이 다시 박경석 교장을 지키고 키웠다. '사람'이라는 열매가 맺기 시작했다. 그가 교장이 된 후 야학에 올라온 사람들 중 적지 않은 수가 지금까지도 장애인운동의 현장에서 활동을 하고 있는 것은 결코 우연이 아니다. 야학의 행보는 조금 빨라지기 시작한다. 이제부터 노들이 굴러간 모든 곳에 그가 있다.

홀로서기

1999년 4월, 야학이 전장협의 부설기관으로 승격된 후 2년이 조금 지났을 무렵 야학은 다시 전장협과의 결별을 선택했다. 이 이야기에는 노들야학이 소중하게 지키고 싶어 했던 어떤 가치가 담겨 있다. 전장협의 조직국장이기도 했던 박경석 교장으로부터 당시의 이야기를 들어보자.

"전장협은 장애인운동의 대중투쟁을 이끌어왔다. 그러나 1990년대 중반 장애인 단체들이 전반적으로 보수화되고 시민운동의 흐름을 받아들이는 상황에서 독자적인 활동을 벌이는 데 어려움을 겪었고, 재정적으로도 심각한 압박을 받고 있었다. 1998년부터 전장협 내부에서는 한국DPI(한국장애인연맹)와의 통합이 논의되었다. DPI는 장애 문제에 대해 의사나 재활 전문가들이 중심이 되는 전문가주의를 배격하며 출범한 국제조직이었다. 장애인 당사자들이 조직을 이끌었고 그들은 모두 변호사나 교수 같은 엘리트였다.

통합을 주장하는 사람들은 장애인운동도 국제적인 조직을 활용해서 시대의 변화에 발맞추어야 한다고 말했다. 전장협의 방식으로는 정치력도 갖지 못하고 경제적으로도 어려움을 면할 수 없다는 것이었다. 통합을 주도했던 최씨는 80년대 좌파 운동 조직의 이론가로 유명한 사람이었다. 통합 이후 그의 정치력과 그가 끌어올 상당한 자금도 무시할 수 없는 힘이었다.

그런데 문제는 통합을 추진하는 과정이 전장협이 그동안 일구어놓은 현장 조직들을 하나 둘씩 끊어내는 과정이었다는 것이다. '또바기'라는 대학생 자원활동가 조직이 있었다. 주로 장애인 시설에 다니면서 빨래를 해주고 공부를 도와주었다. 자원활동을 매개로 장애 문제에 대한 고민을 비장애인에게까지 확산시키는 활동이었다. 최씨는 굳이 그런 곳에까지 조직의 역량을 투입할 필요가 없다며 또바기를 분리시켰다.

가장 큰 타격을 받은 곳은 노점 분과였다. 1995년 전장협은 장애인이자 노점상이었던 최정환 열사의 분신을 계기로 전국노점상연합과 연대하여 장애인자립추진위원회(장자추)라는 기구를 구성해서 활동해왔다. 그런데 최씨는 장애인운동은 노점운동과는 다르다고 하면서 이 기구도 없애버렸다.

장애인 시설을 민주화시키기 위한 싸움이었던 에바다 투쟁*

---

* 에바다 투쟁: 1996년 11월 평택 에바다복지회 소속 청각장애인들이 농성에 들어감으로써 그 문제가 세상에 알려졌다. 수억 원의 국고 및 후원금 횡령, 강제노역, 임금 착취, 인신매매, 폭력, 의문사 등 시설 비리의 전형을 보여준 사건이었다. 7년간의 투쟁 끝에 2003년 비리 재단 세력을 완전히 몰아내는 데 성공하고 전원 공익 이사진으로 교체되었다.

에 대한 연대도 중단되었다. 시설은 그 존재 자체로 반인권적이므로 시설의 민주화를 이야기하는 것 자체가 모순이라는 '반-시설'의 논리였다. 또한 시설 싸움은 끝이 없으므로 한정된 조직의 역량을 그곳에 쏟아 부을 수 없다고 했다.

사람마다 보는 관점에 따라 다르게 판단할 수 있다고 생각한다. 그러나 문제는 그것이 당시 전장협이 갖고 있던 '대중 공간'의 전부라 해도 과언이 아니었다는 사실이다. 또바기, 장자추, 에바다, 노들야학. 모두 장애인운동과 대중을 이어주는 끈이었고, 전장협이 목적의식적으로 치열하게 일구어놓은 현장이었다. 그리고 그곳에는 전장협의 조직국장이었던 내가 같이 어울리면서 고민을 나누던 사람들이 있었다.

통합은 전장협의 역사를 무시한 채 흘러가고 있었다. 그들이 짜는 새로운 판은 대중 투쟁을 강화하고 현장의 저항을 조직하는 방식이 아니었다. 그들의 지향은 엘리트 중심, 정책 중심의 회원 조직이었다. 통합이 전장협의 현장 투쟁과 저항 정신을 버리고 가는 거라면 끝까지 막아야겠다고 생각했다. 나는 전국의 지부들을 돌아다니며 통합을 반대하는 표를 조직했다. 그러나 결국 대의원총회에서 통합이 결정되었다. 민주적 선거에서 졌으니 순응할 수밖에 없었다. 통합 출범을 준비하는 기구에 나도 참여했고 1998년 12월에 통합 조인식을 치렀다.

DPI로 통합된 후에 나는 큰 바람을 갖지 않았다. 1996년부터 '장애인의 날'에 활동가 정태수가 조직했던 투쟁 사업으로

‘장애인고용촉진걷기대회’가 있었는데 1년에 한 번 이 투쟁만큼은 진심으로 조직해보자고 생각했다. 야학 학생들 몇 명 꼬드겨서 장애인의 날이나 노동절 집회에 데리고 나가는 것이 내 1년 농사의 기쁨이었다. 도로를 점거하고 경찰들과 싸우면서 우리의 분노를 표현하는 희열. 그것이 운동의 즐거움이고 행복이었다.

그런데 1999년 DPI가 개최한 장애인의 날 집회는 운동을 왜곡하는 것이었다. 집회를 아예 안 하려고 했다가 포항제철에서 봉고차 두 대를 기증하는데 MBC가 그걸 촬영하겠다고 하니까 급하게 준비해서 치렀다. 심지어는 방송국 카메라가 원하는 대로 다시 돌아가서 행진을 하기도 했다. MBC 장애인의 날 프로그램을 우리가 대신 촬영한 꼴이었다. DPI는 장애인의 날 집회조차 프로그램화시켜버렸다.

1999년 4월 서울 DPI 총회가 개최되었다. 그곳에서 최씨가 회장으로 추대될 것이었다. 선거에서 졌으니 통합은 받아들일 수밖에 없었지만 통합을 그런 방향으로 이끈 최씨가 회장이 되는 것은 반대할 권리가 있었다. 그러나 총회에서는 회장을 선출하는 투표를 하지 않고 그냥 박수 치고 통과시킨 후에 축하연을 벌일 거라고 했다. 내로라하는 유명 정치인들이 초대되었다. 나도 노들야학 사람들과 함께 참석했다. 그 자리에서 우리는 회장 선출을 민주적으로 해야 한다고 무기명 투표를 제안했다. 일종의 시위, ‘사보타주(태업)’ 같은 것이었다.

기분 좋게 박수 치고 넘어가려던 총회가 우리 때문에 2~3

시간을 더 끌었다. 결국 투표가 진행되었다. 그러나 결과는 아직까지도 모른다. 주최 측이 투표 결과를 발표하지 않고 그냥 '당선되었다'고 선언해버렸기 때문이다. 우리가 항의했지만 끝내 공개하지 않았다.

그날 이후 노들야학은 (DPI로 통합된) 전장협으로부터 독립했다. 기본적인 절차조차 지키지 않았던 것을 빌미 잡았지만 사실은 현장 투쟁의 노선을 버린 전장협과 더 이상 함께 갈 수 없다고 판단했기 때문이었다."

이 과정에 대해 한국의 장애인운동 20년을 정리한 김도현의 책 《차별에 저항하라》에는 다음과 같이 기록되어 있다.

"DPI와 전장협의 통합에 대한 반대 의견을 굽히지 않았던 몇몇 활동가들은 새로운 길을 모색했고, 당시 전장협의 조직국장이었던 박경석은 자신이 교장으로 있던 노들야학을 전장협 및 서울DPI에서 독립시켰다. (……)

(1993년에 있었던) 장청과 전장협의 통합은 장청이 자신의 정체성을 유지한 채 더 많은 대중과 만나기 위한 조건을 형성하는 과정이었다. 이에 반해 5년 뒤 전장협이 한국DPI로 통합되는 과정은 '노선의 전환'이라고 볼 수 있다. 말하자면 사회변혁적 관점과 대중 투쟁이라는 경로를 수정하여 제도권 정치 세력 내에 장애인의 지분을 형성함으로써 장애 문제를 해결하겠다는 새로운 길을 택한 것이었다."

달려라 봉고

해를 거듭할수록 야학에는 정립전자 바깥에서 공부하기 위해 찾아오는 학생들이 늘어났다. 1997년의 기록을 보면 학생 스물세 명 중 정립전자 노동자는 불과 일곱 명뿐이다. 나머지는 모두 집에 있는 사람들, 일명 '재가 장애인'들이었다. 그들은 대부분 걸어다니거나 가족의 도움을 받아 스스로 등하교 이동을 해결할 수 있는 사람들이었지만 더러는 아닌 경우도 있었다. 그런 경우 현직 교사뿐 아니라 퇴임 교사까지 동원되어 그들의 이동을 도왔다. 어떤 이는 소방서의 도움으로 구급차를 타고 매일 하교를 했다. 그러나 이러한 방식의 이동 지원은 도움을 주는 사람에게 사정이 생기면 언제든지 변동되거나 취소되었기 때문에 그 한계가 뚜렷했다.

1999년 4월 드디어 야학에 봉고차가 생겼다. 포항제철이 기증한 것이었다. 그러자 그동안 이동할 수 없어서 야학을 다니지 못했던 사람들이 하나 둘씩 입학하기 시작했다. 기존의 학생들이 정립전자 같은 공장식 노동이 가능하거나 혼자 이동할 수 있을 정도의 경증장애인이었다면 이 신입생들은 일상생활 전반에 걸쳐 활동보조가 필요한 중증장애인이었다. 그들은 학교는커녕 변변한 외출조차 해본 적이 없어서 생애 첫 외출이 20대, 30대인 사람들이었다. 첫 키스가 아니라 첫 외출이 말이다. '창살 없는 감옥'이란 말은 결코 수사(修辭)가 아니었다.

봉고의 첫 운전은 양현준 교사가 맡았다. 그의 역할은 단순히 운전만 하는 것이 아니라 방 안에 누워 있는 학생을 야학 교실 책상 앞까지 이동시키는 데 필요한 모든 활동보조를 포함하는 것이었다. 12인승 봉고에 휠체어를 실을 수 있도록 뒷좌석을 떼어내면 운전자를 빼고 여덟 명이 탈 수 있었다. 리프트가 설치되지 않은 일반 승합차였기 때문에 사람을 따로 안아서 태우고 휠체어를 따로 접어서 싣기를 반복해야 하는 고된 일이었다.

> "봉고가 생기니까 사람들이 무척 좋아했죠. 처음에는 오만 데를 다 갔어요. 하루에 양천구, 관악구, 노원구를 다 찍었어요. 서울의 북쪽 끝, 남쪽 끝, 서쪽 끝을 잇는 삼각형을 그리면서 달리는 거예요. 멀리 산다고 공부하고 싶다는 사람을 거부할 수 없었으니까요. 오후 2시부터 6시까지 등교 운전하고 밤 10시부터 새벽 2시까지 하교 운전을 했어요. 처음 몇 달은 재미있었는데 나중에는 '이거 진짜 사람 할 짓이 아니다!' 싶을 정도였어요." 양현준

봉고는 곧 만원을 이뤘다. 그래도 학생들은 계속 늘어났다. 봉고

를 타지 못하는 학생들을 위해 또다시 교사들과 자가용 운전자들이 총동원되어 일대일로 이동을 도왔다. 간혹 전동휠체어를 타고 혼자서 다니는 학생들도 있었다. 그러나 장애인이 대중교통을 타고 이동할 수 있는 사회적 환경은 매우 열악했다. 매일매일 '이동 전쟁'이 시작된 것이다.

지하철의 휠체어용 리프트는 너무 오랜 시간이 걸릴 뿐 아니라 고장과 사고가 잦았다. 그마저도 없는 경우가 더 많았다. 그런 경우에는 휠체어를 들어서 계단을 오르내려야 했고, 그러기 위해서는 지나가는 사람 서너 명을 모아야 했다. 전동휠체어는 몸집이 거대해서 더 많은 사람들이 필요했다. 거리와 인도는 크고 작은 턱들로 곳곳에서 끊어져 있었고 식당도, 은행도, 볼 일이 급해서 겨우 찾은 화장실마저도 번번이 계단으로 가로막혀 있었다. 학생회 총무를 맡은 누군가는 들어갈 수 있는 은행이 없어서 학생회비로 받은 수십만 원의 현금을 베개 속에 넣어두고 사용했다.

사정이 이러하니 한 학급 전체가 이동해야 하는 단합대회는 '뭐하고 놀까'가 아니라 '어느 곳이 접근 가능한지', '어느 곳이 이동 가능한지'부터 따져야 했다. 휠체어가 들어갈 수 있는 문화시설이나 식당은 가뭄에 난 콩보다 찾기 어려웠으므로 부푼 기대를 안고 나들이를 갔다가도 고생은 고생대로 하고 마음은 마음대로 상해서 단합은커녕 분열만 하는 일이 많았다. 때문에 대부분의 단합대회는 늘 가던 곳인 '처갓집'(광장동 호프집)이나 정립회관 잔디밭과 옥상을 벗어나지 못했다.

그러니 야학 전체가 이동해야 하는 소풍이나 모꼬지는 말해 무엇 하겠는가. '노들야학이 한강 둔치로 소풍을 갔다더라, 남이섬으로 모꼬지를 다녀왔다더라' 하는 말에는 매일매일 버스와 지하철을 갈아타며 출퇴근하는 사람들은 상상조차 하지 못할 어마어마한 이동 대란(大亂)이 포함되어 있어서, 그 뒤에선 첩보 작전에 가까운 이동 계획이 짜여져 돌아갔음을 의미한다. 야학의 모든 행사 준비는 '이동'으로 시작해서 '이동'으로 끝난다고 해도 과언이 아니었다.

창살 없는 감옥

봉고가 운행되기 시작하면서 중증장애인이 입학할 수 있는 물꼬를 트자 정말로 야학의 '물'이 바뀌는 데에는 그리 긴 시간이 걸리지 않았다. 교사회의에는 연일 신입생들의 안타깝고 충격적인 이야기들이 올라왔다. 그들은 여린 사춘기를 눈물로 보내고 시퍼런 청춘의 시간을 집과 시설에 갇혀 '아직 죽지 않은 사람'처럼 지내왔다고 했다. '숨 쉬는 것 빼고는 모든 것이 차별'이었다는 그들의 이야기를 들어보자.

"1989년 내 나이 스무 살. 의정부의 장애인 공동체에 가게 되었다. 여전도사님이 신체장애를 가진 다섯 명을 돌보았다. 특별히 하는 일 없이 먹고 자는 일만 반복했다. 식구들이 보고 싶어 힘들었다. 사는 것이 아무런 의미가 없다는 생각을 자주 했다. 결국 4년 만에 집으로 돌아왔다. 곧 가족들이 나 때문에 다투기 시작했다. 눈치가 보였다. 6개월 만에 다시 광주의 한 장애인 공동체에 들어갔다. 십여 명이 함께 지냈는데 그곳 역시 매일매일이 똑같고 지겨웠다. 다시 집으로 돌아왔다. 그 즈음 부모님이 하시던 사업이 망해서 집안 형편이 어려워졌다. 6개월 후 나는 다시 양평에 있는 공동체로 발길을 돌렸다. 이십여 명이 함께 생활했다. 2년 만에 다시 서울 집으로 돌아오게 되었을 때에는 내 나이 서른이었다." 이규식

"특수학교에 다녔었는데 학교가 지방으로 이전하면서 더 이상 다닐 수 없게 되었다. 나는 가족의 반대를 무릅쓰고 끝까지 저항하여 집에서 가까운 일반 중학교 진학을 '쟁취'했다. 장애인 통합교육이 시작되던 무렵이었다.

기대와 달리 학교 생활은 너무나 괴로웠다. 어떤 선생님은 특수학교 출신인 내가 학교의 질을 떨어뜨린다는 말을 대놓고 했다. 한 선생님은 수업시간마다 나를 째려보면서 야단을 쳤다. '똑바로 앉아라', '너는 왜 교복 치마를 입지 않느냐', '머리 길이가 학교 규정과 맞지 않다' 등등 나도 어쩔 수 없는 것들을 꼬투리 잡으며 괴롭혔다. 그런 일이 있을 때마다 나는 울음을 참지 못했다. 그때 하도 많이 울어서 지금은 웬만해서는 울지 않는다.

같은 반 아이들 역시 처음에만 호기심으로 잘 대해주다가 나중에는 나약하고 소심해진 나를 멀리하기 시작했다. 나는 점점 혼자가 되었다. 결국 1년 만에 스스로 학교를 그만두고 긴 사춘기를 집 안에서만 갇혀서 지냈다. 나는 점점 '짐' 같은 존재가 되어갔다. 머리 모양 하나 내 맘대로 결정하지 못했고, 언니들의 결혼식과 부모님 환갑잔치에도 초대받지 못했던 기

억은 아직까지 가슴에 상처로 남아 있다." 김상희

"집에만 있을 때에는 솔직히 말해서 내 문제에 대해서 잘 몰랐다. 집에만 있으면 날마다 생활이 똑같다. TV 보고 신문 보고 라디오 듣는 게 전부다. 4년 전 처음으로 가족과 떨어져 살아보려고 강원도 철원에 있는 은혜요양원으로 갔었다. 1주일 내내 울기만 하고 적응을 못했다. 새삼스레 가족의 사랑을 그리워하며 집으로 돌아왔다.

야학은 나의 두 번째 사회생활이다. 힘든 때도 있었지만 즐거움도 많고 좋은 사람들도 많이 만났다. 난 이곳을 좋아한다. 아니, 사랑한다. 내가 살아 있는 동안은 여기를 계속 다니고 싶다. 그러나 아침마다 갈등이 생긴다. 엄마와 나는 전쟁을 치른다. 세수하고, 머리 감고, 옷 갈아입고…… 엄마의 힘든 모습에 가슴이 아프다. 그렇지만 나는 행복하다. 나처럼 집에만 있어야 되고 누군가의 도움이 필요한 사람들에게 권해주고 싶다. 그래도 세상에 한번 나와 보라고." 임은영

'쓸모없고 무능한 존재'라는 누명을 쓰고 감옥에 갇혔던 사람들. 각자의 집에 홀로 있었을 때는 그것이 '문제'인지도 몰랐던 사람들. 그들이 모이기 시작했다. 장애 문제를 풀기 어려운 것은 당사자들이 모일 수 있는 방법도, 공간도 없기 때문이었다. 중증장애인일수록 더 심각했다. 그런 상황 속에서 노들야학의 교실은 중증장애인의 고민과 상처, 분노가 만나고 활성화되는 뜨거운 '현장'이 되어가고 있었다.

위대한 첫걸음

1999년 6월 28일, 지하철 4호선 혜화역. 학생 이규식은 대학로에서 친구를 만나고 집으로 돌아가던 길이었다. 그는 첫 번째 리프트를 타고 지하 1층으로 내려간 후 다시 지하 2층 승강장으로 내려가기 위해 이제 막 두 번째 리프트로 올라타려던 중이었다. 리프트 위의 공간이 좁아서 그는 조심스럽게 전동 스쿠터를 조작하기 위해 노력했다. 그러던 중 '아차' 하는 순간 앞바퀴가 리프트 바깥으로 나가버렸다. 바퀴의 진행을 막아줄 안전판이 제 구실을 전혀 하지 못했던 것이다.

"아악!"

그는 외마디 비명을 지르며 스쿠터와 함께 계단으로 곤두박질쳤다. 말로 다 할 수 없는 공포가 온몸을 휘감았다.

'아이고! 나는 이렇게 죽는구나!'

그는 곧바로 병원으로 후송되었고 전치 3주의 부상을 입고 목과 머리에 치료를 받았다.

확인 결과 리프트는 처음 설치된 뒤 한번도 안전점검을 받지 않은 것이었다. 이처럼 위험한 장애인용 리프트가 서울 시내 지하철 곳곳마다 설치되어 있었다. 집 밖으로 나온 장애인에게 세상은 언제 어디서 터질지 모르는 거대한 지뢰밭이었다. 그러나 그것이 지뢰인 줄 뻔히 알면서도 이동하기 위해선 피할 도리가 없었다.

야학은 곧바로 성명서를 내고 대책위원회를 구성했다. 그리고 서울시 지하철공사를 찾아가 사고의 책임을 규명하고 대책을 마련하라고 요구했다. 그러나 공사 측은 문제의 리프트가 '법적 규정에 어긋나지 않는다'며 자신들에게는 책임이 없다고 말했다. 오히려 책임은 휠체어를 잘못 운전한 이규식에게 있다는 것이 그들의 주장이었다.

'법을 어기지 않았다'는 공사 측의 말은 사실이기도 했다. 그들에겐 지켜야 할 법조차 없었다. 지하철 리프트는 1988년 서울에서 장애인 올림픽이 열렸을 때 외국에서 온 손님들에게 보여주기 위해 급하게 설치한 것들이었다. '보여주기'가 목적이었던 만큼 '안전하게 타기' 위한 관리 규정은 제대로 만들어놓지 않았다. 그 후 10년이란 시간이 흐르는 동안 휠체어는 더욱 커지고 무거워졌지만 리프트는 가만히 매달린 채 점점 낡아가기만 했던 것이다.

1999년 8월, 야학은 이규식과 함께 서울시 지하철공사를 상대로 손해배상소송을 제기함으로써 기나긴 법정 싸움에 들어갔다. 그리고 같은 해 10월, 지루한 법정 공방이 오가는 사이, 보란 듯이 또 사고가 터졌다. 이번에는 야학 학생 이홍호가 5호선 천호역에서 리프트를 타다가 추락했다. 다행히 옆에 있던 공익 요원이 붙들어주어서 크게 다치지는 않았다. 그러나 자칫하면 큰 사고가 될 수 있었던 만큼 야학 사람들의 분노는 뜨거웠다. 서른 명도 안 되는 학생 중에 휠체어를 타는 사람은 스무 명 남짓. 그중에 벌써 두 명이 겪은 사고였다. 예견된 사고. 다음 차례가 누가 될지는 아무도 모를 일이었다. 도처에 명백한 위험이 도사리고 있었다. 그러나 어떤 것도 법적 규정에 어긋나지 않았으며 잘못한 사람도, 책임질 사람도, 해결할 사람도 나서지 않았다.

이듬해 5월, 마침내 법원은 이규식의 손을 들어주었다. 지하철공사에게 사고의 책임을 묻고 보상금 500만 원을 지급하라는 판결을 내린 것이다. 그 후 혜화역은 리프트를 철거하고 국내 최초로 지하에서 지상으로 연결되는 엘리베이터를 양방향으로 설치했다.

노들은 자신의 문제를 법정에 세움으로써 장애인의 이동권을 보장받는 첫 번째 사례를 만들었다. 자신들은 아무 잘못이 없다며 발뺌하던 서울시와 지하철공사에게 그 책임을 물은 위대한 첫걸음이었다. 이 사건으로 노들야학에는 전례 없는 대중적 투쟁이 만들어졌다. 모두가 분노하고 모두가 달려갔다. 이규식은 이렇게 말했다.

> "그 경험은 나에게 큰 깨달음을 주었다. 나의 문제로 집회를 하게 되었고 사람들과 함께 싸우면서 문제를 해결해나갔다. 참지 않고 우리의 목소리를 내면 무언가를 바꿀 수 있다는 사실을 알게 되었다. 그 과정 속에서 나도 바뀌고 있었다."

이 사건에 대한 야학의 관심과 노력은 대단했던 것으로 보인다. 재판의 승리가 이 싸움의 '끝'이 아니라 앞으로 일어날 어떤 일의 중요한 '시작점'이 될 것이라 여기고 모든 것을 꼼꼼히 기록해두었다. 그리고 그 기록은 이렇게 끝맺고 있다.

"작은 첫걸음을 내디뎠다. 하지만 이것이 모래 위에 디딘 것인지 반석 위에 디딘 것인지 지금 우리는 잘 알지 못한다. 우리가 애써 기억하지 않으면 그것은 흔적도 없이 바람에 날려 사라질지 모른다. 기억해야 한다. 조금씩 눌러주지 않으면 또 다시 잊혀져버릴 흔적들을. 기억하자. 우리에겐 세상 모든 길을 갈 수 있는 당연한 권리가 있다." 노들바람

저항의 가치로 살아남기 위하여

지원군이자 나침반이었던 전장협(전국장애인한가족협회)이 사라지자 노들야학은 온전히 자신만의 힘으로 살아남아야 하고 운동을 꾸려 나가야 했다. 박경석 교장은 전장협이 해소되는 과정을 겪으면서 '현장 투쟁'의 정신을 지켜 나가기 위해서는 물적 토대가 매우 중요하다는 사실을 뼈저리게 느꼈다. 돈 앞에서 약해지지 않기 위해서라도 최소한의 돈은 필요했다. 1년 예산이 천만 원도 되지 않던 시절에 봉고차 한 대를 운행하는 데에만 천만 원이 더 필요했다. 그러나 IMF 이후 정립전자로부터 매년 들어오던 수백만 원의 지원금은 오히려 중단되었다.

한편 장애인을 차별하고 멸시하며 생명까지 위협하는 사건들이 곳곳에서 터져나오고 있었다. 1996년 평택에서 시작된 에바다 투쟁이 장기화되고 있었고, 1999년에는 두 번의 리프트 추락 사고가 발생했으며, 2000년에는 서주현 씨가 장애를 이유로 대학 입학시험에 거부당하는 사건이 일어났다. 그러나 이들의 작고 힘없는 목소리를 대변해 싸워줄 장애인단체는 어디에도 없었다.

야학은 한편으로는 돈을 벌고 한편으로는 각종 사안들에 대응하느라 갈수록 바빠졌다. 시청과 구청을 찾아다니며 운영비를 요청하고 풀뿌리 후원자를 늘려나갔으며 사건이 터질 때마다 평택과 서울 사이를 오가며 집회를 열고 소송을 했다. 상근자도 없는 상황에서 이 모든 활동은 박경석 교장과 헌신적인 교사들에 의해 이루어졌다. 그러나 대부분의 교사들이 대학생인 조건에서 이러한 활동을 지속적이고 안정적으로 추진하기는 매우 어려웠다. 변화가 필요했다.

1999년의 어느 날, '노들의 전망을 만들려는 사람들'이 한자리에 모여 앉았다. 이들 사이에는 옛 전장협의 활동가들도 있었다. 모두가 DPI로 흡수되어 딸려 갔을 때 여전히 그 자리에 남은 사람들이었다. 그들은 전장협의 정신을 지키고 싶어 했다. 한 줌도 안 되는 이 초라한 재야들에게 노들은 유일하게 딛고 설 땅이었다.

아무도 욕심내지 않았던 공간, 가진 거라곤 공짜로 얻어 쓰는 교실 두 칸이 전부였던 곳. 그러나 노들에는 '이 땅에서 장애인으로 살아간다는 것'이 어떤 의미인지 온몸으로 증언하는 학생들과 계산 없이 열정적인 교사들이 있었다. 그들은 노들의 힘을 믿었고 그 힘을 기반으로 다시 무언가를 일으키고자 했다. 새로운 세기를 여는 2000년의 초입에서 이루어진 '노들야학의 발전을 위한 간담회'에서 박경석 교장은 이렇게 말했다.

"야학의 관계는 끈끈함과 친밀함으로 맺어져 있다. 그것은 큰 장점임이 분명하다. 그러나 그것이 왜곡되면 오히려 걸림돌이 되기도 한다. 교육을 통해서, 왜곡된 친목 위주의 관계를 극복해야 한다. 생활을 함께한다는 것은 단순히 친하게 지내는 것이 아니다. 세상을 향한 비판적 의식과 저항의 가치까지 나눌 수 있어야 한다. 생활공간을 조직적으로 건설한다는 것은 이곳을 통해 진보적 장애인운동의 기초를 만들어 갈 전망을 가지는 것이다."

끈끈한 '관계'가 아니라 단단한 '구조'를 만들기 위한 모의. '마음'의 변덕스러움을 견딜 '근육'을 길러야 한다는 어떤 의지들이 달그락달그락 끓기 시작했다. 민심을 얻기 위해 '운동'이라는 카드를 숨겨야 했던 초창기 교사들의 머뭇거림은 7년이 지나도록 크게 진전되지 못한 채 습관이 되어버렸고, 친밀함은 서로 다른 생각의 경합을 가로막는 걸림돌이 되기도 했다. 야학의 역사는 7년이 되었지만 교사들의 역사는 여전히 2년을 넘어서지 못하고 있었다. 싱싱함을 잃지 않는 대신 숙성되지 않는 곳. 끈적이지만 연약했던 관계가 노들의 성장을 가로막고 있었다.

운동이 사라져가는 시대였다. 야학은 장애인의 학력을 높여서 차별을 가리는 데에 기능하는 것이 아니라, 차별 없는 세상을 향한 저항의 가치를 실천하는 공간이 되어야 했다. 노들은 그 저항이 이름 있는 정치인의 힘찬 연설로서가 아니라, 방구석에 갇혀 소리조차 내지 못하는 수많은 중증장애인들로부터 시작되어야 한다고 믿었다. 꽁꽁 숨어 있는 그들을 집 바깥으로 데리고 나와야 했다. 그러기 위해 노들은 한 걸음 더 나아가야 했다. 이 높고

1999년 노들야학은 장기적인 전망을 만들기 위해 여러 가지 변화를 모색한다. (검정고시 위주의 수업을 벗어나기 위해 도입한 수화 수업)

고립된 정립회관이 아니라 새로운 공간이 필요했다. 돈을 벌어야 했다. 그리고 이 일들을 꾸준히 추진해나갈 사람이 있어야 했다.

2000년 7월, 한 청년이 역사적 사명을 띠고 아차산 언덕을 올라 야학의 문을 열었다. 에바다 투쟁에서 노들과 인연을 맺은 김도현이었다. 그는 활동비 50만 원을 받는 조건으로 야학에 '취직'한 첫 번째 상근활동가였다.

쉬는 시간

교사회의 불참 사유서

날씨가 무척 포근해졌습니다.

노들 교사 여러분, 모두 위치한 곳곳에서 열심히 살아가고 있으리라 생각합니다. 근간 중국에서부터 유입되는 황사의 영향으로 기관지 계통의 건강에 유념하시길 바라며……

다름이 아니오라 본인의 사정으로 지난 교사회의에 불참하였습니다. 사정을 말씀 드리오면 선배 결혼식 참석차 잠실 롯데월드 예식장에 가게 되었는데 그곳은 정립회관과 매우 가깝기 때문에 당연히 결혼식이 끝나면 곧바로 회의에 달려가리라 마음을 먹고 있었습니다.

그런데 85학번 선배의 결혼식에 후배가 본인을 포함하여 세 명밖에 오지 않은 사실이 확인되자 저는 선배들로부터 극심한 질책을 받았고, 급기야 식당에 내려가 손님들이 드시는 갈비탕 그릇 수를 카운트하는 보직을 맡게 되었습니다. 그러나 피로연이 끝났을 때 식당 측이 주장하는 갈비탕 그릇 수와 제가 센 그릇 수 사이에 커다란 오차가 발생하였고 그 비용 정산 문제를 두고 갈등이 지속되었습니다.

5시쯤 모든 일이 끝나고 인근 맥주 집에서 간단한 뒤풀이가 있었습니다. 저는 후배들의 참석을 독려하지 않은 데 대한 자책과 그릇 수를 잘못 셈하였다는 죄책감에 휩싸여 신랑의 형이 주신 소주 반 병을 원샷한 후 그만 정신을 잃고 말았습니다. 정신을 차렸을 때는 인근에 있던 선배의 집이었고 술을 한 잔 더 하고 집에 돌아왔을 때는 이미 밤 11시 30분을 넘어서고 있었습니다.

교사회의를 참석하지 않은 데 대해 오늘 교사대표님으로부터 전화상으로 심한 꾸중을 듣고 본인도 깊은 반성 속에 하루를 보냈습니다. 저 하나의 불찰로 인해 동료 교사 여러분께 심려 끼쳐 드린 점에 대하여 심심한 사과의 말씀을 드립니다.

1994. 4. 10. 김도식

2주에 한 번 토요일 저녁마다 열리는 교사회의는 노들야학 교사의 가장 중요한 의무 사항이다. 회의에 참석하지 못할 경우 불참 사유서를 제출해야 하는데 그 사연들이 구구절절하다. "아이구, 그래, 이럴 땐 오기 힘들지!"라는 말이 절로 나오게 써야 한다. 선배가 5년 만에 출소를 했다거나 30대에 벌써 노인성 질환인 '이석증'에 걸렸다거나 자신이 너무나도 사랑하는 제주의 구럼비가 폭파될 위험에 처했다거나……. 사유가 무엇이든 자신의 부덕을 인정하고 머리 숙여 사죄하는 것으로 끝난다. 제법 내밀한 소통의 수단이기도 해서, 때론 회의에 참석한 사람보다 참석하지 않은 사람의 사유서가 더 많은 이야기를 하기도 한다.

2교시

투쟁

인간답게 살고 싶다

2001년 2월 6일, 지하철 1호선 서울역 플랫폼에는 조금 전 역 앞 광장에서 집회를 마친 수십 명의 사람들이 속속 내려오고 있었다. 그들 중 절반은 휠체어를 타고 있어서 계단을 내려올 때마다 사람들은 휠체어를 탄 동료들을 힘껏 들어 올려야 했다. 일행의 마지막 사람까지 다 내려왔다는 신호가 전해졌다. 이윽고 지하철이 들어와 문이 열렸다. 그러나 그들은 긴장된 눈길만 주고받을 뿐 아무도 열차 안으로 발을 들여놓지 않았다.

잠시 후 천천히 움직이기 시작한 열차는 점점 속도를 내더니 이내 플랫폼을 빠져나갔다. 그때였다. 박경석 교장과 몇 명의 장애인이 야학 교사들의 도움을 받아 선로 아래로 내려가기 시작했다. 누군가 구호를 외치기 시작했다.

"더 이상 죽을 수 없다! 장애인 이동권 보장하라!"

이 행동은 2주 전 일어난 사고에 대한 장애인의 분노를 표현하기 위한 것이었다. 2001년 1월 22일, 4호선 오이도역에서 휠체어용 리프트가 추락하여 한 명이 숨지고 한 명이 크게 다쳤다. 명절을 맞이해 아들네 집에 가려던 장애인 노부부가 변을 당한 것이다. 야학은 곧바로 대책위를 꾸려 이날의 행동을 조직했다.

잠시 후 다음 지하철이 도착한다는 신호음이 울려 퍼졌다. 사람들이 점거한 곳은 열차가 평상시에 정차하는 곳보다 앞선 지점이었기에 열차에 치일 염려는 없었다. 그리고 점거가 시작되었을 때 한 사람이 역무실로 달려가 이 사실을 전달했기 때문에 다음 지하철의 기관사도 이미 이 상황을 알고 있었다. 그럼에도 지켜보던 이들의 심장은 세차게 벌렁거렸고, 누군가는 벌써 울음을 터뜨렸다.

곧이어 열차가 역사 안으로 진입했다. 열차는 경적을 울리며 선로 위에 버티고 있는 사람들 앞에 서서히 멈춰 섰다. 강렬한 헤드라이트 불빛이 어두운 선로에 드러누워 있는 이들을 비추자 그제야 지켜보던 사람들은 가슴을 쓸어내렸다. 그때부터는 플랫폼 위에 남아 있던 사람들이 너도나도 선로 아래로 내려가기 시작했다.

이날 지하철 1호선이 30분간 운행을 멈추었고 서른두 명이 경찰에 연행되었다. 그리고…… 30년 동안 방구석에 갇혀 있던 장애인들의 분노와 절망도 세상 앞에 그 모습을 드러내었다. 그들은 마치 낮달 같은 존재들이었다. 존재하고 있으나 보이지 않았던 삶. 뒷방에 밀쳐지고 산골짜기에 버려졌던 사람들. 차가운 레일 위에 누워 자신들이 멈춰 세운 지하철을 바라보는 그들의 머릿속에는 지난 시절의 서러웠던 기억들이 파노라마처럼 스쳐 지나갔다.

엄마 등에 업혀 찾아간 학교에서 입학을 거부당하고 돌아오던

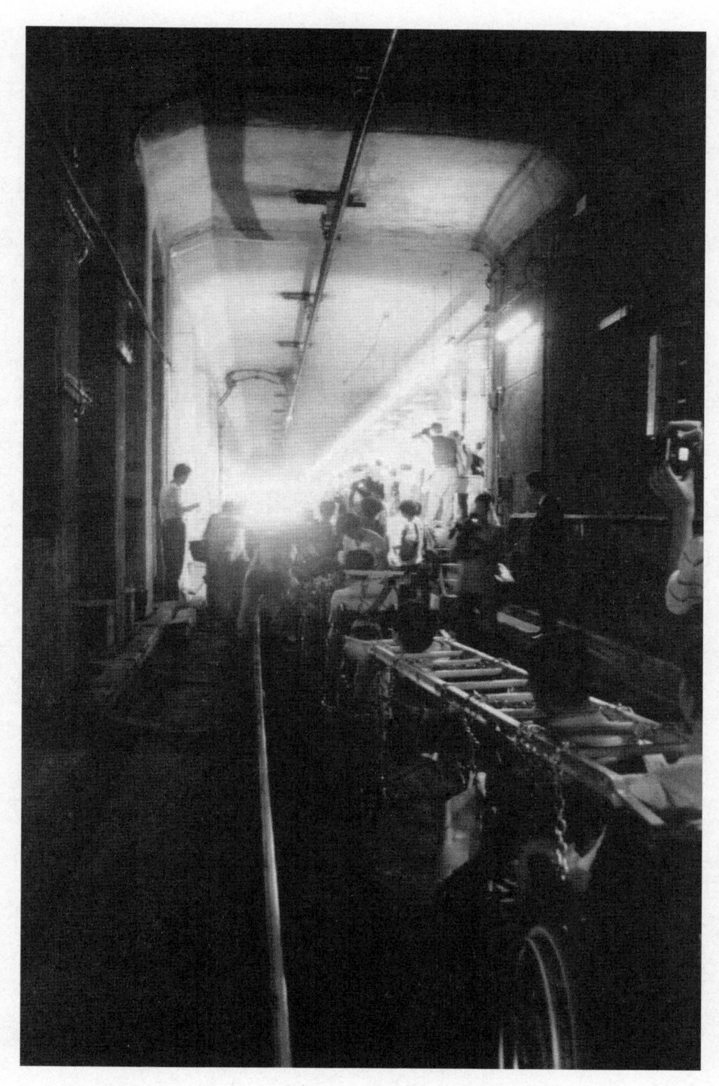

그들은 지하철을 막았다. 그것은 또 다른 죽음을 막기 위한 것이었다.
(2002년 시청역 선로 점거 농성)

길, 동생들이 모두 학교에 간 후 혼자 남았던 무수한 아침, 정규 방송이 끝났음을 알리는 TV의 소음으로 시작되었던 유년의 오후, 가족에게 짐이 되기 싫어 스스로 들어간 시설에서 숨죽여 울었던 밤, 초대받지 못한 언니의 결혼식…… 손을 뻗어 닿는 곳에 죽음이 있었다면 미련 없이 놓아버렸을 형벌 같은 삶이었다. 그들이 목놓아 외쳤다.

"장애인도 인간이다! 인간답게 살고 싶다!"

이 사건은 이후 장애인들의 삶을 획기적으로 바꾸었을 뿐 아니라 한국 사회의 야만적 속도에 제동을 걸어 사회를 보다 인간적인 모습으로 바꾸어낸 장애인 이동권 투쟁의 결정적 불씨가 되었다.

TV에서 '불쌍한' 장애인을 보면서는 혀를 차고 지갑을 열던 사람들이 눈앞에서 자신의 길을 막고 그 길을 함께 가자고 외치는 장애인들에게는 '병신'이라며 비난을 퍼부었다. 그때 박경석 교장은 이렇게 말했다.

> "좋습니다, 우리는 병신입니다. 그러나 당당한 병신으로 살고 싶습니다. 30년 동안 집구석에서 갇혀 지냈다고 아무리 말해도 안 들어주더니, 자신들이 당장 30분 늦으니까 저렇게 욕을 하는군요. 이제 그 병신들에게도 인간으로서의 최소한의 권리가 있다는 것을 알려줍시다. 당당한 병신으로 살아봅시다!"

이 장면은 마치 30년 전 전태일이 노동자들을 조직하여 그 모임을 '바보회'라 부르자고 제안했던 모습과 비슷하다. 전태일은 노동자들이 '바보'처럼 굴종하며 살아왔음을 뼈아프게 깨달아야 한다고 했다. 그리고 세상 사람들이 '바보'라고 비웃는 노동운동을 하기 위해서는 진짜 '바보'처럼 들이박아야 한다고 말했다.

이날 장애인도 '당당한 병신'으로 새롭게 출발했다. '부정'의 표지를 '자긍심'의 표지로 바꿀 수 있는 힘, 그것은 오직 싸우는 자만이 가질 수 있는 전복적 힘이다. 수만 명을 태우고 달리는 서울의 동맥을 잠시 끊어버리는 용기는 진짜 '병신'이 아니고는 부릴 수 없는 것이지 않겠는가.

그러니 가장 중요한 불씨는 그날 현장에 있었던 사람들의 마음 안에서 일어났을 것이다. 세상은 이제 그날의 사건이 있기 전과 후로 나누어졌다. 아무것도 달라지지 않았지만 모든 게 변했다. 어쩌면 다른 삶이 가능할지도 모른다는 희망. 잠시 세상을 멈추고 떠들썩하게 만들었던 힘이 바로 그들 자신 안에서 솟구쳐 나오는 것을 똑똑히 보았던 것이다.

이동할 수 없는 자들의 이동권 투쟁

마른 풀에 불이 붙듯이 이동권 투쟁은 금세 활활 타오르기 시작했다. 중증장애인의 본격적인 대이동이 시작되었다. 그러나 '장애인이 안전하고 편리하게 이동할 수 있는 권리'란 구호 속에만 있는 것이었다. 그들의 이동은 대부분 불편하고 때론 불가능했으며 늘 위험했다. 하지만 외출을 할 때마다 번번이 가슴이 뛰었던 것은 단지 그것이 위험천만해서만은 아니었다. J의 이야기를 들어보자. J는 그 시절 이동권 투쟁의 현장에서 흔히 만날 수 있었던 평범한

2001년 8월 29일, 사람들은 장애인 이동권 보장을 요구하며
광화문에서 버스를 점거한 채 농성을 벌였다.

중증장애인이었다.

"집회가 1시든 2시든 상관없이 늘 아침을 먹고 집을 나선다. 이동에 드는 시간은 예측하기 어렵다. 계단 30개를 오르는 데 30분이 걸릴 때도 있고 1시간이 걸릴 때도 있다. 역무원을 기다리는 데 10분, 반대편에 가 있는 리프트를 기다리는 데 10분, 덜덜거리는 리프트를 타고 10분. 그런 계단이 한 역에서만 3~4번.

그래도 그렇게 바깥으로 나갈 수 있다는 사실이 꿈만 같다. 어차피 남는 게 시간이고 집에 있어 봐야 누워 있기밖에 더 하겠는가. 평생 누구 하나 반겨주는 사람이 없었는데 지난번 집회에서 만난 머리 하얀 할아버지는 내 손까지 잡으며 '다음번에도 꼭 나오라'고 하지 않았던가. 갈 곳이 있다는 사실이 이렇게 신나는 일인 줄 처음 알았다. 운이 좋으면 뒤풀이에도 낄 수 있으리라. 지난번에는 삼겹살에 소주를 먹었는데 꼭 드라마 주인공이 된 것 같았다. 몸속에서 술이 퍼져가는 느낌을 잊을 수가 없다."

많은 사람들이 J처럼 이동권 투쟁을 통해 세상 밖으로 처음 나왔다. 한 달에 한 번 열렸던 '버스 타기 투쟁'과 토요일마다 벌어졌던 100만인 서명 운동은 J들의 '학교'였다. 그들은 그렇게 외출을 하고 지하철을 타고 사람을 만나고 뒤풀이를 하며 세상에 눈을 떴다. 이동권 투쟁의 현장은 많은 사람들이 오해하듯 그리 처절하거나 비장하지 않았다. 투쟁의 시작은 분명 J들이 처한 극악한 억압과 차별이었지만 그것을 지속적으로 밀고나갔던 힘은 매일매일 이 짜릿한 도전이었던 이 '사회 초년생'들의 뜨거운 흥분과 갈망이었다. 현장은 이들이 뿜어내는 눈부신 생동감으로 늘 활기가 넘쳤다.

한편, 이들이 모일 수 있게 하고 소리를 칠 수 있도록 판을 만들어야 했던 비장애인 활동가들의 노력은 눈물겨웠다. 집회를 하다가도 연행되는 것은 모두 이 비장애인들이었고 그들의 죄목은 하나같이 '아무것도 모르는 장애인을 배후 조종했다'는 것이었다. 이 '배후'들이 하는 일이란 보통 이런 것이었다.

"본격적인 서명 운동은 서울역에서 진가를 발휘했다. 그 무더운 여름, 아침 9시부터 밤 10시까지 매일 13시간씩. 다시 생각해도 끔찍하다. 서명전을 하기 위해서는 먼저 사람을 조직하여 혼자 오기 힘든 학생들을 봉고로 데려와야 한다. 그 다음에는 서명전에 필요한 책상과 물품들을 운반한다. 서명전이 끝나면 뒤풀이를 하고, 뒤풀이가 끝나면 학생들을 다시 집에 데려다주어야 한다." 최진석

"시청 광장에서 천막을 치려다가 경찰에게 침탈을 당했던 날이 있었다. 천막은 부서지고 사람들은 연행됐다. 천막 농성을 계획했다가 그 모양이 됐으니 일단은 모두 다 집으로 돌아가야 했다. 그런데 장애인분들이 집에 안 가시는 거다. 못 가는 거 반, 안 가는 거 반. 하는 수 없이 열두 명 정도가 사무국에 와서 같이 잠을 잤다.

아침에 눈을 떴는데…… 너무 끔찍했다. 주위에 중증장애인들이 새까맣게 누워서 모두 나 일어나기만 기다리고 있었다. 다시 눈을 감고 싶었다. 그래도 집회는 해야 되니까 대충 씻기고 화장실도 가고 컵라면도 하나씩 먹었더니 오전 시간이 다 갔더라." 김도현

비폭력 과격 투쟁

2002년 장애인이동권연대는 보건복지부 장관을 상대로 헌법소원을 제출했다. 국가가 장애인의 이동권을 보장하지 않았기 때문에 헌법이 보장한 '인간답게 살 권리'를 침해당했다는 내용이었다. 하지만 판사들은 그 권리를 인정하지 않았다. '그 똑똑한 사람들'이 '그 두꺼운 법전'을 몇 날 며칠씩이나 뒤져서는 고작 밝혀냈다는 사실이 '장애인이 이동하지 못하는 것이 반드시 국가의 책임이라고만은 할 수 없다'는 것이었다.

장애인이 탈 수 없는 버스는 '합법'인데 버스를 막은 장애인은 '불법'인, 그것이 법이었다. 장애인을 배제하고 내달리는 전철은 보내주고 거북이처럼 느린 사람들을 잡아 감옥에 가두는, 그것이 질서였다. 평생 '법'이라는 것을 몰랐으니 어길 것도 없었던 삶은 더 이상 나빠질 것도 없었다. 아무리 소리를 질러도 서지 않는 그것들을 붙들기 위해 장애인들은 도로로 뛰어들고 선로를 점거했다. 버스를 세우고 지하철을 막았다. 책임져야 할 사람들은 나타나지 않았고, 언제나 경찰들만 달려와 시위대를 체포하겠다고 위협했다. 가진 것이 몸뚱어리밖에 없는 사람들은 끌려가지 않기 위

해 휠체어와 몸을 쇠사슬로 묶었고, 다시 서로와 서로를 연결했다. 그것은 이동할 수 없는 인간의 삶을, 평생토록 보이지 않는 사슬에 묶인 채 살아온 자신들의 삶을 표현하는 것이기도 했다. 그렇게 연결된 사람들은 시간이 흐르며 점점 늘어나 수십이 되고 수백이 되었다. 그러자 그들 사이를 잇고 있던 사슬은 질긴 담쟁이가 되어 억압과 질곡의 벽을, 법과 질서의 벽을 집요하게 타고 넘기 시작했다.

이동권 투쟁은 지하철 연착 투쟁, 버스 타기 투쟁, 선로 점거, 버스 점거, 도로 점거, 쇠사슬 시위, 단식 농성 등의 극적인 방식으로 전개되었다. 3년 동안 줄기차게 이어졌던 100만인 서명운동은 집 안에서만 지내던 중증장애인들이 대중적으로 이 운동에 참여할 기회를 만들었고 이동권에 대한 사회적 관심을 이끌어냈다. 그리하여 2005년 1월, 마침내 이동권을 인권의 관점에서 명시하고 저상버스를 의무화한 교통약자의이동편의증진법이 제정되었다. 비로소 전국의 수많은 장애인들을 위한 길과 이동수단이 마련된 것이다. 김도현은《차별에 저항하라》에서 이동권 투쟁에 대해 이렇게 기록하고 있다.

"2001년 이후 한국 장애인운동이 보여주었던 가장 큰 특징은, 1990년대 중반 이후 점차 약화되다가 전장협의 소멸로 단절되다시피 했던 현장 대중 투쟁의 복원이라 할 수 있다. 그리고 그 복원이 장애인이동권연대의 투쟁으로부터 시작되었다는 데는 누구도 이의를 달지 않는다. 전장협의 마지막 계승자라 할 수 있는 노들야학이 오이도역 추락 참사를 계기로 벌인 비타협적인 현장 투쟁을 통해 장애인운동에 새로운 흐름을 만들었다."

권리는 법전에 있지 않았다. '배운' 사람들이 먼저 찾아서 하사하는 것은 더더욱 아니었다. 권리는 차별받고 억압받는 사람들이 그 자신의 힘으로 싸워서 쟁취하는 것이었다. 오늘의 '당연한' 저상버스와 지하철 엘리베이터가 바로 그 증거다.

흔들리며 피는 꽃

2001년 7월 23일 늦은 오후 서울 시청 앞.
오십여 명의 사람들이 농성을 하기 위해 천막을 펼치려는 순간이었다. 재빠르게 달려온 경찰들이 시위대를 덮치자 이들 사이에는 격렬한 몸싸움이 벌어지며 현장은 순식간에 아수라장으로 변했다. 휠체어에서 떨어진 사람이 바닥에 나뒹굴고 누군가는 사지를 들린 채 경찰차로 끌려 들어갔다. 야학의 수업시간이 다가오고 있었지만 그곳에 있던 교사와 학생들은 그런 현장을 차마 빠져나올 수가 없었다. 결국 그날 저녁 야학 수업은 펑크가 나고 말았다.

이미 야학에 도착해 있던 학생들 중 일부가 수업을 펑크 낸 교사들에 대해 '있을 수 없는 일'이라며 그동안 쌓였던 불만을 터뜨렸다.

"야학은 못 배운 장애인들 공부시켜주는 곳이잖아요. 그런데 그런 사람들 데려다가 데모를 한다는 게 옳은 일인가요?"

"야학이라면 수업이 가장 우선이어야죠. 장애인의 교육권은 중요하지 않나요?"

하루 종일 뙤약볕에서 이동권을 외치며 경찰들과 싸운 사람들에게 고생했다는 격려 대신 장애인의 교육권을 가볍게 여겼다는 질책의 화살이 던져진 것이다. 야학 바깥에서 이동권 투쟁의 불꽃이 뜨겁게 치솟아 올랐을 때, 안에서는 이렇듯 '운동파'와 '교육파' 사이에 패인 갈등의 골이 점점 깊어지고 있었다. 2001년의 노들야학은 20년 역사 중에서 가장 치열했던 갈등 위에 서 있었다. 그리고 가장 뜨거웠던 그 학기가 끝났을 무렵 가장 많은 교사들이 야학을 내려갔다.

오이도역 추락 참사가 일어난 2001년 1월부터 1학기가 마무리되는 8월까지 노들야학의 일정들은 그야말로 휘몰아쳤다. 오이도 대책위를 구성하고, 지하철 선로를 점거하고, 릴레이 1인 시위를 조직하고, 이동권연대를 출범시켰다. 지하철 연착 투쟁을 벌이고, 종로에 야학 사무국을 만들고, 모꼬지를 다녀오고, 모의고사를 보고, 보충수업을 하고, 천막 농성을 하고, 경찰에 연행되고, 수업이 펑크 나고, 서명운동을 시작하고, 검정고시를 보고, 버스를 점거했다. 이동권 투쟁을 한가운데서 이끌었던 야학 교사들은 과부하가 걸렸고, 세 차례의 검정고시를 치르느라 학생들은 잔뜩 예민해져 있었다. 똘똘 뭉쳐도 모자랐을 이런 와중에 사람들은 보이지 않는 선을 사이에 두고 팽팽하게 대립하고 있었다. 그 시절 노들야학 구성원이라면 누구도 피해갈 수 없었던 그 선은 이렇게 묻고 있었다. 교육과 운동, 무엇이 우선인가.

'교육파'는 야학이 운동보다는 교육에 더 우선적으로 힘을 쏟아야 한다고 주장했다. 학생들은 늦은 나이에 공부를 시작했으므로 얼른 검정고시에 합격해서 대학을 가거나 취직을 해야 한다는 생각에 마음이 조급할 수밖에 없었다. 그런데 야학이 바깥에서 '대의'를 외치느라 당장 눈앞에 있는 학생들의 삶에는 신경을 쓰지 못하고 있다는 것이 이들의 생각이었다. 또한 운동이라는 것도 무얼 좀 알아야 할 수 있는 것인데 학생들이 아무것도 모르면서 '동원'되는 것은 '운동권'의 들러리밖에 되지 않는다고 말하는 사람도 있었다. 누군가는 이즈음의 야학이 운동에 소극적인 교사들을 '학생들에 대해 고민하지 않는 사람'처럼 몰아가면서 그들이 설 자리를 잃게 만들었다고도 했다. '운동파'는 열심히 교육파를 설득했다.

"이동권이 확보되지 않는다면 장애인이 야학에 다닐 수조차 없지 않은가. 그러니 이 일은 잠시도 미룰 수 없는 일이다. 검정고시 합격도 좋지만 당장 합격을 한다 해도 그들의 인생이 달라지지 않는다는 것은 모두가 아는 사실 아닌가. 어디로도 이동할 수 없어서 그들은 다시 집안에 갇힐 뿐이다. 그리고 교육이란 검정고시에만 한정될 수 없다. 매일매일 외출하는 것도 교육이고 저항하는 것도 교육이다. 우리의 문제를 누가 대신 해결해주지 않는다. 우리가 싸워야 한다."

교사들이 교육과 운동으로 갈라져 논쟁을 거듭하고 있을 때 한편에서는 또 다른 사안을 두고 첨예하게 대립하고 있는 사람들이 있었다. 진보적 장애인운동의 차원에서 '노들의 전망을 만들려는 사람들'은 새로운 공간을 마련하기 위해 수년 전부터 돈을 모으고

겉으로 보기엔 그저 평화로워 보이지만 이 시기의 노들야학은
20년 역사 중에서 가장 치열한 갈등 위에 서 있었다. (2001년 모꼬지)

있었다. 이때 최소한의 공간을 마련할 수 있는 종자돈이 모였고 그 돈을 어떻게 사용할지를 두고 의견이 갈라진 것이었다.

박경석 교장은 서울의 도심에 이동권 투쟁의 거점을 만들고 싶었다. 전장협이 사라진 후 이토록 뜨거웠던 대중 투쟁은 없었다. 살려야 했다. 이 시기를 놓친다면 나중에 언제 다시 기회가 올지 몰랐다. 그는 장애인이 도심 한복판을 돌아다니는 그림을 연출하고 싶었다. 문제는 비싼 임대료였다. 야학이 모은 돈으로는 아주 작은 공간밖에 구할 수 없기 때문에 정립회관의 야학은 그대로 둔 채 사무국만 따로 개설해야 했다.

이에 대해 격렬하게 반대했던 사람은 옛 전장협의 활동가였다. 그는 대중 운동의 거점이라면 도심이 아니라 장애인이 밀집한 변두리 동네에 만들어야 한다고 말했다. 또한 장애인에게 가장 시급한 문제는 노동이고 생존이므로, 투쟁의 거점보다는 작업장과 같이 직접적인 혜택을 주는 형태가 더 필요하다고 주장했다.

오랜 시간 논쟁했음에도 어느 쪽도 의견을 굽히지 않은 채 시간만 계속 흘러가고 있었다. 이제 막 타오르기 시작한 투쟁의 불꽃을 제대로 키우고 싶었던 박경석 교장은 더는 기다릴 수 없다고 판단했다. 그는 결국 만장일치를 통한 합의를 포기하고 다수결의 힘으로 자신의 주장을 관철시켰다.

2001년 5월, 각기 다른 층위의 갈등들이 얽히고설킨 정점에서 '운동파 중의 운동파들의 공간'이라는 오명을 쓰고 '노들야학 사무국'이 그 문을 열었다. 서울의 한복판에 있는 종로구 대학로에서였다.

노들야학은 대중들의 공간이다. 모두가 차별 없는 세상을 원한다고 말하므로 일견 모두가 그 뜻을 공유하고 있는 듯 보이지만 각자가 받아들이는 해방의 의미는 모두 다르다. 교사와 학생, 장애인과 비장애인을 떠나 인간은 모두 서로 다른 경험과 처지 속에서 살아간다. 그들이 함께 무언가를 도모한다면 크고 작은 충돌은 필연적이다. 이 과정 없이 다른 사람을 진정으로 이해한다는 것은 불가능하다. 그러니 갈등은 필수적이기조차 하다. 갈등과 충돌 위에 제대로 설 수 있어야 비로소 자기만의 언어로 해방의 의미를 구성할 수 있다. 그러나 많은 사람들이 이 과정을 쉽게 버티지 못한다. 그것은 생각이 다른 상대방과의 긴장을 유지하는 일이면서 동시에 자기 안에서 일어나는 다양한 분열을 견디는 일이기 때문이다.

누군들 충돌이 고통스럽지 않겠는가. 그러나 이 시기 몇몇 교사들에게는 고통을 견디며 끝까지 밀고나가는 어떤 힘이 있었다. 두려움보다 더 소중한 것을 지키기 위해 그들은 충돌을 피하지 않았다. 그리고 자신의 주장을 일상 속에서 묵묵히 실천으로 증명했다. 어떤 교육파 교사는 어떤 운동파 학생과 함께 살며 그의 자립생활을 지원했고, 어떤 운동파 교사는 연극 수업에 들어가 '데모'라면 기겁을 하는 학생의 삶에 오랫동안 귀 기울였다. 운동파가 교육파에게, 교육파가 운동파에게 온몸으로 말하고 있었다. 교육이 절대 눈감지 말아야 할 것과 운동이 결코 놓쳐서는 안 되는 것에 대해서.

참된 교육도, 진정한 운동도 지극한 정성으로 파내려가다 보면 그 뿌리는 연결되어 있었다. 인간에 대한 사랑과 삶에 대한 지지.

교육과 운동은 그들의 실천 속에서 이어졌고, 갈등을 대하는 그들의 성실했던 태도는 이후 충돌의 순간마다 회자되는 하나의 전설이 되었다.

우리가 경계해야 할 것은 교육과 운동 중 어느 하나가 후순위로 밀려나는 것이 아니라, 그 둘 사이의 단절이다. 우리가 막아야 할 것은 교육과 운동 중 어느 하나가 독주하는 것이 아니라, 그 둘이 삶에서 분리되어 홀로 내달리는 것이다. 노들야학이 이 시기에 어떤 질적인 변화를 겪고 거듭났다면 그것은 이동권 투쟁 자체를 통해서가 아니다. 치열했던 갈등을 견뎌낸 사람들이 온몸을 떨면서 피워낸 꽃이다. 가장 진실한 배움이 설 자리는 바로 그런 곳이다.

그리고 격렬했던 갈등이 잦아들 무렵, 도심의 사무국을 딛고 도약한 이동권 투쟁의 거대한 성과가 노들야학 사람들 모두의 삶 구석구석에 햇살처럼 드리우기 시작했다.

해방은 우리 자신의 행동으로

2001년은 이동권 투쟁과 함께 자립생활운동이 본격적으로 보급되기 시작한 해였다. 자립생활운동은 1960년대 말 미국의 에드 로버츠에 의해 시작되었다. 버클리대학에 입학한 그는 호흡보조장치에 의지해 살아야 하는 중증 전신마비 장애인이었다. 강의실이나 식당, 도서관이 모두 계단으로 가로막혀 있었기 때문에 그는 코웰병원에 기숙하며 학교생활을 해야 했다.

이듬해 몇 명의 장애인이 더 입학하자 그들은 모임을 만들어 자신들의 어려움에 대해 이야기했다. 주정부 재활국은 이들에게 코웰병원 입원 환자 프로그램을 지원했지만 독립심이 강했던 이들은 당국의 간섭과 제약에 불만을 품고 새로운 대안을 모색했다. 1969년 이들은 독립, 자조, 통합 그리고 '사회적 문제로서의 장애'라는 이념을 바탕으로 신체적 장애인을 위한 프로그램을 개발하여 운영했는데, 여기에 활동보조서비스가 포함되어 있었다.

이 프로그램은 매우 급진적이었다. 기존의 재활적 관점이 장애

'쇠사슬 시위'는 이동할 수 없는 인간의 삶을,
평생토록 보이지 않는 사슬에 묶인 채 살아온 장애인의
삶을 표현하는 것이었다. (2002년 이동권 투쟁)

인의 자립성을 '도움 없이 어떤 일을 수행할 수 있는 정도'로 측정했던 데 반해 이 프로그램은 '도움을 얻으면서 영위할 수 있는 삶의 질'로 보았다. 버클리대학의 이 프로그램이 큰 성공을 거두자 지역에 살고 있던 일반 장애인들도 이 서비스를 요구했다. 이로써 미국 장애인의 권익을 실현하는 데 중추적 역할을 했던 장애인자립생활센터가 탄생하게 되었다. 이후 자립생활운동은 세계 각국으로 확산되었고 1998년 정립회관을 통해 한국에 도입되었다.

자립생활운동은 장애인을 배제하고 의존적으로 만드는 사회적 장벽과 차별을 제거하고 다양한 지원 체계를 권리로서 획득하여, 장애인의 선택권과 자기결정권이 보장되는 생활환경을 만드는 운동이다. 제도 개선을 위한 권익 옹호, 장애인 주체들 간의 동료상담, 활동보조서비스, 이동 서비스, 주택개조 서비스, 자조 모임, 생활에 필요한 정보 제공 등을 그 내용으로 하며, 이러한 활동을 전개하는 곳이 장애인자립생활센터이다.

서른이 넘어 이제 막 집 밖으로 나온 중증장애인들에게 '이 모든 것이 권리'라고 말하는 자립생활운동은 어떻게 다가왔을까? 이규식은 이 거짓말 같은 이야기를 들으며 가슴이 부풀어 올랐다고 했다.

"2001년 야학 인권반에서 자립생활에 관한 교육을 듣고 나는 충격을 받았다. 미국과 일본의 중증장애인들이 자립생활운동을 펼쳤고 그로 인해 많은 사람들이 정부의 지원을 받으며 자립생활을 하고 있다는 것이었다. 나는 30년 동안 먹고 자는 일만 했는데 선진국의 장애인은 비장애인처럼 자신들이

가고 싶은 곳에 가고 하고 싶은 일을 한다는 것이었다. 그날부터 나에게 꿈이 생겼다.

나는 자립생활에 대한 교육에는 빠지지 않으려고 노력했다. 그 무렵 정립회관에서 했던 동료상담학교에 참여했던 일은 아직도 생생하다. 특히 나의 주장을 어떻게 펼쳐야 하는지에 대해 배웠던 것이 인상적이었다. 나는 언어장애가 있어서 다른 사람들이 내 말을 들어주지 않을 것이라 생각하고 아예 말을 하지 않는 버릇이 있었다. 그 프로그램은 나 자신에 대해서 긍정적으로 생각하는 계기가 되었다. 내 성격이 적극적이며 다른 사람에게 호감을 줄 수 있다는 사실을 알게 된 것이다.

그때부터 본격적으로 혼자 살기 위한 궁리에 들어갔다. 우리 집은 2층이었고 계단이 있어서 누가 도와주지 않으면 집 밖으로 나갈 수가 없었다. 나는 혼자 살고 싶다고 아버지를 졸랐다. 처음에는 씨알도 안 먹혔지만 포기하지 않고 요구를 하니까 아버지도 허락하셨다.

광장동에 예전에 우리 가족이 살던 판잣집이 있었는데 그 집이 아직 비어 있었다. 아버지가 그 집을 휠체어로 출입할 수 있도록 개조해주기로 하셨다. 32년을 살면서 나에게 그런 부푼 꿈은 없었다. 나 같은 사람도 혼자 살 수 있다는 확신이 생기자 모든 것이 새롭게 느껴졌다. 내가 들은 자립생활 이야기가 정말일까? 거짓말은 아닐까? 실감이 나지 않았다."

이 무렵 박경석 교장은 정립회관과 함께 자립생활에 대한 일본

연수에 참여했다가 그곳의 자립생활센터들을 보게 되었다. 센터는 '운동의 기지'로서 매우 중요할 뿐 아니라 정부로부터 예산 지원까지 받고 있었다. 장기적 전망을 가지며 물적인 토대를 만들어야 한다는 노들의 오랜 고민이 또 하나의 실마리를 찾은 것 같았다. 운동에는 근육이 필요했다. 불법과 합법의 경계에 진지를 구축하고 법을 끌어오기 위해 싸우는 구성원들의 공간. 그는 그런 근육과 같은 공간으로서 자립생활센터의 가능성을 보았다.

정립회관은 자립생활운동을 수입해오면서 그 운동의 제도화와 보수화에 대해서는 비판적 입장을 갖고 있지 않았다. 박경석 교장은 이 운동이 단지 정부로부터 예산을 받아 프로그램을 운영하는 데에만 머물러서는 안 된다고 생각했다.

자립생활운동이 본격적으로 확산되자 기존의 단체들이 장애인자립생활센터 설립을 서두르기 시작했다. 2002년 노들 역시 이 대중적인 장애인운동의 물결에 뛰어들었다. 두 번째 노들, 노들장애인자립생활센터의 시작이었다. 센터 설립 제안서를 통해 당시의 고민을 들여다보자.

> 만약 전장협이 DPI와 통합하던 시기에 한국사회에 투쟁을 통해서, 당사자의 주체적 힘을 통해서 장애 문제를 해결하려 했던 단체가 단 한 곳이라도 있었다면 노들은 이렇게 홀로서기를 하지 않았을 것이다. 거대한 조직과 자금력을 가진 수많은 단체들이 있지만 그들은 이동권 투쟁의 현장에, 에바다 투쟁의 현장에, 그리고 생존권을 쟁취하기 위해 싸우다 죽어간 최옥란 열사를 보내는 길에 그 모습을 보이지 않았다.

정부에서 지급하는 예산에 사활을 걸고 상급 관료들의 기득권과 출세의 길이 침해받지 않는 한에서만 움직일 수 있는 장애인 단체 또한 그 나름의 긍정적 역할이 있을 것이다. 그러나 장애 문제를 투쟁을 통해 권리로서 쟁취하고자 하는 단위와 그들과의 균형은 참혹할 만치 비대칭적이다. 이 척박한 지형 위에서 노들은 장애인운동의 딜레마와 가능성을 역사적으로, 그리고 현재적으로 담고 있는 유일한 공간일지 모른다. 그 무게감이 우리를 때때로 힘들게 한다.

우리는 현실에 안주할 수도 있다. 그러나 그것이 답이 아니라면 우리는 우리의 역사를 이해하며 그 기반 위에서 새로운 길을 개척해나가야 한다. 살아남아야 한다. 노들장애인자립생활센터는 그러한 개척의 길에 또 하나의 중요한 실험이 될 것이다.

자립생활운동은 장애인의 주체성을 매우 강조하며 장애인 당사자주의를 그 이념으로 하고 있다. 우리는 그것을 '장애인의 해방은 장애인 당사자의 투쟁에 의해서만 이루어질 수 있다'라는 선언으로 이해한다. 봉건사회를 무너뜨리고 근대사회를 열어낸 프랑스 시민혁명의 핵심 이념인 '피억압자들의 해방은 그들 자신의 행동으로 이루어질 수 있을 뿐'이라는 진리를 따라. 이 고민 위에서 노들장애인자립생활센터 설립을 제안한다. 김도현

어떤 하루

"활동보조인에게는 인격이 없대~ 장애인이 죽겠다고 해도 말리면 안 된대~"

"활동보조인이 펑크를 내면 코디네이터*가 업무를 중단하고 달려온대~"

자립생활 이념이 전파되던 초기, '활동보조'라는 이 획기적인 서비스에 대한 소문은 날개를 파닥거리며 야학 사람들에게 퍼져나갔다. 소문은 모두 활동보조서비스가 그만큼 이용자 중심적이며 장애인의 자기결정권을 중요하게 여긴다는 뜻이었지만 지금의 시각으로 보면 지나치게 현실과 동떨어져 있다. 그것은 당시 사람들이 활동보조서비스를 '책'으로만 배웠기 때문이다.

2002년 정립회관은 이 서비스를 소수의 중증장애인에게만 지원하거나 '동료상담학교' 같은 자립생활 프로그램이 이루어지는

* 활동보조서비스 코디네이터: 활동보조서비스 중개기관에서 장애인과 활동보조인을 연결하는 역할을 한다.

시간 안에서만 지원했다. 대다수의 사람들은 서비스에 대한 이론만을 듣거나 그 이론을 '입고' 무대 위를 걷는 모델을 구경할 수 있을 뿐이었다.

활동보조서비스란 중증장애인이 일상생활에서 어려움을 겪을 때 활동보조인이 이를 보조적으로 수행하는 것을 말한다. 이는 장애인의 자립생활을 실현하기 위한 핵심적인 권리이다. 식사, 씻기, 외출, 의사소통, 사무 등 그 내용은 이용자의 필요에 따라 다양하다.

활동보조는 자원봉사와 달라서 행위의 주체는 장애인이고 보조인은 대신 수행할 뿐이다. 노동의 대가를 받으며 급여는 국가가 지급한다. 활동보조인은 이렇듯 '전혀 새로울 것 없는 역할'을 수행하지만 '전혀 새로운 관계'의 등장을 예고하는 것이었다. 야학 교사가 아무리 자신의 활동은 '봉사'가 아니라 '연대'라고 주장해도 그 무게중심은 철저히 교사에게로 기울어져 있었다. 장애인의 입장에선 이 비장애인이 언제 사정이 생겨 그 '연대'를 중단하게 될지 전전긍긍할 수밖에 없었다.

활동보조인이 없는 중증장애인의 삶이란 어떤 것인가. 그것은 자신을 도와줄 누군가가 나타날 때까지 몇 시간이든 오줌을 참는 일이고 눈앞에 밥을 두고도 배고픔을 견뎌야 하는 일이었다. 그들에겐 가혹하게도 너무나 흔한 일상이어서 그것을 특별히 '문제'라고도 인식하지 못했다. 2003년의 어느 날 나는 학생 J의 이야기를 듣고 '중증장애인에게 활동보조가 없다는 것'이 무엇을 의미하는지에 대해 진지하게 생각해보았고 잠시 아득해진 적이 있었다.

수업 시간에 만난 J는 얼굴에 멍이 들어 있었다. 어머니에게 맞

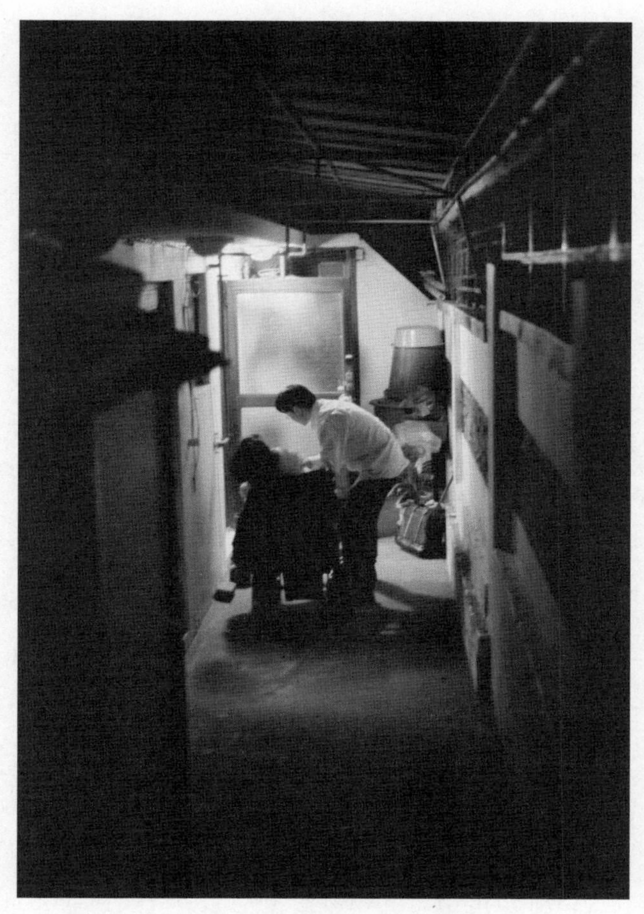

늦은 밤 교사가 학생의 귀가를 돕고 있다. 학생들은 이 짧은
30분의 활동보조가 보장되어야만 야학을 다닐 수 있었다.

왔다고 했다. 야학에 다닌 후부터 그녀는 어머니와 자주 싸웠다. 집안에서는 야학에서 배운 권리가 아무것도 통하지 않았다. 밥을 먹여 주던 칠순의 노모와 그것을 받아먹던 마흔 살의 딸이 말싸움을 벌였다. J가 대들자 어머니는 누운 딸의 얼굴을 숟가락으로 때렸다. 가족들이 밥을 먹고 있는 자리 옆에서 그녀는 서럽게 울었다. 천장을 향해 온몸이 열려 있는 채였다.

그녀는 그 방을, 자신을 때린 어머니의 옆을, 무심히 밥을 먹는 가족들의 옆을 한 발짝도 벗어날 수 없었다. 가족들은 마흔 살의 그녀를 네 살짜리 아이처럼 취급했다. 몸속에서 독이 차오를 것 같은 그녀의 밤. 그 무수한 밤. 활동보조가 없다는 것은 마음 놓고 울 공간은커녕 얼굴을 돌려 우는 모습을 숨길 자유조차 허락되지 않는다는 뜻이었다.

J는 스스로 손발을 움직일 수 없고 대부분의 시간 동안 누워서 생활했다. 부모님이 모두 일을 하셔서 하루 종일 빈집에 남아 TV를 보고 라디오를 들었다. 점심 때 어머니가 잠시 들러 밥을 챙겨 주었다. 야학을 가기 위해서는 부모님이 그녀를 씻기고 업어서 계단을 내려가 휠체어에 태워주어야 했다. 밤 12시엔 그 순서를 거꾸로 밟았다. 주로 씻는 일이 생략되었다. 늙은 부모에게 다 큰 자식의 치다꺼리는 결코 만만치 않았다. 힘에 부치는 부모가 역정을 내고 권리에 눈뜬 자식이 반항을 하는 어김없는 단계가 찾아왔다. 충돌이 격해지면 '아무것도 할 수 없는' 사람들은 폭력에 무방비로 노출되었다. 그즈음 부모는 자식을 시설에 보낼 마음을 먹었다. 항거할 수 없는 몸. 그녀는 어머니와 한바탕 싸운 날이면 쥐도 새도 모르게 시설에 보내질까봐 두려움에 떨었다. 활동보조가 없

다는 것은 자기 몸뚱어리에 대한 결정권이 타인에게 있다는 뜻이었다.

2003년부터 노들장애인자립생활센터는 활동보조인 파견 사업을 시행했다. 그즈음 전동휠체어도 대중적으로 보급되기 시작했다. 활동보조서비스와 전동휠체어의 결합은 장애인의 일상을 획기적으로 변화시켰다. 걸을 수 없던 사람이 하루아침에 걷게 된 격이니 기적이 일어났다고 해야 할까! 아무리 중증장애인이라도 전동휠체어를 운전할 수만 있다면 방구석을 벗어날 수 있었다. 아침 일찍 누군가의 도움으로 휠체어에 앉기만 한다면 온전히 '하루'를 가질 수 있게 된 것이다. 30년간 아무 일도 일어나지 않았던 삶에 어떤 일들이 일어나기 시작했다. 일상이 열리기 시작했다는 것, 그것은 인생이 시작되었다는 뜻이었다.

어떤 이는 밖으로 나가서 어머니에게 드릴 카네이션을 샀고 어떤 이는 어머니 몰래 딴 주머니를 찼다. 어떤 이는 하루 종일 지하철을 타고 대단한 여행이라도 하는 듯 돌아다녔고 어떤 이는 조용필 콘서트 티켓을 구해놓고 소풍을 기다리는 아이처럼 잠을 설쳤다. 하루에 딱 1시간뿐일지라도 활동보조인이 있는 것과 없는 것은 천지차이였다. 평생을 부탁만 해온 삶이라 해도 거절당하는 일에는 좀처럼 익숙해지지 않았다. 그런 이들에게 자신만을 위해 대기하고 있는 존재가 있다는 사실은 세상을 다 얻은 것처럼 든든했다. 학생 최진영이 쓴 시를 보면 그 마음이 어떤 것인지 조금은 헤아릴 수 있을 것 같다. 그녀는 어머니가 갑자기 돌아가시자 빈집에 덩그러니 혼자 남았다. 결혼한 오빠가 함께 살자고 했지만 그녀는 용감하게 자립생활을 선택했다. 그런 그녀에게 활동보조인은 '하루' 그 자체였다.

"매일 아침 당신을 기다립니다. 당신이 내 집 현관문을 열 때까지 나는 시계를 보며 초조한 마음으로 기다립니다. 당신이 문을 열고 들어오는 순간 맑은 미소로 당신을 맞이합니다. 그리고 안도의 한숨을 내쉬며 속으로 이렇게 말합니다. '다행이다. 나의 하루가 시작되어서'.

그래요, 당신이 와야지만 나의 하루가 시작되고 나의 일상이 정지되지 않습니다. 잘 나오지 않은 나의 목소리를 대신해 당신은 나의 목소리가 됩니다. 느린 나의 손을 대신해 당신은 나의 빠른 손이 됩니다. 계단이 있어 못 가는 곳을 나의 다리가 되어 대신 달려갑니다. 처음 밖에 나온 나에게 당신은 길안내자였으며 세상 밖으로 이끌어준 끈이었습니다. 당신은 나의 하루입니다."

문제는 이 서비스가 턱없이 불안정하고 부족했다는 것이다. 활동보조인에게도 당연히 인격은 있고 말 못할 사정들도 차고 넘쳐서 갑자기 펑크를 내는 일이 빈번히 일어났지만 코디네이터는 업무를 중단하고 달려오지 못했다. 불안정한 서비스가 확대될수록 사람들에겐 그 구멍도 더 크게 다가왔다.

활동보조인에게 자신의 하루가 걸린 학생들은 펑크 난 활동보조를 교사들에게 부탁할 수밖에 없었다. 오히려 서비스가 시행되기 전보다 더 자주, 더 많은 활동보조가 교사들에게 요구되었다. 약간의 자유를 맛본 사람들은 더 많은 자유를 원하게 마련이었다.

한 시절 모든 악의 근원이 '이동할 수 없어서'였다면 이제 모든 불행의 씨앗은 '활동보조서비스의 부족'으로 수렴되고 있었다. 새로운 권리의식이 싹트고 있었다.

꿈꾸는 현수막

밤 11시 아차산역 근처 포장마차. 수업이 끝나고 지하철을 타기 위해 내려온 야학 사람들은 그곳에서 오돌뼈 한 접시를 시켜놓고 옹기종기 둘러앉아 막차 시간까지 뒤풀이를 했다. 모두 허기진 상태에서 안주는 금세 동이 나고 소주병만 계속 쌓여가다 보면 알코올 감수성이 높아진 교사들은 학생들에게 이렇게 묻곤 했다.

"형은 뭐하고 싶어요?"

한번도 흐드러지게 피어보지 못한 청춘들이었으므로 그것은 씹어도 씹어도 씹을 것이 나오는 그런 안줏거리였다.

"나? 일하고 싶어."

"음…… 무슨 일이요?"

"아무거나. 할 수 있는 거……"

'사지 멀쩡한' 사람들도 일자리를 구하기 어려운 세상이었으므로 그 소리는 옆에 있는 사람이 겨우 알아들을 수 있을 정도로만 나직했다. 일을 하고 싶다는 것은 돈을 벌고 싶다는 뜻이었고 거기에는 가족의 짐이 되고 싶지 않다는 절박함이 담겨 있었다. 술자리는 금세 "나도! 나도!"를 외치는 학생들의 호응으로 소란스러워졌지만 그걸 듣는 교사들은 뭐라고 대꾸할 말을 찾지 못해 술자리는 무겁게 가라앉곤 했다.

장애인의무고용제도는 지켜지지 않았다. 기업들은 법을 지키느니 차라리 벌금을 냈다. 정립전자에 다니던 학생들마저도 2004년부터 하나둘씩 대기 발령으로 밀려나더니 한 명씩 한 명씩 해고되기 시작했다. 어떤 학생은 가방을 만드는 공장에서 한 달 꼬박 일을 했지만 고작 20만 원의 월급을 받았다. 장애인에게는 최저임금이 적용되지 않았다. 어떤 학생은 장애인보호작업장에서 하루 8시간씩 나무젓가락을 포장했지만 5만 원도 안 되는 '훈련비'를 받았다. 그것은 '노동'이 아니라고 했다.

그러나 그런 일자리마저 귀했으므로 갈 곳 없는 학생들은 이른 오후부터 야학에 모여 수다를 떨며 무료한 시간을 보내곤 했다. 그들의 인생이 나른한 교실 속에 가득 찬 한숨처럼 머물러 있었다. 출구가 없는 인생, 미래가 꽉 막힌 사람들에게 배움은 쓸모없게 느껴졌다. 전체 장애 인구의 70%가 실업 혹은 반실업 상태에 있었다.

상근활동가 이알찬은 학생들의 이런 고민을 접할 때마다 가슴이 턱턱 막혔다. 그는 몸을 움직이고 땀을 흘려 일하는 기쁨을 최고로 치는 사람이었다. 학생들의 욕구가 자신의 것보다 가벼울 리 없는데 그들에게는 기회조차 주어지지 않는다는 사실이 답답했다. '쓸모없는 인간' 혹은 '가족의 짐'이라는 자괴감에 빠져 살고 있는 학생들을 접할 때마다 그는 꼭 자기가 그렇게 만들기라도 한 것처럼 미안한 마음이 들기까지 했다. 환경만 갖추어진다면 당장 이라도 일을 할 수 있는 사람들이 많았다. 그는 학생들이 야학을 졸업하고도 이후의 삶을 꿈꿀 수 있는 공간, 노동을 하고 정당한 대가를 받을 수 있는 공간, 그리고 장애인 노동자를 조직할 수 있는 공간으로서의 자립 공장을 만들고 싶었다.

그러나 장애인의 노동권을 보장하라고 외치는 것과 장애인이 노동할 공간을 만드는 것은 다른 차원의 문제였다. 대안적인 노동환경에 대한 상상력과 열린 마음, 수익을 창출해야 하는 경영가적 자세, 끝까지 밀고나가는 인내와 근성, 그리고 그 모든 것을 뒷받침하는 돈이 필요했다. 감히 엄두조차 낼 수 없는 어마어마한 프로젝트. 자립 공장을 만들어보자는 그의 정당한 제안은 동조자를 만나지 못해 번번이 허공에서 흩어졌다.

2005년 말, 그가 노동부에 제출한 사업 기획안이 선정되면서 꿈은 급작스럽게 현실이 되었다. 노동자 열 명의 급여를 3년간 지원받는 조건이었다. 2006년 3월 세 번째 노들, 현수막 공장 '노란들판'은 그렇게 문을 열었다.

이알찬과 퇴임한 교사들, 그리고 야학 학생 몇 명이 함께 일을 하기 시작했다. 그들은 노들야학이라는 공통분모를 믿었지만 교사와 학생으로 만나 배움을 주고받던 관계와 직장 동료가 되어 함께 일을 하는 관계는 몹시 달랐다. 수업은 쉬웠지만 함께 일하기는 어려웠다. 현수막 주문을 받기로 한 노동자 J는 길이를 재는 단위인 미터(m)와 센티미터(cm)를 변환할 줄 몰랐다. 출력기를 다루어야 하는 노동자 Y는 기계가 표시하는 영어를 읽지 못했다. 학생일 때는 문제될 게 없었지만 노동자일 때는 사정이 달랐다. 버

'노란들판'은 살아남았다. 입도 쓰고 몸도 쓰고 마음도 쓴, '고생(苦生)'이란 단어를 온몸으로 보여주는 눈물 나는 사람들이 있었기에 가능했다.
(사진 제공 노란 들판)

려지는 현수막이 속출했다. 그러나 누구를 탓할 수 있겠는가. 학교가 그들을 받아주지 않았고 야학이 그들을 제대로 가르치지 못한 것을! 작업 지시서를 앞에 두고 즉석에서 수학 수업이 벌어지고 출력기 옆에서 알파벳 특강이 이루어졌다. 배움의 속도는 마음과 달리 속 터지게 더뎠다.

'이알찬들'이라고 사정이 다를 리 없었다. 그들 역시 현수막이라고는 대학 시절 별 좋은 날 천을 펼쳐 놓고 붓으로 쓰는 모습밖에 본 적이 없는 사람들이었다. 그들은 다른 회사를 찾아다니며 연수를 청하고 듣도 보도 못했던 자격증을 따기 위해 밤을 새워 공부했다. 보조금이 중단되는 3년 뒤에도 살아남아야 했다. 살인적 노동 강도에 피를 말리는 긴장까지 더해졌다. 장애인과 함께 일한다는 것은 그들이 차별받은 역사까지를 보듬는 일이었다. 그러나 '착한 일'을 한다고 누가 돈을 줄 리 없었다. 당장 장애인이 할 수 없는 일들은 비장애인이 모두 메워야 했다.

'이알찬들'은 몸이 열 개라도 모자랄 만큼 바빴다. '장애인의 속도를 인정하고 노동권을 보장하라'고 외쳤던 그들이었지만 정작 자신들은 기계가 되고 총알이 되어야 했던 나날이었다. 늦은 밤 현수막을 '디자인'해서 '출력'을 걸어놓은 후, 기계 아래서 아무렇게나 누워 잠을 자다가, 출력이 끝나면 그것을 '마감'하여, 새벽이 되면 사다리를 들고 '시공'을 하러 나갔다. 야학에서 수업 마치고 소주잔을 부딪치며 나누었던 이야기들을 실천하기 위해서. '장애인도 일하고 싶다'는 정당한 욕망을 실현하기 위해서. 인간은 경쟁과 효율의 논리가 아니라 협력과 연대의 정신으로도 살 수 있고, 또 살아야 한다는 것을 증명하기 위해서.

그리하여 노란들판은 살아남았다. 수많은 사회적 기업들이 보조금이 중단되면 버티지 못하고 문을 닫는 현실에서, 장애인의 노동을 방해하는 온갖 장벽들과 싸워야 했던 힘겨운 시간들을 견디며 살아남았다. 그 이름에 어떤 비유도 과장도 없는, 땀으로 일군 진정한 노란들판이었다. 2014년 노란들판에서 일하고 있는 야학의 졸업생 김상희는 이 공장의 생활에 대해 다음과 같이 썼다.

"내가 만든 현수막이 거리에서 펄럭이는 것을 보면 기분이 좋아지고, 이따금씩 '장애여성의 독립적인 삶을 보장하라!' 같은 현수막을 디자인할 때는 나의 활동이 세상을 변화시키고 있다고 안도한다. 노란들판은 중증장애인이 즐겁게 일할 수 있는 현장이 되기 위해 다양한 고민과 시도를 하고 있어서 거기에 동참한다는 기쁨도 크다. 기존 노동시장에서 배제된 장애인과 그들의 고통에 공감하는 비장애인이 모여서 단순히 노동만 하는 것이 아니라 서로의 삶을 배우고 있다. 우리는 누구 하나 없어서는 안 될 존재로 인식하면서 조금씩 서로에게 의지하고 있음을 느낀다. 이따금씩 찾아오는 고달픔에 지치기도 하지만 그럼에도 나는 이들과 함께 치열하게 살아갈 것이다."

2006년 이후 노들이 투쟁하는 모든 현장에는 공장에서 만든 현수막이 나부꼈다. 하지만 정작 그것을 만드는 노동자들은 거리에 나올 수 없었다. 때문에 노란들판의 '노동과 운동'은 노들 안에서조차 제대로 조명받지 못했다. 그 사실에 늘 속상해하면서도 현수막을 배달하고는 '주문이 밀렸다'며 표표히 돌아가던 '이알찬들'에게 늦었지만 다시 한번 좁은 지면에 다 담을 수 없는 깊은 존경의 마음을 보낸다.

활동보조서비스를 제도화하라

2005년 12월, 함안에서 혼자 사는 중증장애인 조모 씨가 얼어 죽는 사건이 발생했다. 오래된 보일러가 터져 방으로 물이 새어 들어왔지만 거동이 힘든 그는 피할 수 없었다. 자활기관에서 파견하는 가사도우미도 찾아오지 않는 길고 긴 주말이었다. 달팽이처럼 서서히 다가오는 죽음을 바라보면서도 달아날 수 없었던 그는 천천히 외롭게 세상을 떠났다. '추워서'가 아니라 '추위를 피하지 못해서' 죽었다. 옆에 한 사람만 있어서 재빨리 그를 이 세상으로 끌어당겼더라면 충분히 막을 수 있는 죽음이었다.

그러나 이 무렵 서울시는 오히려 시범 운영 중이던 활동보조서비스 예산을 삭감했다. 많지도 않았던 서비스 시간은 그마저도 반 토막이 났다. 분노한 사람들은 활동보조서비스 제도화를 요구하며 서울 시청 앞에서 노숙 농성을 시작했다. 2006년 3월, 아직 겨울이 다 가시지 않은 이른봄의 일이었다. 자신의 '하루'를 지키기 위해 거리로 나선 최진영은 집회에서 다음과 같이 발언했다. 이 발언 역시 잘 나오지 않는 그녀의 목소리를 대신해 활동보조인이 읽은 것이다.

"노숙 투쟁을 시작한 지 10일째. 아침에 눈을 뜨면 가장 먼저 보이는 것은 시청 앞에 가지런히 놓인 꽃들입니다. 밤새 아스팔트 위에 차갑게 놓인 몸뚱어리의 경직을 느끼며 누워서 하늘을 한참 응시합니다.

집에만 있었을 때는 창문을 통해 바깥 풍경을 보면서 밖으로 참 나가고 싶어 했습니다. 공부도 하고 싶었고 여행도 가보고 싶었습니다. 누가 나를 밖으로 나가게만 해준다면 무엇이든 다 할 수 있을 것만 같았습니다. 그러나 막상 밖으로 나갔을 때는 사람들의 따가운 눈총이 온몸에 가시처럼 박혔고, 계단이 있어 식당에도 들어가지 못했으며 지하철 엘리베이터를 찾기 위해 30분 이상 비를 맞으며 헤매야 했습니다.

할 수 있는 일이 하나도 없어서 우리는 먼저 싸울 수밖에 없었습니다. 아무것도 모르는 척 우리를 외면하고 있는 이 정부가 알아들을 때까지 더 큰 목소리를 냅시다! 그것도 안 되면 손짓, 발짓, 몸짓으로라도 그동안 억누르고 참았던 설움과 분노를 이 차가운 아스팔트 위에 쏟아부읍시다! 2006년 우리에게 봄은 없고 검게 그을린 얼굴과 매서운 찬바람만 있다 할지라도 함께 싸웁시다! 세상을 바꿉시다! 그 세상에서 우리도 당당하게 살아봅시다!"

그러나 정부는 그녀들의 애끓는 목소리에 아무런 반응도 보이지 않았다. 4월 17일, 서른아홉 명의 중증장애인들은 활동보조 없이 살아온 저마다의 사연을 목에 걸고 집단 삭발식을 거행했다. 박경석 교장과 노들야학 학생 열 명도 포함되어 있었다.

중증장애인에게, 특히 남성들에게 삭발은 일상적인 것이었다. 매일 머리를 감고 때마다 빗질을 하며 자기만의 스타일을 갖는 일은 그들에게 허락되지 않았다. 누군가는 대단한 결기로서 보여주어야 하는 삭발마저도 흔하디흔한 일상이었던 삶. 서른아홉 명이라는 많은 사람이 그토록 짧은 시간에 삭발을 결의했다는 것은 그들의 삶이 얼마나 열악했는지, 그들의 요구가 얼마나 절실했는지를 잘 보여주는 것이었다.

그 와중에 서울시는 노들섬(한강에 있는 섬)에 오페라하우스를 짓겠다고 발표했다. 거기에 드는 예산이 무려 7천억이었다. 돈이 없다며 그들이 깎으려 했던 장애인 활동보조서비스 예산은 고작 15억이었다.

그리하여 역사적인 그날, 2006년 4월 27일, 중증장애인들은 맨몸으로 한강대교를 건너 노들섬까지 기어가는 투쟁을 벌이기로 했다. 당시 기자로서 현장을 취재했던 야학 교사 김유미는 그날을 이렇게 회고했다.

"전동휠체어를 탄 사람들이 다리 위로 줄지어 들어오더니 한순간 지나가던 차들을 막고 옆에 있던 사람들의 도움을 받아 휠체어에서 아스팔트 차도로 내려왔다. 그리고 기어가기 시작했다. 바닥에 엎드려 기기도 하고 무릎으로 서서 움직이기도 하고 뒹굴거리며 앞으로 이동하기도 했다. 햇빛 받은 아스팔트는 따뜻했다.

그러다 누군가는 탈진해 응급차에 실려 갔다. 어떤 이는 바지 무릎에 구멍이 나고 생전 처음 신발이 닳았다. 그렇게 해가 졌다. 종일 구호를 외쳤다. '활동보조서비스를 제도화하라'. 이미 오래전부터 외쳤던 구호였다. 다리 아래에 오페라하우스가 지어진다고 했다. 시장님의 뜻이었다. 공사에 들어가는 예산이 엄청났다. 다리를 건너지 못하고 몇 시간째 꿈틀거리고 있는 이들을 위한 예산은 늘 부족했다.

그렇게 한나절 서울 도심 교통이 막혔다. 용산과 노량진 사이의 강을 건널 수 있게 하는 한강대교가 막혔다. 교통방송은 종일 우리를 주목했다. 웬일인지 경찰은 나서지 않았다. 반나절 도로를 막고 있었지만 아무도 경찰에 연행되지 않았다. 이 사건은 언제 어떻게 마무리될 것인가, 어디까지 기어갈 것인가, 나는 그런 것이 궁금했다."

많은 장애인이 분노를 담아 기어갔던 그날의 한강대교는 하나의 '무대'였다. 칼럼니스트 김원영은 그의 글에서 그 무대가 이른바 '병신 육갑한다'라던 오래된 명제의 실천이라며, '타자의 인간성과 머리에 호소하기보다 우리의 온몸을 펼쳐 이 사회에 충격을 가하는 것'이라고 말했다. 그리고 그것은 '심장보다 깊은 곳에 각인될 것'이라고.

과연 그랬던지, 이 사건은 활동보조서비스 제도화에 결정적 도화선이 되었다. 서울시는 오페라하우스 건립을 포기하고 활동보조서비스를 전면 시행하겠다고 약속했다. 이후 이 투쟁은 전국으로 빠르게 확산되어, 지방정부들 역시 하나둘씩 서비스를 제도화하기 시작했다. 그러자 중앙정부도 이 흐름을 도저히 거부할 수 없게 되었다. 2007년 1월, 보건복지부는 활동보조서비스를 전국적으로 시행하기 위한 사업방침을 발표했다. 그러나 그 내용은 활동보조서비스의 권리성을 심각하게 침해하는 것이었다. 자부담금 10%를 내야 하고, 한 달에 받을 수 있는 서비스 시간을 최대 80시간으로 제한하며, 차상위 200% 안의 소득 수준인 사람들만 서비스를 받을 수 있게 한다는 내용이었다.

사람들은 다시 국가인권위원회를 점거하고 집단 단식 농성에 들어갔다. 그리고 또다시 삭발을 했다. 최진영은 이번에도 머리카락을 밀었다. 두 번째 삭발은 처음보다 어려웠다. 그녀는 첫 번째 삭발 후 머리카락이 흉하게 자라는 시간이 견디기 힘들었다. 그걸 또 반복해야 한다고 생각하니 몹시 괴로웠던 것이다. 그러나 뒤로 물러나 있을 그녀가 아니었다.

"4년 전에 머리를 잘랐습니다. 어머님이 떠나고 나니 긴 머리를 정성스레 빗질해줄 사람이 없었기 때문입니다. 돌아가신 어머님이 좋아했던 나의 긴 머리카락을 오늘 다시 없앱니다. 잘려나간 머리카락 하나하나에 이 땅의 중증장애인으로 살아온 처절한 몸부림의 세월을 날려 보냅니다. 말 못할 서러움의 눈물을 날려 보냅니다.

나의 후배들에게, 중증 장애여성으로 이중의 고통을 받으며 비참한 세월을 견뎌야 하는 사람들에게, 보다 좋은 세상을 물려주고 싶습니다. 버리고 나서야 얻을 수 있는 무언가가 있다면 그것을 버리는 것에 주저하지 않겠습니다."

그 엄동설한에 삭발을 한 중증장애인들의 단식은 스무 날을 넘겼다. 그리고 단식 23일째 되던 날, 정부는 마침내 이들의 요구를 수용해 소득 기준을 폐지하고 서비스 시간을 180시간으로 확대하겠다는 방침을 발표했다. 그리하여 2007년 4월, 마침내 활동보조 서비스가 전국적으로 시행되기에 이르렀다. 한 줌도 안 되는 '최진영들'이 전국의 수많은 중증장애인의 삶을 바꾸어놓은 것이었다.

최진영은 언젠가 '당신은 왜 투쟁하는가'라고 묻는 나의 질문에 '누군가가 힘들게 싸워서 얻은 권리에 편하게 무임승차를 할 수 없어서'라고 답한 적이 있다. 그녀는 2002년 처음 집 밖으로 나와 정립회관에서 자립생활운동을 배웠다. 중증장애인 당사자의 주체적인 목소리로 세상을 변혁해야 한다는 말은 듣는 것만으로도 황홀했다. 2004년 정립회관의 민주적 운영을 요구하는 투쟁이 벌어졌을 때 그녀 역시 동참했다. 불의한 세상에 맞서 싸워야 한다는 것이 그녀가 배운 자립생활운동이었다. 그러나 그때 최진영은 자신에게 자립생활을 가르쳤던 사람들이 관장의 편에 서서 저항하는 중증장애인들을 비인간적이고 폭력적으로 탄압하는 것을 보았다. 너무나도 믿었던 사람들이었으므로 그녀는 참을 수 없이 고통스러웠다. 미워하면 닮는다기에 마음껏 미워하지도 못한 채 끙끙 앓으며 견딘 시간이었다. 배운 대로 실천하는 것이 얼마나 어려운 일인지, 힘 있는 자들에게 맞서 싸우는 것이 얼마나 고통스러운 일인지 뼈가 저리도록 처절하게 배웠다. 그 고통을 너무나 잘 알고 있었기에 그녀는 투쟁하는 사람들의 곁을 더더욱 떠날 수 없었다.

모든 빼앗긴 자들이 그녀처럼 울지 않는다. 모든 차별받은 사람들이 그녀처럼 싸우지 못한다. 매일매일 자신과의 약속을 되새기면서 하루하루를 새롭게 조직하는 인간만이 그녀처럼 살 수 있다. 울분을 터뜨리는 것은 한두 번이면 족하다. 계속해서 울음을 울고 있는 자가 있다면 그는 그 자신의 증언으로 누군가를 구하고자 하는 것이다. 세상을 향해 저항하고 있는 것이다. 빼앗긴 자, 피해자가 아니라 당당한 주체로서 말이다.

차별에 저항하라

2007년의 어느 봄날, 야학 졸업생 김상희는 익숙하게 지하철을 타고 서울역 앞 농성장에 들러 장애인시설의 민주적 운영을 위한 법 개정 캠페인에 참여했다. 저녁 무렵 캠페인을 마친 그녀는 함께했던 사람들과 가볍게 뒤풀이를 한 후 늦은 밤 집으로 돌아갔다. 스물두 살의 그녀가 '외출을 허락해달라'고 가족에게 시위를 하며 하얀 얼굴을 세상 바깥에 드러냈던 것은 2001년 가을이었다. 불과 6년 뒤 그녀는 '장애여성독립생활센터 숨'의 소장이 되었고 가족으로부터 독립하여 혼자 살게 되었다.

2001년 가을은 내가 처음으로 정립회관 언덕을 따라 야학에 올라갔던 때이기도 하다. 잠시 '봉사'를 할 마음이었던 나에게 주어진 첫 번째 임무는 신림동 골짜기에 사는 신입생 김상희를 야학에 데려오는 것이었다. 그녀와 함께 지하철을 타고 야학으로 가던 길은 참으로 험난했다. 계단이나 턱을 만날 때마다 지나가는 남자 서너 명을 붙들어야 한다는 부담감은 몇 번을 반복해도 좀처럼 줄

어들지 않았다. 등교 지원을 맡은 날이 다가올 때마다 어떻게 하면 그럴싸한 이유를 대서 빠질 수 있을까 궁리하던 그 신임교사는 6년이 지난 2007년 봄, 노들야학의 사무국장이 되었다. 이것은 그 '홍은전들'과 '김상희들'이 함께 성장했던 6년의 이야기다.

2001년 이후 시간은 참으로 역동적으로 흘렀다. 이동권 투쟁을 시작으로 장애인의 생존권을 요구하는 외침은 전국 방방곡곡에서 봇물처럼 터져나왔다. 2003년에는 교육권을 보장하라는 부모들의 폭발적인 투쟁이 시작되었고, 2004년에는 정립회관 민주화를 위한 점거 농성이 231일 동안 진행되었으며, 2006년에는 장애인 수용시설이었던 성람재단의 비리를 해결하라고 종로구청 앞에서 153일 동안 농성을 했다. 또한 장애인차별금지법을 제정하라고, 교육지원법을 제정하라고, 활동보조서비스를 제도화하라고 농성에 농성에 농성을 거듭하였고, 무시로 집회를 하고, 도로를 막고, 단상을 점거하고, 토론회를 개최하고, 문화제를 열었다.

그사이 노들야학 사무국과 노들장애인자립생활센터와 현수막공장 '노란들판'이 새롭게 문을 열었고 지역마다 우후죽순으로 자립생활센터들이 생겨났다. 이동권연대와 420장애인차별철폐공동투쟁단과 장애인교육권연대와 전국장애인차별철폐연대가 결성되어 눈부신 활동을 펼쳤고, 다수의 노들야학 사람들이 그 활동가가 되었다. 사람들은 겨울이면 여의도에서 칼바람을 맞으며 국회를 향해 소리질렀고, 여의도 윤중로에 벚꽃이 만개할 즈음에는 광화문에서 420장애인차별철폐투쟁을 전개했다. 그리하여 2005년 교통약자의이동편의증진법이 제정되었고 저상버스가 의무화되었다. 2007년에는 활동보조서비스가 제도화되었고, 장애인차별금지법과 장애인등의특수교육법이 새롭게 제정되었다.

'학습(學習)'. 배우고 익힌다는 뜻. 우리는 '차별에 저항하라'는 과제를 학습할 무궁무진한 기회 속에 놓여 있었다. 차별이 무엇인지, 저항이 얼마나 다양할 수 있는지를 배웠고 인권의식과 연대의식을 몸에 익혀 나갔다. 바야흐로 저항의 봄, 투쟁의 르네상스 시대였다.

그것을 '혁명'이라고 부르지 않는다면 무어라고 말할 수 있을까. '아무것도 할 수 없는 몸'은 그대로인데 불가능했던 많은 것이 다만 시간 속에서 가능해졌다. 혁명은 연쇄적으로 일어났다. 시시각각 딛고 선 땅이 요동을 쳤다. 우리는 그 위에서 흔들리며 뒤섞였다. 부딪치고 넘어졌으며 균형을 잡고 일어서기 위해 서로의 손을 뜨겁게 잡았다. 그리고 어느 순간 우리는 다른 존재가 되었다.

많은 부모들이 말했다. 당신들의 자식이 노들을 만난 후 반항을 하기 시작했다고. 몰랐을 땐 그것이 삶인 줄 알았다. 그러나 숨만 쉰다고 모두 사는 것이 아니라는 것, '아직 죽지 않은 존재'로 사는 것은 삶이 아니라는 것을 깨달았다. 20년을 그렇게 살아왔지만 이제 우리는 단 하루도 그렇게 살 수 없는 존재가 되었다.

다른 삶은 가능했다. 무엇 하나 충족되지 않았지만 그 가능성만으로 이미 충분했다. 새로운 생각, 새로운 제도, 새로운 희망이 들끓었고 그것들은 노들 속으로 빠르게 유입되고 조직되었다. 사람들은 도전하고 실패했다. 분노하고 갈망했다. 내일의 해는 저절로 뜨는 법이 없었다. 하루를 얻기 위해 매일매일이 투쟁의 연속이었다.

아이는 무엇이든 만져보고 먹어본다. 기어이 뜨거운 것에 손을

이동권 투쟁이 시작되었던 2001년부터 장애인등의특수교육법 등의 법이 제정되었던 2007년까지는 바야흐로 저항의 봄, 투쟁의 르네상스 시대였다.
(2006년 4월 20일 장애인 차별 철폐 투쟁의 날)

대고 먹지 말아야 할 것을 삼키며 위험을 배운다. 세상 밖으로 나온 중증장애인의 배움이 그랬다. 모든 것이 처음이었다. 회복기의 환자는 모든 걸 다시 배운다. 먹는 것, 싸는 것, 심지어 숨 쉬는 것까지도. 장애인을 만난 비장애인의 배움이 그랬다. 모든 것이 새로웠다. 12년간 배워온 대한민국의 교과서에도 없었고 미국에서 건너왔다는 자립생활 교본에도 없었다. 어떤 것이 알맞은지는 오직 경험을 통해서만 찾을 수 있었다. 때론 아이처럼 무식하게, 때론 회복기의 환자처럼 조심스럽게, 우리는 서로의 눈을 통해 세상을 새롭게 바라보며 가시덤불처럼 험난한 일상을 헤쳐나갔다. 그리고 눈부신 성장의 순간들을 함께했다.

집 밖으로 이동하라

그 시절 노들의 지상과제는 '이동하라'였다. 교사들은 학생들의 등을 집요하게 떠밀었다. "집 밖으로 나오세요, 돌아다니세요." 그러나 학생들이 나와서 돌아다니지 않는 것은 '싫어서'가 아니라 '두려워서'였다. 손을 잡아줄 누군가만 있다면 언제든 나오고 싶어 했다. 하는 수 없이 같이 움직이게 된 교사들은 어제까지만 해도 자신이 아무런 불편함을 느끼지 못했던 길이 온통 턱과 계단으로 가득 차 있음을 깨달았다. 2002년 어느 날 전동휠체어를 기증받고 기대에 부푼 김상희는 교사 한윤경과 함께 시운전을 나간 길이었다.

"동대문역에서 4호선을 갈아타기로 했다. 그러나 리프트는 또 고장이었다. 그날만 해도 벌써 세 번째였다. 공익요원을 불렀다. 세 명이 왔다. 한 명이 먼저 나를 업어서 계단 위로 옮겨 놓고 다시 내려가 나머지 두 명과 함께 전동휠체어를 들어서 올렸다. 이 과정을 지켜보던 어떤 아주머니가 윤경에게 말했다. "몸도 불편한 아가씨를 데리고 나오면 어떡해요? 저 기계 엄청 무거워 보이는데 남의 귀한 아들들을 왜 이렇게 고생을 시켜요?"

나는 너무나도 기가 막히고 화가 났지만 그 자리를 빨리 벗어나고 싶은 마음에 아무런 대꾸도 하지 않았다. 엉망이 된 기분을 뒤로 하고 4호선 승강장으로 갔다. 그러나 그곳 역시 리프트가 고장 나 있었다. 또다시 역무원을 불렀다. 10분…… 20분…… 30분……. 역무원은 계속 기다리라고만 했다. 순간 참아왔던 서러움이 밀려와서 많은 사람들 앞에서 눈물을 보이고 말았다. 그리고 역무원에게 나를 휠체어에 앉은 채로 들어줄 것을 요구했고 몇 번의 말싸움 끝에 나의 요구대로 내려올 수 있었다." 김상희

그녀들은 이 '고장 난' 사회에 여러 차례 '적응'을 시도했다. 그러나 강요되는 굴욕은 끝이 없었다. 결국 참고 또 참았던 눈물이 터져 나오듯 저항감이 솟구쳤다. 그렇게 세상에 둘도 없이 순했던 사람들이 '싸움닭'이 되어갔다. 2002년 5호선 발산역에서, 2003년 1호선 송내역에서 또 장애인이 죽었다. 그리고 2004년 서울역에서 리프트를 타다가 추락하여 중상을 입은 사람은 야학의 학생 이광섭이었다. 그의 몸은 수백 킬로그램의 전동휠체어에 짓눌리며

시멘트 계단에 곤두박질쳤다. 얼굴이 찢어졌고 두개골에 금이 갔다. 집 밖으로 나서는 순간 목숨도 내놓아야 하는 삶. 그들이 이동하기를 두려워하는 것은 너무도 당연한 일이었다.

여전히 많은 학생들이 봉고차를 타고 집과 야학만 오갔다. 전동휠체어가 보급되고 활동보조서비스가 조금씩 시행되고 있었지만, 그들에게 새로운 권리는 낯설고 번거로웠으며 무엇보다 위험했다. 안전한 인생을 위해서라면 이동하지 않는 것이 옳았다. 그러나 인생은 그렇게 머무르라고 주어지지 않았다는 사실을 일찌감치 깨달은 사람들이 있었다. 이규식은 집이 주는 안전한 억압이 아니라 위험하지만 자유로운 삶을 선택했다.

"야산에 있는 낡은 판잣집에서 혼자 사는 일은 힘들었다. 여름에는 파리, 모기가 장난이 아니었고 비가 오면 출입구 주변의 땅이 질편해져서 휠체어가 푹푹 빠졌다. 밤에는 길이 잘 보이지 않았다. 하루는 밤늦게 집에 들어가다가 출입로 옆으로 휠체어가 빠져서 오도 가도 못하게 되었다. 그 자리에서 꼼짝없이 밤을 보냈다. 핸드폰도 없던 때여서 사람을 부를 수도 없었다.

'이렇게는 도저히 못 살겠다' 싶어서 야학 교사 천종민과 허진태를 꼬셔서 같이 살자고 했다. 그 둘도 가난한 대학생이어서 우리는 1년 반 동안을 같이 살았다. 월세를 따로 받지 않는 대신 두 사람은 나의 활동보조를 해주었다. 그 후 자립생활센터에서 운영하는 체험홈에 들어가면서 그들과 헤어졌다. 그 다음부터는 활동보조서비스가 조금씩 생겨서 다시 나 혼자 살기 시작했다.

가장 힘들었던 것은 밥을 먹는 일이었다. 처음에는 밥, 라면, 계란, 세 가지만 먹었다. 밥만 할 줄 알았지 반찬은 할 줄 아는 것이 하나도 없었다. 남자 활동보조인들의 사정도 크게 다르지 않았다. 콩나물국을 끓였는데 냄새가 너무 나빠서 다 버리고, 미역국을 끓이려고 하는데 미역이 갑자기 불더니 냄비 밖으로 넘쳐버렸다. 1년 반 동안 김치찌개만 먹기도 했다."

'이규식들'은 책에서 배운 자립생활을 용감하게 실천에 옮기며 책에는 나오지 않은 수많은 난관을 매일매일 넘어야 했다. 목숨까지 함께 실어야 하는 리프트 위에 번번이 몸을 올리고, 혼자 남겨진 밤 닥쳐올지 모르는 어떤 위험을 무릅쓰면서도 그들은 기어이 자기만의 방을 가졌고 콩나물국을 끓일 줄 알게 되었으며 그렇게 자기 삶의 주인이 되었다. 그리고 그들이 장애인운동의 주체로 성장했다.

성장 그리고 성장통의 시간

2001년 종로구 대학로에 문을 연 노들야학 사무국은 장애인운동의 근거지로 빠르게 성장했다. 많은 야학 사람들이 그 속에서 본격적으로 '활동'을 시작했다. 2004년 사무국의 풍경을 보라. 야학 출신 교사와 학생 열다섯 명이 다섯 개의 단체에 걸쳐 활동하고 있고 그중 열 명이 장애인이며 세 개의 농성이 돌아가고 있다.

"교장 선생님은 농성장을 돌아다니느라 얼굴을 볼 수조차 없다. 도현, 박현, 규식, 병준은 국회 앞 장애인차별금지법 농성장에서 살았고, 기룡은 교육청 앞 교육권연대 농성장에서 살았다. 도경(이동권연대)은 사무실과 농성장을 오가며 잡다한 실무를 챙겼고, 동엽은 농성에 필요한 물품들을 실어 나르느라 하루 종일 운전을 했다. 경희(자립생활센터협의회)는 사무실에만 있는 게 미안하다며 저 혼자 지지단식만 세 번을 했다.

노들장애인자립생활센터의 신입 활동가들인 야학의 학생들도 무척 바쁘다. 한나는 활동보조인을 구하느라 핸드폰에 불이 나고, 홍호는 교육권연대 농성장을, 명동과 문주, 현정은 정립회관 민주화 투쟁 농성장을 지켰다. 2004년 이들이 저상버스를 의무화시켰고 교육청으로부터 야학의 보조금 5천만 원을 쟁취했다." 홍은전

"조기 축구회에 비유하면 박경석 대표는 선수로 뛰면서 감독까지 하는 플레잉 코치였다. 이동권 투쟁은 엄청나게 커지고 있었고 그 속도는 참 빨랐다. 투쟁이란 타이밍이 중요해서 몰아쳐야 할 때가 있다. 하지만 그러다 보니 '급하게 먹어 치운다'는 느낌을 지울 수가 없었다. 꼭꼭 씹어 먹어야 피도 되고 살도 되는데 허겁지겁 먹다 보니 무슨 맛인지도 모르고 음식도 다 흘렸다. 투쟁하는 주체들이 그렇게 열의가 넘칠 때 자신들의 내용으로 공부를 할 수 있다면 더 단단하게 성장할 수 있을 텐데, 라는 아쉬움이 많이 들었다." 김도현

'장애인의 속도를 인정하라'고 외쳤던 장애인운동의 속도는 역설적이게도 몹시 빨랐다. 너무 오랜 세월 허기져 살았으므로 '무슨 맛인지도 모르고 허겁지겁 장애인운동을 먹어치운' 사람들은 빠르게 몸집이 불었다. 곧이어 뒤늦은 사춘기가 찾아와 감정이 소용돌이쳤고 갑자기 큰 키에 살이 트고 무릎이 시큰거렸다. 장애여성운동 활동가였던 김상희의 고백은 당시 '폭풍 성장'했던 많은 장애 활동가들의 번뇌를 대변하는 것이리라. '장애여성운동을 할 때는 장애여성인 내가 활동하는 것 자체가 하나의 의미로서 기록되었다'는 것을 잘 알고 있는 그녀에게도 '활동을 한다는 것'은 쉽지 않은 일이었다.

"활동을 거듭할수록 나의 부족함을 뼈저리게 느꼈다. 여러 단체의 활동가들이 모이는 연대회의에 가서는 어떤 정치적 입장을 말해야 될지 몰라 어디론가 숨고 싶었고, 가끔씩 기획안을 써야 했을 때는 국어사전을 펼쳐 놓고 밤새 낑낑대어도 만족스런 기획안을 쓰지 못했다. 새로운 도전은 계속되었지만 번번이 배움이 짧다는 피해의식으로 비장애 활동가들과 나를 비교하고 있는 자신을 발견했다. 왜 나는 저렇게 멋진 생각과 말을 하지 못할까. 왜 나는 모르는 것이 이렇게 많을까. 시간이 지날수록 이런 생각이 머릿속을 온통 지배했다. 동료들이 아무리 지지를 보내와도 들리지 않았다."

한편 비장애 활동가들 역시 말 못할 고충을 속으로 삭여야 했다. '느린 사람'과 함께 활동하기 위해 자신은 더 빨라져야 하는 현실을 긍정하기란 쉽지 않았다. '장애인의 교육권을 보장하라'고 외치는 것은 쉽지만, 교육 받지 못한 사람들과 당장 활동을 함께 하는 것은 어려운 일이었다. '활동보조서비스를 보장하라'고 외치는 것은 쉽지만, 당장 활동보조인이 없는 중증장애인과 함께 일하는 것은 불편한 일이었다.

이렇듯 둘의 고민은 동전의 양면과 같아서 떼려야 뗄 수 없는 것이었다. 장애인과 비장애인의 이러한 관계는 장애인운동이 풀어야 할 중요한 과제이기도 했다. 그들은 반쪽의 성장통을 나누어 가지며 함께 성장했다. 그들이 그렇게 서로에게 몸을 맞대고 있었기에, 그래서 서로의 고민이 엉켜 붙어 있었기에 어쩌면 장애인운동은 그토록 활활 타오를 수 있었던 것인지도 몰랐다.

이 주체들이 장애인운동의 의미를 꼭꼭 씹어 먹으며 단단하게 성장하길 바랐던 김도현은 2007년 두 권의 책을 냈다. 장애인운동 입문서인《당신은 장애를 아는가》와 한국의 장애인운동 20년 역사를 엮은《차별에 저항하라》였다. 그에게 '노들야학이 장애인운동에 미친 영향'에 대해 물었다.

"전장협이 DPI로 통합되고 대부분의 활동가들이 그쪽으로 딸려가버렸을 때 한 줌도 안 되는 재야들이 있었다. 노들이 있었기 때문에 그들이 다시 무언가를 일으킬 수 있었다. 자립생활이 보급되던 시기에 만약 이동권 투쟁이 촉발되지 않았다면 그것은 진보적인 복지 프로그램에 머물렀을 것이다. 그때의 주체들이 이동권 투쟁을 만남으로써 화석화된 자립생활 담론을 펄떡펄떡 살아 숨 쉬게 만들었다. 어려운 시기를 버텨

장애인과 비장애인, 교사와 학생은 반쪽의 성장통을
나누어 가지며 함께 성장했다. (2007년 모꼬지)

내고 살아남았던 노들이란 공간이 역사적인 사건과 만나게 되었고 그 이후의 것들이 만들어졌다. 노들야학의 교훈(校訓)처럼 노들은 정확하게 장애인운동이 부활하는 데에 밑불이 되고 불씨가 되었다."

나는 더 궁금해졌다. 그렇다면 노들은 '어떻게' 이 운동에 밑불이 되고 불씨가 될 수 있었을까. 그 힘은 어디서 왔을까. 2001년 혹은 그보다 훨씬 이전에 노들의 가슴 속에 일었던 작은 불씨들은 어떻게 지켜지고 번져갔을까. 나는 그것이 단지 노들이 '대중들의 공간'이거나 언제든지 타오를 준비가 된 '차별받은 사람들의 공간'이기 때문만은 아닐 것이라고 생각했다. 그들이 파편화된 개인으로 존재했다면 불은 쉽게 꺼졌을 것이다. 불씨가 불꽃이 되고 불길이 되는 과정, 대중이 주체로 성장해 나가는 힘의 비밀, 나는 그것이 노들야학의 지난하고 지난하고 지난했던 수업과 일상 속에서 비롯되었을 거라고 믿고 있었다.

그럼에도 불구하고 수업합시다

저녁 6시, 정립회관 교육관 입구에 봉고차가 한 대 도착한다. 학생들이 하나둘씩 차에서 내리면 교사들이 그들을 밀고 교실로 올라간다. 잠시 후 6시 30분, 교육관 3층 복도 맨 끝 방에선 어김없이 1교시 수업이 시작된다. 교실은 꼭 그 머릿수만큼의 고민들로 가득 차 있다. 아직 들어오지 않은 학생들을 부르는 교사의 목소리가 복도에 울려 퍼진다.

"수업합시다! 들어오세요!"

화장실에서 몰래 울던 은영도, 복도에서 누군가를 붙들고 자신이 언제 시설에 보내질지 모른다며 위기감을 피력하던 광섭도 모두 교실로 들어가야 한다. 어떤 날은 잠시 책을 덮고 그들의 어려움을 듣는다. 어떤 날은 기분 전환을 위해 봄꽃을 보러 아차산 공원으로 나간다. 그러나 대부분의 나날은 그날의 몫 그대로 수업을 진행한다. 썰렁한 농담으로 은영을 웃게 하거나 '한글을 알아야 자립도 할 수 있는 거다'라고 광섭을 설득하면서.

그 어김없는 일상이 반복되다 보면 어느 날의 은영은 무대 위에서 자신의 이야기를 노래하고 있고, 어느 날의 광섭은 맨몸으로 지하철 헤드라이트 불빛 앞에 버티고 서 있다. 어떤 화학 반응이 일어났기에 이들에게 이토록 눈부신 용기가 생겼을까.

나는 그것이 하루하루 꾸준히 살아가는 이들에게 일상이 가져다주는 보석 같은 선물이라고밖에 설명할 수가 없다. 노들의 힘은 이 치열한 일상성에서 왔다.

보통 '일상'이라는 말은 '흘러가는 시간 속의 그렇고 그런 날들 중 하루'를 뜻하지만 노들에서 말하는 일상은 그 의미가 전혀 달랐다. 중증장애인에게 일상이란 가져본 적 없는 어떤 하루들, 그러니까 그들의 빼앗긴 인생이었다. 어떤 이들에게는 외출을 하고 학교를 다니고 친구를 사귀는 일이 그저 평범한 일상이지만 어떤 이들에게 그것은 제 몸을 던져 싸워야 겨우 얻을까 말까 한 결코 일상적이지 않은 일들이었다. 노들의 가장 중요한 투쟁은 바로 이 일상을 만들고 지키는 일이었다. 이 작고 사소한 일상이 우리들의 인생을 끌고 나간다.

노들의 일상을 이끌었던 것은 바로 수업이었다. 수업이 우리를 만나게 했고 거기서부터 모든 것은 시작되었다. 수업이 아니었다면 30년간 서울 노유동의 작은 방과 창동 작은 집이 각자의 우주 전체였던 사람들이 서로 만나는 일은 없었을 것이다. 장애 문제라면 명왕성만큼이나 멀리 있는 것으로 알았던 나 같은 사람이 그들과 만나는 일도 없었을 것이다. 아차산 기슭 작은 교실에서 만난 우리는 아득하게 달랐고 서로에게 모두 처음인 존재들이었다.

2003년 한글 기초반에서 만난 우리들의 수업은 사투와 같았다.

우리는 사용하는 언어조차 달랐다. 어떤 이는 손을 쓰지 못했고 어떤 이는 말을 하지 못했지만 교사들은 말하고 쓰는 것 외에 어떤 의사소통 방법도 배운 적이 없었다.

"J는 쓰기도 전혀 불가능하고 읽기조차 뒷받침되지 않는다. 누군가의 손이 필요하고 누군가의 입이 필요하다. 절망스러웠을 그녀에게 크나큰 실수를 하고 말았다. 강압적인 수업 진행으로 그녀를 벼랑 끝으로 몰고 갔던 것이다. J는 "포기하고 싶다"며 마음속 깊은 곳에서 복받쳐 올라오는 서러움을 토해냈다. 그 앞에서 내가 할 수 있는 일이란 "포기한다는 말만은 하지 말아 주세요"라고 말하는 것. 그 말이 무슨 위로가 될까. 나에게도 아무런 의미가 없는데." 안민희

그때 우리들은 몰랐다. 우리가 얼마나 긴 레이스의 시작점에 서 있었는지. 1년이 지나도 크게 진전되지 않는 학생들을 보며 답답한 마음에 가슴을 칠 때에도 교사들은 여전히 깨닫지 못했다. 한 사람이 기역니은을 배우기 위해 얼마나 많은 것이 필요한지를. 상대방의 세계에 대해 잘 알지 못한 채로도 무언가를 가르칠 수 있다고 생각하는 것이 얼마나 오만한 것인지를. J는 그 뒤로도 몇 명의 교사를 더 거친 후에야 비로소 동네 이발소의 간판을 읽게 되었다.

"어느 날 이발소 옆을 지나가는데 '이…… 발…… 소…… 이.발.소? 어! 이발소다, 이발소! 내가 아는 거다!' 나는 소리

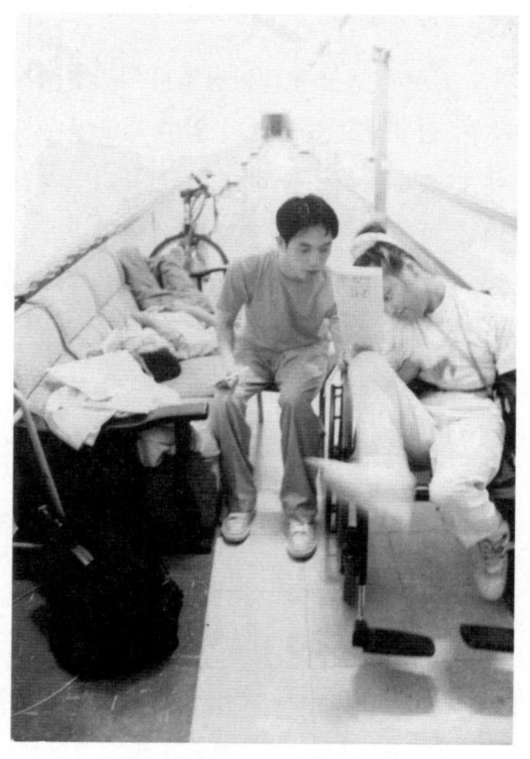

한 사람에게 기역니은을 가르치기 위해 때로는
그 사람의 인생 전체가 필요하다.

를 질렀다. 몇 년을 그 앞을 지나며 늘 보던 글자였는데 그 뜻을 처음 알게 된 것이다. 재미있고 신나고 기특했다. 처음에는 글을 배우는 일이 너무 힘들었다. 해도 해도 도무지 늘지가 않는 것 같았다. 나는 끝내 한글을 못 읽을 줄 알았다. 몇 해 전에는 슬럼프도 심하게 찾아와서 다 때려치우고 싶었는데 그때 포기하지 않아서 천만 다행이었다." J

J의 한글이 늘어가는 속도는 J의 우주가 확장되는 속도보다 결코 빠를 수 없었다. 자음과 모음을 충실히 익혀야만 '이발소'를 읽을 수 있듯이 J의 좁은 우주를 넓히기 위해서는 경험과 관계가 차곡차곡 쌓아올려져야만 했다. 그것은 J의 말처럼 '다 때려치우고 싶은' 순간들을 무수히 겪어야 하는 고통의 시간이기도 했다. 교사가 학생에게 무언가를 해줄 수 있었다면 그것은 다만 그 시간을 곁에서 묵묵히 지켜봐주는 것이었으리라. J의 한글 실력이 천천히, 그러나 틀림없이 늘어갔던 것처럼 교사들도 천천히, 그러나 진실하게 J를 배워나갔다.

밑불이 되고 불씨가 되자

노들야학의 수업은 교실 속에만 있지 않았다. 배움의 자리는 사람들의 다양하고 끝없는 차이들 사이 어디에나 있었다. 사십여 명의 장애인은 모두 다른 몸을 가졌고, 이십여 명의 비장애인 역시 걸을 수 있다는 것 외에는 큰 공통점이 없었다. 그들의 사이사이에 배움이 필요했다. 제도권 교육을 받은 교사와 제도권 교육에서 밀려난 학생들 사이, 다양한 몸들 사이, 신체적 장애와 정신적 장애 사이, '교육'을 하고 싶은 교사와 '운동'을 하고 싶은 교사와 '봉사'를 하고 싶은 교사들 사이, 노들이 딛고 선 땅과 노들이 살고 싶은 세상 사이, 노들이 외치는 구호와 노들이 만드는 일상 사이, 신임 교사와 교장 사이, 그리고 막 희망을 갖기 시작한 사람과 이제는 포기하고 싶은 사람들 사이. 그 끝없는 망망대해에서 노 저어가던 모든 과정이 노들의 수업 아니었을까.

구성원이 고작 육십여 명밖에 안 되는 이 작은 학교는 그러나 무수한 회의와 행사와 교육으로 채워져 있었다. 나는 그것이 그들 속에 존재하는 수많은 '사이'들을 대하는 노들의 태도를 잘 보여주는 것이라고 생각한다. 방구석에 갇힌 사람들을 야학으로 데려오기 위해 매일매일 봉고가 돌았고, 교사와 교사의 사이를 잇기 위해 토요일 저녁마다 교사회의를 했다. 교사와 학생들을 잇기 위해 신임교사 길라잡이 교육을 했고, 야학과 세상을 잇기 위해 한강대교 위를 기었으며, 그 마음을 전하기 위해 소식지를 만들었다. 그렇게 노들은 끊어져 있는 수많은 '사이'들을 잇기 위해 분투했다. 지하철 선로를 점거했고 모꼬지를 떠났고 검정고시를 준비했다. 삭발을 했고 현수막 공장을 만들었고 단식을 했다. 춤을 추었고 토론을 했고 자립생활센터를 만들었다. 돈을 벌었고 가족들과 싸웠고 술을 마셨다. 활동보조를 했고 버스를 탔고 천막을 쳤다. 노래를 불렀고 구구단을 외웠고 활동가가 되었다. 그리고 매일매일 어김없이 1교시 수업을 시작했다. 수업은 무한히 변주되었다. 그 과정에서 노들의 삶은 일상도, 교육도, 운동도 구분할 수 없는 어떤 것이 되어가고 있었다.

그러니 교사들이 노들야학의 교육 방향 따위에 대해 논의하다 보면, 어느 순간 온 세계가 통째로 끌려들어왔고 논의는 그 어마어마한 무게에 짓눌려 이내 방향을 잃고 표류하기 일쑤였다. 짧은 세월은 참으로 변화무쌍했다. 엊그제 처음 세상 밖으로 나온 중증장애인들의 상당수가 활동가가 되었지만 더 많은 사람들은 여전히 30년 만의 첫 외출을 시작하고 있었다. 역동적으로 예측 불가능했던 그 시기에 노들은 무엇을 준비해야 했을까.

어떤 이들은 야학이 장애인운동에 더 열심히 복무해야 한다고 했고, 어떤 이들은 대중들을 위한 기본 교육이 더 중요하다고 했다. 어떤 이는 야학에 정체성이 없기 때문에 혼란스럽다고 했고, 어떤 이는 혼란스러움을 포함하는 것이 바로 야학의 정체성이라 했다. 누구는 교육이 중요하다고 했고 누구는 운동이, 누구는 생활이 중요하다고 했다. 그들 중 누구는 활동가였고 누구는 대학생, 누구는 직장인이었다. 지지부진한 논의가 이어지는 동안에도 노들이 딛고 선 땅은 시시각각 변하고 있었다. 그들은 노력하는 한, 방황했다.

노들야학은 들판 위에 세워진 학교였다. 들판 위의 삶이란 어떤 것인가. 그것은 평균에 미치지 못해 내쳐진 삶이었다. 애초부터 평균이라는 것이 그들 같은 삶을 버리고 얻은 값이었다. 그러니 들판에는 평균이 주는 안정감 따위가 있을 수 없었다. 밥을 먹다가도 비구름이 몰려오면 천막을 쳐야 했고, 볕이 좋아 빨래를 널 때에도 언제든지 걷을 준비가 되어 있어야 했다. 혼란스러움과 변화무쌍함, 그것이 들판의 속성이었다. 노들은 바로 그곳에서 탄생했다.

모두 제각각이었지만 노들의 구성원들이 합의하는 단 하나의 가치가 있었다. 그것은 바로 '함께'였다. 양극단의 값을 도려내고 안정을 추구하는 것이 아니라, 고정불변의 튼튼한 집을 세워 혼란스러움을 원천봉쇄하는 것이 아니라, 들판에 존재하는 다양한 삶을 받아들이기 위해 노력하는 것이었다. 그러나 서로 다른 존재들을 끌어안기 위해서는 근육이 필요했다. 지루한 반복을 통해 근력을 키우는 시간, 그것이 바로 노들의 수업이었다.

20년 전 야학을 만든 교사들은 백무산의 시 〈장작불〉에서 야학의 교훈 '밑불이 되고 불씨가 되자'를 따왔다고 했다. 그러고 보니 이만큼 노들의 수업을 잘 표현하는 것도 없을 듯하다.

우리는 장작불 같은 거야
먼저 불이 붙은 토막은 불씨가 되고
빨리 붙은 장작은 밑불이 되고
늦게 붙는 놈은 마른 놈 곁에
젖은 놈은 나중에 던져져
활활 타는 장작불 같은 거야

몸을 맞대어야 세게 타오르지
마른 놈은 단단한 놈을 도와야 해
단단한 놈일수록 늦게 붙으나
옮겨 붙기만 하면 불의 중심이 되어
탈 거야 그때는 젖은 놈도 타기 시작하지

우리는 장작불 같은 거야
몇 개 장작만으로는 불꽃을 만들지 못해

장작은 장작끼리 여러 몸을 맞대지 않으면
절대 불꽃을 피우지 못해
여러 놈이 엉겨 붙지 않으면
쓸모없는 그을음만 날 뿐이야
죽어서도 잿더미만 클 뿐이야
우리는 장작불 같은 거야

교실 속의 우리는 모두 달랐다. 몸의 생김도 달랐고 불 속에 던져진 시기도 달랐다. 마른 놈도 있었고 젖은 놈도 있었다. 빨리 붙는 장작도 있었지만 단단하여 늦게 붙는 장작도 많았다. 우리는 그 다름 그대로 여럿이 몸을 맞대고 엉겨 붙어서 천천히, 뜨겁게 서로를 안았다. 노들이 장애인운동의 밑불이 되고 불씨가 되기 이전에 우리는 이미 서로에게 밑불이고 불씨인 존재들이었던 것이다.

2007년 여름, 들판은 또다시 어마어마한 지각 변동을 예고하고 있었다. 야학 사람들은 다시 한번 서로의 몸을 맞대고 뜨겁게 타오르기 위한 채비를 서둘러야 했다.

쉬는 시간

이제는 말할 수 있다:
김도현 구속 규탄 성명서 자작 사건의 전말

[성명서]

김도현 동지에 대한 편파 수사와 부당 구속을 중단하고, 장애인 이동권 보장하라!

2003년 5월 28일, 장애인이동권연대의 광화문역 선로 점거 시위와 관련하여 검찰은 김도현 동지를 8월 20일 전격적으로 구속했다. 우리는 이번 구속 사태를 김도현 동지 개인의 문제가 아니라 장애인이동권연대에 대한 정부의 비열한 정치적 탄압으로 규정한다. 또한 김도현 동지의 석방을 위해, 동지의 바람이기도 했던 장애인이동권의 완전한 쟁취를 위해 더욱 강고한 투쟁을 전개할 것임을 밝힌다. 김도현 동지는 에바다 정상화를 위한 투쟁, 장애인 노동권 · 교육권 쟁취를 위한 투쟁, 그리고 장애인이동권연대 투쟁 등 장애인운동의 현장에서 항상 우리 곁에 있었던 너무나 소중한 동지였다. 이 땅의 사법부와 검찰은 기본적인 권리를 쟁취하기 위해 싸우는 장애인 주체들을 철저히 우롱하고 대상화하는 작태를 멈추고 김도현 동지를 즉각 석방하라! 만일 그렇지 않을 시에 이동권연대는 가능한 모든 수단과 방법을 동원하여 더욱 치열하고 강고한 투쟁을 벌여나갈 것임을 엄중히 경고한다.

2003년 8월 20일 장애인이동권쟁취를 위한 연대회의

2003년 5월, 지하철 송내역에서는 시각장애인 장모 씨가 철로에 추락하여 사망하는 사건이 일어났다. 이동권연대는 이에 항의하는 뜻으로 5월 28일, 광화문역 선로 점거 투쟁을 감행했고, 이때 야학 학생 이광섭이 20분간 지하철을 막고 시위를 벌였다. 하지만 검찰은 이 사건의 책임자로 장애인 이광섭이 아니라 그를 선로에 내려준 비장애인 김도현을 지목했고, 당시 서른 살의 김도현은 무려 8개월이나 억울한 옥살이를 하게 되었다. 그러나 이 가슴 아픈 사연에는 웃지 못할 뒷이야기가 전해지는데 그것은 '너무나 소중한 김도현 동지'의 구속에 비분강개하고 강고한 투쟁을 다짐하는 이 사람이 바로 김도현 자신이라는 것이다. 어찌된 일일까. 김도현이 10년 만에 입을 열었다.

김 그때 저는 야학을 휴직하고 인권운동연구소 '창'이라는 곳에서 활동하고 있었어요. 하루는 경석이 형(야학 교장이자 이동권연대 대표)이 지하철 선로 점거 투쟁을 해야 하는데 현장 지휘를 해줄 사람이 없다면서 부탁을 하더군요. 광섭이 형을 선로에 내려주고 구호를 외치다가 경찰이 오기 전에 빠지면 되는 것이었죠. 저는 그날 점거를 마치고 현장도 잘 빠져나왔어요. 그런데 며칠이 지나서 구속영장이 발부되었다는 사실을 알게 됐어요. 이동권연대에 대한 괘씸죄를 애매한 저에게 모두 뒤집어씌운 거죠. 그때까지 이동권투쟁으로 누구도 그런 식으로 구속되지 않았어요.

구속되기 전에 전셋집, 식당 알바, 연구소 활동 등을 하나씩 정리하고 있는데 경석이 형에게 또 전화가 왔어요. 제가 구속되면 규탄 성명서를 써야 할 텐데 쓸 사람이 없다면서 저더러 좀 쓰고 들어가면 안 되겠냐고 하더군요.

홍 (오만상을 다 찌푸리며) 나쁜 사람~!!

김 그래서 주변을 다 정리한 후에 마지막으로 한 일이 성명서를 쓰는 거였어요. "김도현 동지의 구속을 규탄합니다!"라고요.

홍 교장 선생님이 원망스러웠겠네요?

김 아니요. 그땐 그런 생각 별로 안 했어요. 어쩔 수 없었으니까. 그만큼 우리의 운동이 열악했으니까.

홍 ('아, 이 멋있는 사람!'이라고 생각하려던 순간, 불똥이 난데없이 2001년으로 튀었다.)

김 오히려 경석이 형이 미웠던 건 2001년에 서울역 앞에서 농성할 때였어요. 실무자라고는 달랑 저 하나밖에 없어서 집에도 거의 못 들어가고 하루 종일 땡볕에서 농성을 했어요. 그러니까 얼마나 힘들었겠어요? 그 와중에 경석이 형이 또 전화를 해서는 저보고 보조금 공모사업 공고 났다면서 기획서를 쓰라고 하는 거예요. 저밖에 쓸 사람이 없다면서요. 그때 생각했죠. '저 인간은 진짜 독한 인간이구나.'

홍 그래서 기획서 썼나요?

김 (뭘 그렇게 당연한 걸 묻느냐는 듯이) 썼죠!

홍 음…… 제가 보기에 당신에게도 문제가 좀 있는 것 같은데요……

김도현은 '전차교통방해죄'로 2003년 8월에 구속되어 2004년 4월에 출소했다. 구치소 안에서 삼시 세 끼 꼬박꼬박 챙겨 먹고 규칙적으로 생활한 덕분에 몸무게가 54kg에서 67kg으로 13kg이나 늘어 좋아했지만 출소 후 한 달여 만에 도로 다 까먹었다. 독방에서 딱히 할 일이 없어 무작정 읽었던 책들을 밑천으로《당신은 장애를 아는가》와《장애학 함께 읽기》를 썼다.

쉬는 시간

조용필 콘서트 티켓 좀 주세요

사실 저는 여성시대 청취자는 아닙니다. 군대시절인가 오전 근무할 때 들었던 기억이 나니, 그것도 이미 3년은 지난 일인가 봅니다. 그럼에도 염치 불구하고 제가 하고자 하는 말은 이겁니다.

"조용필 콘서트 티켓 좀 주세요."

기도 안 차 화가 나시겠지만 저 역시도 기도 안 차 가슴이 턱 막히는 경우라 어쩔 수 없이 문제의 근원지인 여성시대에 글을 올립니다.

저는 노들장애인야학의 3년차 교사입니다. 제가 맡고 있는 반은 기역니은부터 배우는 한글 기초반입니다. 장애인의 절반 이상이 초등학교 학력 이하로 살아가는 이 나라에서 그나마 배움을 찾아 이곳까지 온 학생들은 제 삶에 나름대로 열정이 있는 사람들이라 생각하지만 꼭 그렇지만은 않은 경우도 많습니다. 특히 이번 같은 경우는……

저희 반에는 철없는 40대 학생이 있습니다. 바로 여성시대 왕팬이자 모든 라디오 방송을 섭렵하는 '히스테리 대마왕'입니다. 이분은 툭하면 수업을 거부하고 식음을 전폐하는 '삐지기 대마왕'이기도 합니다. 그러다 보니 수업하는 제가 상전을 모시듯 해야 하는 저희 반 1등 문제 학생입니다. 일주일에 세 번, 야학에 올라오는 날을 제외하고는 하루 종일 집에 누워 있는 그녀가 그렇게 성질이라도 내지 않으면 어쩔까 싶어 대부분 받아주는데 그럴수록 히스테리가 점점 늘어갑니다.

그녀의 특기는 노래 가사 맞추기입니다. 40년 평생을 라디오와 함께한 그녀는 모르는 노래 가사가 없습니다. 가끔 노래 제목이 생각나지 않거나 가사를 잊어버렸을 때 그녀에게 물어보면 대부분 그 자리에서 해결이 됩니다. 일각에서는 그녀를 방송국에 취직시키자는 의견도 있지만 저는 그녀의 히스테리를 방송국이 받아줄 리 없다고 생각합니다.

각설하고 노래를 좋아하다 보니 그녀는 조용필의 왕팬이기도 합니다. 지난주인가요? 그녀가 여성시대에 멋들어지게 엽서를 보내면 조용필 콘서트를 갈 수 있다는 이야기를 듣고 왔습니다. 자기는 한글도 아직 모르고 글도 못 쓰니 세상 살맛 안 난다며 '이렇게 살아서 뭐하나' 그러더니 대뜸 일주일째 수업 거부 중입니다. 수업시간만 되면 어찌나 울적한 눈망울로 쳐다보는지. 속셈이야 뻔하지만 어쩌겠습니까, 그녀가 가고 싶다는 것을. 그래서 뻔뻔스럽게 청취자도 안 되는 놈이 이렇게 글을 씁니다.

조금 히스테리가 심하기는 하지만 알고 보면 그렇게 나쁜 사람은 아닙니다. 그녀에게 기회를 한번 주셨으면 합니다. 조용필 씨를 먼발치에서 보기만 할 수 있어도 한글 수업에 최선을 다하겠다는 철없는 그녀가 여성시대에 직접 엽서를 쓸 수 있는 그날이 빨리 오기를 바랍니다. 혹 티켓을 보내주신다면 서울시 종로구 명륜1가 노들장애인 야학으로 부탁드립니다.

2005년 9월 28일, 교사 이알찬이 MBC 라디오 〈여성시대〉에 술김에 썼다는 사연이다. 이알찬과 '히스테리 대마왕'은 열심히, 격렬하게, 부지런히 싸우던 사이였다. 이 사연이 채택되어 그녀는 마침내 꿈에 그리던 조용필 콘서트를 가게 되었고 알찬과 그녀 사이에는 잠시 평화가 찾아오는 듯했으나…… 관계는 금세 회복되어 지금까지도 만나면 여전히 핏대를 세우며 으르렁대는 사이다. 이때 이후 한 해도 거르지 않고 조용필 콘서트를 찾아다니고 있는 그녀는 이렇게 말한다. "단언컨대 내 삶의 가장 큰 기쁨은 조용필이다."

3교시

삶

길바닥에 나앉아도 수업은 계속된다

2007년 12월 31일 저녁, 야학 교사들은 교무실에 모여 이삿짐을 꾸리며 실랑이를 벌이고 있었다.

"부루마불 가져가?"

"그걸 뭐하러!"

"밤에 천막 지키는 당번들 심심하잖아……"

"시계 가져가?"

"천막에 어디다 달려고!"

"쉬는 시간 기다리는 재미도 없이 어떻게 수업을 해……"

"쓰레기통 가져가?"

"그냥 새로 하나 사. 얼마나 한다고."

"그래도 우리한테 험한 꼴 당하던 놈인데 데리고 가지……"

언제 어디서 누가 주워왔는지도 모르는 세간들을 끄집어내자 잊혔던 추억들도 새록새록 되살아났다. 소중한 인연들, 고마웠던 기억들도 모조리 상자에 담으려는 듯 교사들은 말이 많았다. 봉고

차에 짐을 실은 후 다시 교실로 모인 교사들과 학생들은 꽃다지의 노래 〈다시 떠나는 날〉을 힘차게 불렀다. 그것이 정립회관에서의 마지막 수업이었다.

정립회관이 '12월 31일부로 교실을 비우라'는 입장을 야학에 전달한 것은 그해 6월의 일이었다. 야학이 회관에게 '공간을 좀 더 달라'고 요청한 데 대한 응답이었다. 그즈음 야학은 학생이 늘어나서 교실이 부족했다. 그러나 회관이 공간을 더 내주지 않을 것임을 야학이 모를 리 없었다.

2004년 정립회관 이완수 관장은 정년퇴임을 앞둔 시점에서 자체 규정을 변칙적으로 개정하여 연임을 꾀했다. 이에 노동조합과 회관 이용자들 그리고 장애인 단체들은 '정립회관 민주화를 위한 공동대책위원회'를 결성하고 6월 22일 점거 농성에 들어갔다. 야학도 공대위에 참여했고 박경석 교장이 대표를 맡았다. 농성은 예상보다 길어져 해를 넘겼다. 이듬해 1월, 광진구청이 중재하여 이씨가 관장직에서 물러나자 공대위는 231일간의 농성을 풀었다. 그러나 얼마 지나지 않아 정립회관을 운영하는 한국소아마비협회는 이씨를 다시 협회의 이사장으로 선임했다. 2005년 6월의 일이었다.

쫓겨났던 관장이 이사장이 되어 돌아왔으니 자신을 몰아내려 했던 반대파에 대한 역공이 시작될 것은 시간 문제였다. 그런 상황에서 '감히' 야학이 정립회관 측에 공간을 더 달라고 '찔렀던' 이유는 '그럴 수 없다'는 회관의 입장을 받아서 교육청에 들이밀기 위함이었다. 때는 바야흐로 장애인등에대한특수교육법이 제정되어 시행령이 만들어지기 시작했던 2007년 5월이었다. 장애 성인의 교육에 대해 지원받을 수 있는 법적인 근거가 마련되었지만 아직 법은 힘이 없었다. 박경석 교장의 '동물적 육감'이 발동했던 것도 그때였다.

'이 기회를 잘 밀어붙이면 뜬구름만 잡는 법을 땅 아래로 끌어당기면서 노들야학의 교육 공간도 얻어낼 수 있지 않을까?'

장애인이 접근하기 편리한 곳에 야학 교실을 마련하는 것은 임기 10년을 바라보는 박경석 교장의 핵심 공약이기도 했다. 그런데 정립회관이 예상보다 한 발 더 나아가 '회관도 공간이 부족하니 나가달라'고 요구해온 것이었다. 마치 이날만을 기다려 왔다는 듯이. 박경석 교장은 오히려 잘 된 것일지도 모른다고 생각했다. '교실이 부족하다'보다는 '우리 쫓겨났다'가 확실히 더 극적이니까. 노들은 조금 더 속도를 내야 했다.

야학은 이 상황을 교육청과 교육부 그리고 시청에 전달했다. 예상대로 시청은 교육청에, 교육청은 교육부에 책임을 떠넘겼다. 그리고 교육부는 야학이 '초중등교육법 상의 학교에 해당하지 아니하므로 시설에 대한 지원은 할 수 없다'고 간단하게 응답했다. 기댈 수 있는 법도, 빽도, 돈도 없었다. 이때 박경석 교장은 교사들에게 '더 기다리지 말고 안주하지 말고 싸우자'는 투쟁 제안서를 보냈다.

"정부가 장애 성인의 교육권을 보장하겠다면 그 구체적인 실천은 노들야학 학생들이 교육을 받을 수 있게 하는 것이다. 이 문제의 해결 없이 장애인의 교육권을 논할 수 없다. 노들의 이야기로부터 시작하게 해야 한다. 우리가 법적으로 지원받을 수 있도록 싸워야 한다."

2학기가 시작되는 9월의 해오름제에서 교사와 학생들은 야학 교실을 확보하기 위한 투쟁을 결의했다. 이후 비상대책위를 꾸리고 서명 운동을 시작했으며 서울시의회와 국회, 교육청을 쫓아다니며 노들의 상황을 알렸다. 그러나 그것만으로는 부족했다. 다시 박경석 교장은 야학 사람들에게 과감하게 정립회관을 떨치고 나가서 천막 농성을 하자고 제안했다. 이에 대해 교사들은 의견이 분분했다.

"믿을 구석이 하나 정도는 있어야 하는 것 아닌가. 우리가 돈이 있나, 빽이 있나. 대안은 있는 건가. 정립회관은 최후의 보루로 남겨두어야 하는 것 아닌가. 다 털고 나왔는데 교육청도, 교육부도 공간을 안 내주면 우린 어떻게 되는 건가."

12월이 되었으나 여전히 모든 것이 불투명한 안개정국이었다. 확실한 것이 있다면 그것은 '이 싸움이 정당하다'는 믿음과 '함께 있을 때 우리는 두려울 것이 없다'는 용기뿐이었다. 그리하여 사람들은 '투쟁만이 살 길이다'라는 노들의 강력한 경험칙을 따라 2008년 1월 기어이 정립회관을 털고 나서기로 결의했다. 열다섯 번째 노들의 봄은 꿈에 그리던 새로운 땅에서 맞이하기를 열망하면서.

2008년 1월 2일 이른 오후 대학로 마로니에 공원. 장애 성인 교

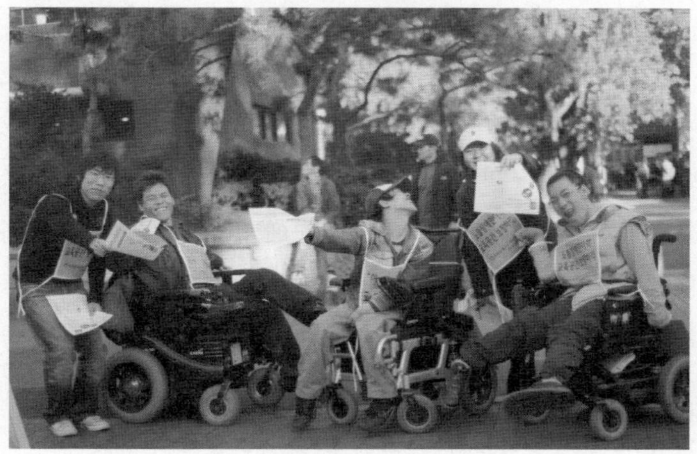

마로니에 공원에 세워진 천막야학과 서명운동을 펼치고 있는 야학 사람들.

육권 쟁취를 위한 전초기지를 건설하기 위해 사람들이 하나둘씩 모여들었다. '경찰이 들이닥치면 어쩌나', '공무원이 철거하려고 덤비면 어쩌나' 했던 태산 같은 걱정이 무색하게도 한겨울 칼바람이 할퀴는 마로니에 공원은 비둘기 떼만 가득했다. 다년간의 농성 경험을 가진 천막 전문가(?)들이 엇갈리는 건축론을 펼치며 각축을 벌이는 가운데서도 순식간에 튼튼하고 아름다운 천막 세 동이 설치되었다. 가진 것이 많지 않았던 노들의 교실은 유목민의 그것처럼 금세 거리로 옮겨졌다.

해가 땅 속으로 꺼져들고 매서운 바람이 들이닥치기 시작하는 저녁. 어김없이 수업이 시작되었다. 장기간의 전투에도 노들은 수업을 포기할 수 없었다. 아니, 수업은 노들이 가장 잘 쓰는 무기였다. 수십 명이 둘러앉아 서로가 원하는 세상을 말하고 들으며 함께 노래하고 그림 그리는 것, 그것만큼 좋은 수업이 어디 있으며 그것만큼 좋은 집회가 또 어디 있겠는가.

방음이 되지 않아서 두 반의 수업이 마구 뒤섞였고 공간이 좁아서 교사들은 바깥으로 밀려나는 와중에도 응원하기 위해 찾아온 사람들로 천막 야학은 문전성시를 이루었다. 연락이 끊겼던 동문들이 놀란 가슴을 쓸어내리며 찾아와 전투 자금을 쾌척하고 돌아갔고, 이제 막 대학을 졸업한 조사랑 교사와 수능시험을 갓 치른 열아홉 신임교사 정우준이 천막 붙박이를 자처했으며, 집 나갔던(?) 좌동엽 교사가 돌아와 힘을 보탰다. 자체 '포장마차 기능'까지 장착한 천막 야학에서 학생과 교사들은 당번을 정해 숙식을 함께 하며 천막을 지키기로 했다. 작전명은 '길바닥에 나앉아도 수업은 계속된다.' 본격적인 천막 야학이 뜨겁게 문을 열었다.

종로에 100평 교실을 허하라

마로니에 공원에서 천막 야학이 한창일 때 한편에선 종로 구석구석을 돌아다니며 노들의 새로운 공간을 탐색하는 사람이 있었다. 몇 달 전 야학의 봉고 운전기사로 들어온 임영희였다. 그는 마치 신이 예비한 사람처럼 공인중개사 자격이 있었고 천막 야학이 시작되기 직전 '영희네 부동산'을 개업했다. 가난하지만 까다로운 그의 첫 의뢰인은 밑도 끝도 없이 이렇게 주문했다.

"종로에 100평을 구해주세요."

> "처음에는 도심 한복판의 건물들을 알아봤다. 장애인 편의시설을 갖춘 건물들은 눈알이 휘둥그레지도록 엄청난 임대료를 내야 하는 업무용 마천루들이었다. 비쌌다. 종로구의 변두리 지역을 알아봤다. 여기도 만만치 않았다. 그러나 그보다도 야학이 들어갈 수 있을 만한 조건이 여의치 않았다.
>
> 장애인 교육 공간은 여러 가지 조건을 갖추어야 한다. 지하철역과의 접근성은 기본이다. 그러나 지하철역이 가까이 있다 해도 오래된 역사에는 승강기가 없고 리프트만 있는 경우가 많았다. 건물에 대한 접근성도 용이해야 한다. 왜 그렇게 건물 입구에 계단이 많고 경사로는 없는지. 승강기가 없는 건물은 아예 볼 필요도 없다. 제일 큰 문제는 화장실이다. 큰 건물의 경우 대개 장애인용 화장실이 있긴 한데 이것이 건물을 통틀어 달랑 하나만 있는 경우가 허다했다. 쉬는 시간마다 화장실이 있는 층으로 왔다 갔다 할 수도 없는 노릇이고. 결국

개조를 할 수 있는 건물을 찾아야 했다.

쉬운 일이 아니었다. 간혹 '괜찮다' 싶은 곳을 찾게 되면 꼭 뭔가가 부족했다. 화장실이 별로라거나 장애인 주차가 어렵다거나 입구에 계단이 있다거나 아니면 임대인이 장애인 단체를 꺼린다거나. 기분이 나빴다. 장애인에 대한 일상적인 차별을 실감했다. 노들은 더욱더 도심 한복판으로 가야겠다."

임영희

그러던 어느 날 그의 눈에 한 공간이 들어왔다. 모든 조건이 훌륭했다. 천막 야학이 있던 마로니에 공원에서 불과 30미터 거리에 있는 '유리빌딩'이었다. 몇 군데의 후보지가 더 있었지만 사람들의 마음은 자꾸만 유리빌딩으로 향했다. 자린고비가 천정에 매달아놓은 굴비를 쳐다보며 맨밥을 삼키듯 사람들은 천막을 지키다가 지루하면 유리빌딩을 구경하러 다녔다. 문제는 돈이었다.

한 달 임대료가 천만 원에 육박했다. 교육청으로부터 받고 있던 보조금이 있었지만 금액도 적었고 그것조차도 임대료로는 쓸 수 없도록 되어 있었다. 박경석 교장은 관련 기관을 쫓아다니며 보조금을 증액하고 임대료로 사용할 수 있게 해달라고 요구했다. 야학 사람들 모두 자신의 일처럼 발벗고 나섰다. 서명 운동과 홍보 활동을 계속하면서 개인 후원자를 모집하고 달력과 엽서를 팔아 모금 활동을 펼쳤다.

그리고 2008년 3월 28일. 새 학기를 시작하는 조금 늦은 해오름제가 시작된 곳은 바로 꿈에 그리던 유리빌딩 2층이었다. 노들은 기어이 이곳으로 입성했다. 봄을 쟁취했다. 그것은 분명 꿈이었다. 누구나 접근할 수 있는 광장 한복판에 각 반의 명패를 단 교실과 교사들이 쉴 수 있는 교무실이 생겼다. 사람들은 난국을 함께 헤쳐 왔다는 연대의식과 자신들의 힘으로 또 하나의 권리를 쟁취했다는 자부심에 잔뜩 들떠 있었다. 그들은 추운 겨울을 뜨겁게 품으며 만든 보석 같은 추억을 공유하고 있었다. 사람의 힘, 노들의 힘을 충만히 느꼈던 뜨거운 겨울이 그렇게 끝나고 있었다.

노들은 '도시 속의 섬' 정립회관에서 스스로의 힘으로 빠져나왔다. 2007년 12월 31일, 처음 배를 띄워 출발했을 때만 해도 배가 물속으로 가라앉는 건 아닌지, 무사히 뭍에 발을 디딜 수 있을지, 어떤 뭍에 닿게 될지 확실한 건 아무것도 없었다. 그리고 80일간의 항해 끝에 마침내 노들은 무사히 '사람들의 마을'에 발을 디뎠다. 1993년 정립회관 탁구장 한켠에서 문을 연 후 14년이 지난 때였고, 2001년 사무국이 선발대로 출발해 종로에 자리를 잡고 터를 닦은 후 7년이 지났을 때였다.

이제 노들의 과제는 이 새로운 땅에 뿌리를 내리고 살아가는 일. 이곳은 오래전 장애인이 사라지고 없는 땅이었다. '여기 장애인이 존재함'을 매일매일 보여주는 것만큼 강력한 퍼포먼스는 없을 것이었다. 천막 농성을 끝내던 해단식에서 박경석 교장은 이렇게 말했다.

> "우리는 비장애인 중심의 세상 속으로 들어가 파열음을 낼 것입니다. 장애인이 대학로를 자유롭게 돌아다니며 교육을 받고 문화를 즐길 수 있다면 단절과 배제로 점철된 장애인 문제를 자연스럽게 풀어나갈 희망이 될 것입니다. 대학로를 장

애인과 함께하는 문화의 공간으로, 마로니에 공원을 그 운동장으로 만들어갈 꿈을 꿉니다. 노들은 이곳에서 '밤에 공부하는 학교(야학, 夜學)'가 아니라 풀뿌리 민중들을 더 많이 만날 수 있는 '들판 위의 학교(야학, 野學)'로 새롭게 시작할 겁니다."

대학로에 노들이 있다

꿈의 공간은 모든 게 돈이었다. 리모델링 6천만 원, 냉난방기 1천만 원, 자동문 2백만 원. 사소해 보이는 것들의 공사 비용이 입이 떡 벌어질 만큼 어마어마했다. 화장실의 냄새를 없애는 것부터 교실의 온도를 적정하게 유지하는 것까지 돈 아닌 것이 없었다. 벌어진 입이 간신히 다물어질 때쯤 이제 막 공사가 끝난 자동문을 누군가가 전동휠체어로 들이받았다. 문이 쿵 주저앉으면 상근자들의 심장도 쿵 하고 내려앉았다. 야학이 호기롭게 이 사회 속에서 터뜨리겠다고 했던 파열음은 먼저 그들의 소심한 가슴 안에서 수시로 터져나왔다. 노들의 본격 자립생활이 시작되었다.

'도심 한가운데 있는 학교는 장애인의 정당한 권리'라고 주장했던 사람들에게도 차별의 시선은 내재되어 있었다. 야학은 한동안 간판을 달지 못했다. '너무 비싼 땅에 들어온 것이 아닌가' 하는 자격지심은 마치 저항군이 명품백이라도 든 것처럼 자꾸만 어깨를 움츠리게 만들었다.

대학로 한복판의 장애인야학은 생경했다. 외부인이 아니라 노들 자신에게도 그랬다. 많은 장애 아동들이 집과 멀리 떨어진 특수학교를 다녀야 하고, 많은 중증장애인들이 버스도 다니지 않는 산속의 시설로 보내지는 것, 그런 것이 익숙한 것이었다. 교육청이 야학에 보조금을 '비싸게' 주는 대신 검정고시 합격률로 보답하라는 값싼 생색을 내는 것, 그런 것이 익숙한 것이었다. 이제 노들은 자신들 안에서 터져나오는 파열음에 귀 기울이고 자신들의 몸속에 뿌리박힌 차별의 시선을 걷어내면서 이 생경한 것을 당연한 풍경으로 만들어가야 했다. 그것이 노들이 해야 할 '비싼 값'이었다.

야학은 교실을 이웃 단체들에게 개방했다. 얼마 되지 않아 교실은 칸칸마다 무언가를 하는 사람들로 채워졌다. '홈리스 행동'에서 일요일마다 노숙인 주말 배움터를 열었고 전국장애인차별철폐연대에서 장애해방학교를 개최했다. 노들도 적극적으로 참여했던 '탈시설 학교'는 석암재단의 시설 비리 해결을 위해 싸우는 장애인들과 함께하기 위한 것이었다. 공간을 공유하자 새롭고 의미 있는 관계가 이어지기 시작했다. 공간 대여를 담당했던 조사랑의 글을 보면 공간이라는 것이 단지 물리적 의미에만 머무르지 않음을 잘 알 수 있다.

"사방이 거울인 방이 있다. 전장연 몸짓패 '바람'과 장애인 극단 '판'이 이곳을 특히나 좋아한다. 거울이 있고 넓어서 연습하기 편리하다. 인기가 좋은 이곳을 사람들은 한 달 전부터 예약하곤 한다. 어떤 때는 '제로 게임'을 하듯이 빠르게 모두들 '거울방!!'을 외친다. 0.01초 간발의 차로 울고 웃는 사람들을 볼 때면 심판의 입장에 있는 나는 왠지 미안해진다.

노숙인 주말 배움터는 일요일마다 찾아와 밥을 짓고 비누를 만들고 컴퓨터를 배우고 영화도 본다. 따뜻한 마음과 넉넉한 주걱으로 주말까지 나와서 일하는 활동가의 배를 채워주신다. 게다가 노들이 버린 쓰레기까지도 다 청소해주신다. 불만을 토로할 법도 하건만 늘 감사하다는 말을 하셔서 부끄럽다. 우리는 매일매일이라 소중한 줄 모르는데…… 일주일에 한 번 수업을 하기 위해 교실을 '펼쳤다 접는'(컴퓨터 수업을 위해 매번 그 많은 컴퓨터를 설치했다 철수하기를 반복하신다) 모습을 지켜보면 아차산 시절에 야학을 오르던 때가 생각난다. 곧 서울역 근처에 새 둥지를 튼다고 하니 아쉽긴 하지만 홈리스님들이 더욱 쉽게 닿을 수 있는 곳에 잘 정착했으면 좋겠다.

그리고 혜화 독립 진료소가 있다. 들풀의 마음을 가진 한의사들(단체명: 한의사 자원 활동 모임 '들풀')과 발바닥에 땀나도록 뛰어다니는 활동가들(단체명: 장애와 인권 발바닥 행동), 그리고 노들이 만났다. 격주 일요일마다 이들이 함께 진행하는 한방진료소가 열린다. 공간, 안정적인 공간이 생겨서 좋다. 학생들이 아프지 않아 좋다. 꿈을 꿀 수 있어 좋다."

한편 노들의 이웃에는 새로운 공간 하나가 뚝딱뚝딱 세워지고 있었다. 자립생활주택 '평원재'였다. 이 집을 짓는 평원재단은 수년간 야학 학생들에게 장학금을 지원해온 사회복지법인이었다.

2001년 평원재단 이종각 대표는 이동권 투쟁에 열심이던 야학의 모습을 보고 깊은 인상을 받았다고 했다. 이후 그는 물심양면으로 야학에 대한 응원을 아끼지 않았지만 어찌된 일인지 한번도 그 모습을 드러낸 적이 없었던 노들의 오랜 '키다리 아저씨'였다. 그랬던 그가 2007년 돌연 그 얼굴을 노들 앞에 나타냈다.

노들을 찾아온 이종각 대표는 장애인이 자립을 하기 위해서는 주거가 가장 중요한 문제라고 말했다. 그러고는 그들이 안정적인 주거를 마련하기 전까지 잠시 머무르되, 누구도 통제하지 않고 자치적으로 생활할 수 있는 공간을 짓고 싶다고 했다. 그에게 공간이란 강을 건너기 위해서 반드시 디뎌야 하는 징검다리 같은 것이었다. 튼튼한 돌 한두 개면 장애인도 충분히 이 강을 건널 수 있는데 한국사회는 이 중요한 돌을 놓지 않고 있다는 것이 그의 생각이었다. 그는 이 다리를 노들과 함께 놓고 싶어 했다.

낮아지고 넓어진 노들의 새 공간은 선한 기운들이 모이고 꿈틀거릴 수 있는 땅이 되어주었다. 딛고 도약할 수 있는 디딤돌이 되어주기도 했고 다른 공간으로 이어지는 징검다리가 되어주기도 했다. 오래전 정립회관의 탁구장이 그랬고 2001년 대학로의 사무국이 그랬다. 만나고 손잡고 이야기를 나누며 무언가를 도모할 수 있는 공간. 장애인의 삶에는 그 작은 한 평의 공간이 허락되지 않았다. 꿈조차 디딜 땅이 필요했다. 허공에서 몽글몽글 피었다 사라지고 말았던 그 꿈들이 이제 디디고 설 공간을 만나 뿌리를 내리고 싹을 틔웠다. 그리하여 아픈 사람이 치료를 받고, 시설에 갇혀 있던 장애인들이 시설을 뛰쳐나올 준비에 들어갔으며, 중증장애인들이 무대 위에 올라 그들의 꿈을 이야기하기 시작했다.

판을 벌이다

마로니에 공원에서 천막 농성을 하는 동안 '연극의 메카' 대학로의 정기를 충만히 흡수한 노들은 급기야 장애인극단 '판'을 설립하기에 이르렀다. 야학과 자립생활센터, 현수막 공장에 이은 네 번째 노들이었다. 창단을 이끈 좌동엽 교사는 공부란 자신이 어떤 것을 할 수 있고 변화할 수 있다고 느꼈을 때 언제든지 할 수 있는 것이지만, 장애인은 스스로 무언가 할 수 있다는 경험 자체가 부족하다고 생각했다. 좌동엽은 학생들이 모여서 마음껏 꿈을 펼칠 수 있는 판을 만들고 싶었다. 연극만 한 것이 없다고 생각했다.

1997년 좌동엽은 에바다투쟁으로 노들과 인연을 맺은 후 2002년 야학의 봉고 운전기사로 스카웃(!)되면서 교사 활동을 시작했다. 그가 처음 연극 수업을 보았던 것도 그때였다. 무대 위에서 생기발랄하게 반짝이는 학생들은 평소 수업에서 우울하고 무기력하게 자신을 바라보던 그들이 아니었다. '이게 뭐지?' 싶었다. 좌동엽은 그것이 자존감이라고 생각했다. 학생들은 연극반을 아주

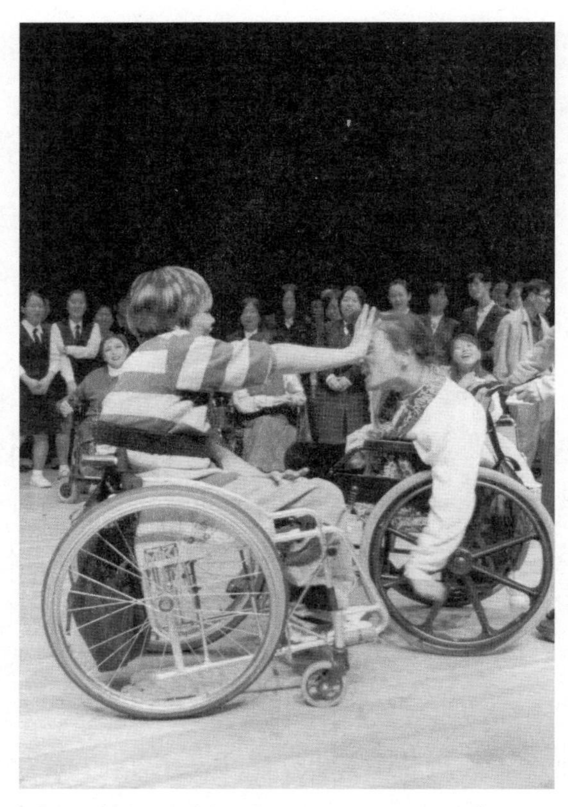

무대 위에서 반짝이는 학생들은 평소 수업시간에
우울하고 무기력하던 그들이 아니었다.
(2001년 노들야학 연극 '피라카숑하퐁출롤')

좋아했다. 2005년 연극반 교사가 그만두면서 수업이 없어질 위기에 처하자 좌동엽이 자진해 연극 수업을 맡았다.

사실 좌동엽은 연극이라면 창피해서 근처에도 가지 않던 사람이었다. 그러나 연극이 학생들에게 좋은 표현 수단이라는 것을 알고 있었던 그는 어렵지만 도전해보기로 했다. 그리고 그해 겨울 좌동엽이 이끌었던 '노들인의 밤' 연극 공연은 매우 훌륭했다. 그것은 학생 윤수와 수영의 이야기였는데, 그가 직접 대본을 쓰고 작곡을 배워 노래를 만든 것이었다.

그는 봉고를 운전하면서 매일매일 학생들의 삶을 마주했다. 늦은 오후 그가 윤수의 집에 도착했을 때 윤수는 한낮에도 어두컴컴한 방에 늘 혼자 누워 있었다. 방 한편에는 정규 방송이 끝난 TV가 몇 시간째 지지직거리고 있었다. 그녀는 TV를 끌 수도, 채널을 돌릴 수도, 심지어 돌아누울 수도 없었다. 꺼지지도 않는 TV와 그녀를 둘러싸고 있는 벽과 천장이 윤수에게 끊임없이 이렇게 말하는 것 같았다. '너는 아무것도 할 수 없어!'

수영의 오빠는 알코올 중독이었다. 주기적으로 병원과 요양원을 들락거렸고 집으로 돌아오면 자신을 가둔 부모에게 분풀이를 했다. 오빠가 퇴원해서 집으로 돌아오는 시기가 되면 수영은 야학으로 도망쳐 몸을 숨겼다. 이렇듯 학생들의 삶에 드리워진 우울과 무기력은 뿌리가 깊었다.

좌동엽은 그런 학생들의 고민을 당장 해결해줄 수는 없었다. 하지만 그들이 마음껏 숨을 쉴 수 있는 판을 만들 수는 있을 것 같았다. 울어도 되는 판, 못되게 굴어도 되는 판, 그리고 꿈을 이야기해도 되는 판. 그에겐 그것이 바로 연극이었다. 몇 년의 세월이 흘러 전문 극단의 대표가 되었을 때에도 그는 자기 인생 최고의 무대로 2005년 '노들인의 밤'을 꼽았다. 그것은 그가 온 마음을 담았기 때문일 것이다. 어린 시절 왕따를 당했던 경험이 있는 좌동엽에게는 학생들의 마음속에 깊게 패인 상처가 결코 남의 것이 아니었다. 좌동엽은 학생들과 함께하고 싶었다.

그러나 상근활동가였던 그에게 야학은 시간이 지날수록 하고 싶은 일보다 해야 하는 일이 더 많은 공간으로 변해갔다. 의무감으로 해야 하는 일들은 그에게서 생기를 빼앗아갔다. 긴 고민 끝에 그가 야학을 떠난 것은 2007년이었다. 그러나 이듬해 그는 야학이 정립회관에서 쫓겨나 천막 농성에 들어갔다는 소식을 들었다. '천막의 달인'인 그가 나서지 않을 수 없었다. 좌동엽은 조금 겸연쩍은 얼굴을 하고 다시 야학으로 돌아왔다. 그에게도 노들은 필요한 존재였다.

다시 시작한 야학 활동은 자신의 내면에서 들려오는 목소리에도 귀 기울이면서 즐겁게 하고 싶었다. 학생들과 함께 수업이 아닌 다른 것을 하고 싶었다. 노들에는 그와 마찬가지로 야학을 좋아해서 떠나기 싫어하는 학생들이 많았지만 그들이 머물 수 있는 자리는 교실밖에 없었다. 학생들에 대한 고민은 자연스럽게 '장애인의 노동'으로 이어졌다. 그저 평범하게 사는 것, 제 밥벌이를 하며 살아가는 것이 소원인 사람들이었다. 그렇지만 좌동엽은 중증장애인이 단지 돈을 벌기 위해 비장애인 중심의 노동 조건을 견디면서 일하는 것은 그리 희망적이지 않다고 생각했다. 자신들이 하고 싶은 걸 하면서도 돈을 벌 수 있다면 얼마나 좋을까. 그는 오래전 연극 무대 위에서 생생하게 살아나던 학생들의 얼굴을 떠올렸다. 학생들의 꿈과 좌동엽의 꿈은 거기에서 만났다. 그가 다시 판을 벌였다.

> "나는 세상과 소통하고 싶고 식상하고 똑같은 것은 싫다. 장애인이 할 수 있는 것을 하되 열심히 했으면 좋겠다. 스스로 노력한 후에 찾아오는 '나도 할 수 있구나'라는 성취감이 삶을 바꾼다. 비장애인을 쫓아가면 천년만년 지나도 절대 따라잡을 수 없다. 다른 무대를, 더 잘 만들고 싶다.
>
> 장애인은 평생 동안 몸에 대한 고민을 한다. 언어장애가 있으면 소통하기 위해 온몸을 쓴다. 배우 훈련을 하다 보면 장애인이 비장애인보다 몸에 대해 이해하고 반응하는 능력이 더 뛰어나다는 것을 알 수 있다. 다른 몸에는 다른 감수성이 있다. 다르게 표현하는 능력이 있다."

그러나 전문 극단으로서의 연극은 어려웠다. 공연장의 장애인 접근권은 최악이었다. 대기실은 좁고 무대는 계단으로 이어져 있었다. 휠체어를 탄 배우들은 드나들 수조차 없었다. 관객석 역시 편의시설을 갖춘 곳은 찾기 어려웠다. '어떤 무대를 만들까' 고민하는 것보다 배우들이 올라갈 수 있는 무대를 찾는 일에 훨씬 많은 시간이 필요했다. 그에게 연극이란 중증장애인이 접근할 수 있는 공연장을 찾는 일이었다.

배우들의 언어장애도 큰 고민이었다. 열심히 준비했지만 관객들이 대사를 하나도 알아듣지 못하는 경우도 있었다. 그것은 너무 속상한 일이었다. 한번은 '그림자 사람'을 붙여 보았다. 배우가 '밥 먹었어?'라고 대사를 하면 옆에서 검은 옷을 입은 사람이 '밥 먹었어?'라고 다시 한번 이야기해주는 식이었다. 그랬더니 배우가 너무 수동적으로 보였다. 다음번에는 무대 위로 화면을 설치하고 자막을 띄워 보았다. 역시 한계가 있었다. 배우는 대사뿐 아니라 신체 표현도 하고 있는데 관객들은 모두 자막만 쳐다보고 있었다. 그에게 연극이란 중증장애인의 언어를 가장 효과적으로 전하는 방법을 찾는 일이었다.

연극은 하나의 도전, 더 나아가 하나의 삶이다. 역할을 분담하고 유기적으로 결합해야 하는 끈끈한 공동작업의 과정에서 자존감이 회복되고 함께 살아가는 의미를 느낄 수 있었다. 좌동엽도 가끔은 연극의 주인공이 되고 싶었으리라. 하지만 그는 선을 넘지 않으려고 노력했다. 계속해서 새로운 판을 만들고 지원하는 역할, 그것이 그가 만든 자신의 판이었다. 배우들에게 연극은 생계이고 그는 그것을 약속했다. 때때로 '그림자 사람' 같은 자신의 존재가 아쉽기도 했지만 그래도 괜찮았다. 배우들이 무대에서 살아나는 모습은 언제 보아도 좋았으니까.

복도가 불편해

야학을 개방한 후 드나드는 사람이 많아지자 교실은 이내 먹다 남은 음료수 컵들이 즐비하고 소리 없이 짱박힌 음식들이 음흉하게 썩어가느라 쿰쿰한 냄새를 풍기기 시작했다. 세면기는 시도 때도 없이 막히고 쓰레기통은 늘 차고 넘쳤다. 활동보조인이 없는 중증장애인에게 '뒷정리'란 사전에 없는 말이었고, 바빠서 정신이 없는 상근자들에게 청소는 늘 뒷전이었다. 야학에는 항상 무언가 고장이 나 있고 항상 무언가 사라져서 끝내 돌아오지 않았다. 상근자들은 이 공간이 점점 피곤해졌다.

그중에서도 상근자들을 가장 불편하게 만들었던 것은 다름 아닌 복도였다. 야학의 정중앙을 관통하는 약 20미터의 짧은 복도. 그것을 사이에 두고 교실과 사무실이 마주보고 있었다. 교실은 학생들의 공간, 사무실은 상근자들의 공간이었다. 학생들은 출근 도장을 찍듯 아침 일찍 야학에 나와서 하루 종일 우두커니 앉아 있었다. 마치 벽에 걸린 액자나 공간의 일부가 되어버린 소파처럼 같은 자리에서 미동조차 없었다. 평생을 저렇게 살아왔던 것일까. 복도를 지날 때마다 마주쳐야 했던 이 정물 같은 사람들은 참으로 불편했다.

학생들은 '귀한' 활동보조서비스 시간을 야학에서 쓰지 않았다. 오히려 부족한 서비스의 공백을 메우는 곳으로 야학은 적극적으로 활용되었다. 2008년 중증장애인이 받을 수 있는 활동보조 시간은 한 달에 최대 180시간, 하루 평균 고작 6시간이었다. 그것마저도 손가락 하나 까딱 못하고 누워 있는 최중증장애인이 받을 수 있는 최대의 시간이었다. 그러니 손가락 하나쯤은 까딱할 수 있는 대부분의 학생이 받는 시간은 그에 한참 미치지 못했다. 사람들은 제때 밥을 먹을 수 없고 제때 화장실을 갈 수 없는 나머지 시간들을 야학에서 보냈다. 장애인과 비장애인이 불편하게 마주섰던 그 복도는 그들의 '함께 살기'가 전면전에 돌입했음을 의미하고 있었다. 복도에서는 '밥'과 '화장실' 활동보조를 둘러싼 국지전이 매일매일 벌어졌다.

"오늘도 미○ 언니가 전동으로 야학 사무실 문을 밀고 들어온다. '선생님', '저기요'로 시작해서 핵심은 '화장실'인 말을 반복한다. 바쁜 척 눈을 마주치지 않으려고 애쓴다. 사실 정말 바빠요. '화장실 가시게요?' 바빠도 피할 도리가 없다. 자리에서 일어난다. 끙끙거리며 언니를 변기 위에 옮겨 앉혀 준다.

미○ 언니, 희○ 언니가 나의 단골이고 영○ 언니, 애○ 언니, 은○ 언니가 가끔 나를 찾는다. '일하는데 미안. 내가 너무 급해서……' '선생님, 미안해요. 오늘 활동보조가 없는 날이라

서……'

이렇게 활동보조를 하고 있노라면 이 사람들은 노들이 없었다면 어떻게 살았을까 궁금해진다. 화장실은 어떻게 가고 저녁밥은 어떻게 먹을까? 집엔 어떻게 들어가고 들어가선 어떻게 잘까? '노들이 있어 다행이다' 같은 이야기를 하려는 게 아니라 활동보조인 없이 살아온 세월이 놀랍다는 것이다. 활동보조 시간이 충분치 않은데 감히 혼자 살아가는 용기가 놀랍고 어찌 됐든 잘 먹고 잘 싸고 잘 살아가는 모습이 놀랍다."

김유미

야학이 아차산 정립회관에 있던 시절, 상근자들의 공간이었던 사무국은 대학로에 있었다. 상근자들 역시 일주일에 두세 번 자기가 맡은 수업이 있는 날에만 학생들을 만났기 때문에 그저 반가운 마음으로 그 시간에 최선을 다할 수 있었다. 야학과 사무국이 합쳐지면 '식당도 만들고 텃밭도 가꾸자'며 좋아했던 것도 그들이었다. 그러나 핑크빛 기대가 깨지는 데는 그리 오랜 시간이 걸리지 않았다.

"식사 하셨어요?"라는 질문의 참을 수 없는 무거움

학생들은 밥을 먹을 수가 없었다. 이 번화한 동네에도 휠체어가 들어갈 수 있는 식당은 거의 없었다. 그렇다고 도시락을 싸서 다니기도 어려웠다. 싸줄 사람도 없었고 먹는 것을 도와줄 사람도 없었다. 그러니 학생들은 김밥이나 빵으로 끼니를 때우거나 '밥 먹듯이' 밥을 굶을 수밖에 없었다. 그 분야에선 도통한 사람들이었다. 활동보조인이 '없는' 사람은 밥을 굶었고, 활동보조인이 '있는' 사람은 밥을 먹었다. 상근자들은 도둑질이라도 되는 듯 몰래 숨어서 밥을 먹었고, 누구는 아예 야학에서 밥 먹기를 포기했다.

이 허기지고 피곤한 신경전이 장기화되자 노들의 소식지를 만드는 편집위원회는 2011년 연간 기획 코너의 주제를 '노들의 평화로운 밥상을 위하여'로 잡고, 사람들의 말 못할 심정을 말하게 만들었다. '모든 상처는 말로 옮겨 이야기로 만들거나 그것에 관해 이야기한다면 참을 수 있다'는 말을 따라 서럽고 구차해서 차마 입 밖으로 꺼낼 수조차 없었던 사람들의 속내들이 풀어헤쳐졌다.

"누군가는 미안하고 누군가는 서럽고 누군가는 지쳤고 그래서 피하고 싶은 그것, 밥. 하지만 이제는 말해야겠다!! 못 참겠다. 그놈의 밥!! 밥부터 풀어야 우리는 함께 잘 살 수 있다. 일단 나부터 노들에서 밥 때문에 스트레스 옴팡 받고 있다! 내가 밥 못 먹는 것도 스트레스!! 니가 굶고 있는 것도 스트레스!! 굶고 있는 누군가를 피해 다니는 것도 스트레스! 노들의 밥은 너무나 뜨겁다.

김여사님은 야학에서 밥을 거의 먹지 않는다. 언니는 저녁 왜 안 먹어? "나? 활동보조가 없기 때문에 안 먹지. 나 아침 겸 점심 겸 저녁으로 딱 한 끼 먹고 살아. 1시나 2시나 돼서 그때 한 번 먹어." 배 안 고파요? "안 고프겠냐? 참는 거제." 옆에서 친절한 금자언니가 묻는다. "변비 안 생겨?" 이에 김여사 답하기를, "안 생기겄냐? 참는 거제. 아이고. 그것이 장애인 인생

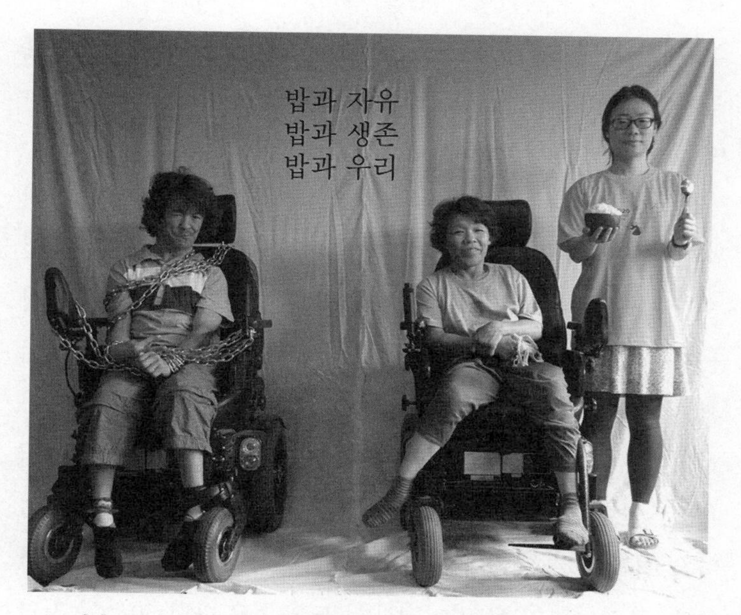

2011년《노들바람》연간기획 '노들의 평화로운 밥상을 위하여' 표지 사진.

이란다." 다시 친절한 금자언니, "그러니까 더 아프지, 더 마르고"라며 걱정하니, 김여사, "진짜 살기 싫다"라며 표정이 어두워진다. 친절한 금자언니 똑같이 "진짜 살기 싫다" 한다. 활동보조 시간이 충분하다면 뭐할 거예요? "배 터지게 먹어보면 좋겠다…… 먹을 게 있으면 뭐하냐?" 김여사의 말에 친절한 금자언니는 "김여사나 나나 먹을 게 있으면 뭐하나, 그림의 떡이지. 그림의 남자고"라며 문제를 확장시킨다.

노들에서 일하며 하루를 보내는 나 같은 상근자에겐 그저 '안됐네' 할 수만은 없는 문제. 일주일 중 다섯 날, 하루 대여섯 시간 꼬박 밥 못 먹는 이들을 마주한다고 생각해보라. 야학 상근자 허허허씨는 이렇게 말한다. "형 식사했어요? 그게 여기서 제일 하기 어려운 말이야. 뻔히 안 먹었을 것 같은 사람이 있거든. 내가 여유가 있으면 물어보고 여유가 없으면 안 물어보지." 옆에 앉은 쭈노씨 말하기를, 어느 날 밥 먹을 시간이 없어서 편의점 가서 샌드위치 하나를 허겁지겁 사먹고 들어왔는데, 탄땡이형이 밥 먹여달래서 도와주고 나니 30분이 지난 걸 보고 뭔가 이상하더란다.

상근자 언전이의 경우 "스트레스? 많이 받았지. 그래서 밥을 아예 안 먹었잖아. 나 야학에서 거의 밥을 안 먹었어. 마음이 안 편해서 밖에 나가서도 안 먹었어. 집에서 늦게 먹고 와서 하루 종일 일하다가 다시 집에 가서 밥 먹었어. 뒤풀이 가서 술을 먹든지."

참 먹고 살기 힘들다. 장애인은 장애인대로, 비장애인은 비장애인대로, 누구는 서럽고 누구는 죄책감이 들고. 누군가는 복도에서 비장애인을 찾아다니고 누군가는 장애인 학생들을 피해 복도를 뛰어다닌다. 참으로 민망한 복도. 누구는 주고 누구는 피하는, 받아도 받지 않은 시선. 이 불편함을 극복해내지 않으면 나도 곧 언전이언니처럼 야학에서 숟가락을 들지 않는 사람이 되지 않을까. 고작 밥 한 끼 먹여주는 활동보조가 뭐 그렇게 힘드냐고? 아니, 그것보다 나를 향해 보내는 사람들의 시선을 못 본 체하고 뭉개야 하는 나 자신이 견디기 힘들다. 밥상 앞에 두고 쪼잔하게 구는 나 말이다.

어쩜 좋지요, 우리의 이 뜨거운 밥상을!" 김유미

복도는 참으로 불편했다. 장애인과 비장애인 사이에서 일상적으로 벌어진 신경전 혹은 냉전. 복도는 그 전선이었다. 상근자들은 학생들이 매일 겪는 날것의 일상을 마주했다. 그나마도 많이 나아졌다고 하는 삶. 누구도 복도에서 함부로 안부를 묻지 못했다. 이쪽에서 경쾌하게 '식사 하셨어요?'라고 던지면 저쪽에서 무겁게 '아니!' 하고 받았다. 저쪽에서 조심스럽게 '바빠?' 하고 물으면 이쪽에선 재빠르게 '네!' 하고 응답했다. 모두가 '안녕'하지 못했으므로 복도에서는 '안녕하세요'라는 인사가 설 자리가 없었다.

함께 살기란 어려웠다. 한번도 같이 살아본 적이 없으니 당연한 일이었다. 중증장애인이 집 밖으로 나온 지 몇 해 되지 않았다. 노들의 과제는 이 복도에서 평화로운 안부를 되살리는 것. 그러기 위해 서로의 속마음을 드러내고 상처를 어루만지는 것은 꼭 필요한 일이었다. 하지만 그것만으로는 아무것도 해결되지 않았다. '저항 없는 치유는 충분하지 않을 뿐 아니라 불가능하다'는 말을 노들만큼 잘 이해하는 집단은 아마 없을 것이다. 그들은 각자의 불편함을 에너지로 함께 싸워 나갔다.

'장애인 활동보조서비스 생활시간 보장'을 요구하며 싸우는 노들의 비장애 활동가들에게 그것은 연대가 아니었다. 자신들의 평화로운 밥상을 위한 것이었다. 사랑하는 사람들과 소박한 밥상에 둘러앉아 그저 죄책감 없이 저녁식사를 하고 싶은 것이었다. 그리하여 '노들의 뜨거운 밥상'을 주제로 한 연간 기획이 끝나갈 무렵인 2011년 말에는 활동보조서비스 시간이 최대 360시간(하루 12시간)으로 확대되어 있었고, 늘어난 시간만큼 노들의 밥상도 조금은 식어 있었다.

그들이 온다

2008년 1월 4일, 서울 양천구청 앞에서는 수십 명의 사람들이 모여 김포 석암베데스다요양원을 운영하는 석암재단 이사장을 구속하라는 기자회견을 열고 있었다. 그들은 석암베데스다요양원의 종사자들과 그곳에서 수십 년을 살아온 장애인들이었다.

통상 '시설'이라 부르는 '장애인 생활시설'은 실상 '생활'이라 할 만한 것이 없었으므로 그 수식을 생략하는 것은 정당했다. 한번 들어가면 스스로는 나올 수 없는 곳, 죽을 때까지 먹고 자고 싸는 일만 반복되는 그곳은 희망을 버려야 살아갈 수 있는 '형기 없는 감옥'이었다. 기자회견에 모인 사람들은 요양원을 관리 감독하는 양천구청을 향해 이 '조용한 감옥' 안에서 어떤 일이 자행되고 있는지 낱낱이 폭로했다.

"스무 살 때 석암에 갔어요. 아동 병원에서는 나이가 많으면 나가야 하는데 어느 날 석암 원장이 찾아왔어요. "너, 이리 와!

너, 이리 와!" 하면서 데려갈 애들을 찍었어요. 저도 그렇게 석암에 왔어요. 아침에 눈떠서 밥 먹고 똥 싸고 텔레비전 보고 그러다 자고. 조금만 잘못을 해도 심한 구박을 받았어요. 미안하다고 빌어도 소용이 없었어요. 나는 고아니까, 내 뒤에는 아무도 없으니까." 방상연

"반찬은 김치, 무말랭이, 마늘쫑이었는데 김치는 너무 오래 돼서 먹을 수 없는 것이었어요. 나중에는 그나마도 두 가지로 줄었고 밥은 항상 설익어 있었지요. 우리는 매일 감사 나오라고 빌었어요. 감사 뜬 날은 밥이 아주 잘 나왔거든요." 윤석도

"어느 날 보모(직원)가 내가 자기 가슴을 만졌다고 했어요. 나는 정말 그러지 않았어요. 원장이 그 말을 듣고 나를 때렸어요. 원장은 무슨 일이 생기면 "너, 이리 와!" 하고서는 그 자리에서 우리를 발로 깠어요. 그 사람은 우리 말이라면 믿지도, 듣지도 않았어요." 홍성호

"석암에 와서 애기를 하나 키웠어요. 이름이 '미리'예요. 선생님(직원)들 수가 적어서 아이들을 다 돌보기 어려우니까 우리가 도와줬거든요. 내가 밥 먹이고 똥 치우고 손수 기저귀 빨아서 키웠어요. 그런데 한 선생님이 미리랑 나를 그렇게 구박하는 거예요. 내가 울면서 원장한테 선생님 좀 바꿔달라고 했어요. 그랬더니 원장이 우리를 찢어놓더군요. 미리는 1층에, 나는 2층에.

우리 애기가 몸이 안 좋아서 밤낮으로 병원에 자주 갔는데 결국 지난해 갔어요, 스물다섯에. 미리 병원에 있을 때 상태가 많이 안 좋다고 해서 얼굴 보러 가려고 하니까 원장이 못 가게 했어요. 그래서 얼굴도 못 봤어요. 죽은 그 애 유골만 한 시간인가 석암에 왔다 갔어요. 그렇게 내가 그리워하던 애가 갔어요. 그런데 원장이 창피하다고 울지도 말래요. 미리하고 헤어질 때 원장이 말 한마디 따뜻하게 안 하고 천대한 걸 생각하면 너무 서러워요. 우리 미리 많이 맞았다는 것도 너무 서럽고요." 주기옥

3월 25일, 그들은 '석암재단 생활인 인권 쟁취를 위한 비상대책위원회(석암비대위)'를 구성하고 서울시청 앞에서 노숙 농성에 들어갔다. 그러나 오세훈 서울 시장은 이들을 외면했고 세상 사람들은 무심했다. 다시 한 달이 지난 4월 20일 장애인의 날, 그들은 고통으로 얼룩진 자신들의 삶에 혹여 사람들이 귀를 기울여줄까 지푸라기라도 잡는 심정으로 한 올의 머리카락도 남기지 않고 밀어내며 세상을 향해 호소했다.

"형제는 나를 이곳에 버렸습니다. 숨을 거두는 부모의 곁을 지키지도 못했습니다. 어딘가 묻혔을 부모의 묘석 위에 술 한 잔도 따르지 못하는 불효를 저지르고 말았습니다. 마누라는 도망가고 눈에 넣어도 아프지 않을 내 새끼들은 어찌 사는지도 모릅니다. 장애를 갖게 된 순간 죄인처럼 쫓겨서 시설에 들어와 수십 년을 보내고 몸뚱이는 늙었습니다. 그러나 늙은 우

리는 여전히 아이 같은 대접을 받습니다.

이곳이 바로 시설입니다. 해가 뜨지 않은 이른 아침에 밥을 먹고, 해가 채 지지 않은 저녁에 잘 준비를 합니다. 하루 세 끼 이렇다 할 반찬도 없이 시어빠진 김치를 밥에 올려 입에 우겨 넣는 것이 우리가 할 일의 전부입니다. 매일을 같은 자리에서 현관 밖을 지켜봤습니다. 발길 끊긴 지 오래인 부모, 형제, 마누라, 자식들을 수십 년째 같은 자리에서 기다렸습니다. 하루를 1년처럼 수십 년을 하루처럼 살아왔습니다. 이것은 사람이 사는 모습이 아니라고 생각했지만 그래도 갈 곳 없는 몸뚱이를 의지할 데는 이곳밖에 없다고 생각했습니다.

그러던 어느 날 우리가 겪은 설움이 당연한 것이 아니라는 사실을 알게 되었습니다. 우리를 돌봐주고 있다며 온갖 거드름을 피우고 생색을 내던 원장과 이사장이 뒤로는 우리를 짐승마냥 돈으로 셈하고 있었습니다. 우리의 삶이 서러우면 서러울수록 그들은 더욱더 부자가 되었습니다.

설움이 밀려왔습니다. 쫓겨나도 갈 곳이 없는 앞으로의 삶이 두려웠지만 그럼에도 죽을힘을 다해 싸웠습니다. 그러나 이사장의 사위가 다시 이사장이 되었고 우리의 처지도, 시설도 여전합니다. 제발 우리의 말을 들어달라고, 우리도 사람처럼 살고 싶다고, 김포에서 서울까지 오며 가며 8시간 동안 버스를 타고 지하철을 타며 시청과 구청을 찾아다녔습니다. 그러나 누구도 우리의 이야기를 들어주지 않았습니다.

더 이상 할 수 있는 것이 없어서 우리는 머리카락이라도 잘라내기로 했습니다. 이따위 머리카락은 수백 번도 잘라낼 수 있습니다. 단지 내 몸뚱이 하나 편하자고 원장을 바꾸고 시설 밖에 나와 살고 싶다고 이야기하는 것이 아닙니다. 누구라도 그렇듯 인생의 당연한 과제인 내 몫의 삶을 내가 책임지며 살고 싶습니다.

우리에게 자유를 주십시오. 우리도 사람처럼 살고 싶습니다."

매일 김포와 서울을 오가며 투쟁하는 그들의 강행군은 1년 동안 이어졌다. 결국 비리를 일삼았던 재단의 운영진은 모두 사법처리되었다. 그 후 비리 재단의 뚜껑을 열어보니 시설을 더욱더 외진 곳으로 이전할 계획이 추진되고 있었다. 다시 그들은 '시설 이전 반대'를 위해 싸웠고 그 또한 막아냈다. 수십 년간 무기력하게 짓밟혔던 장애인들이 자신들의 힘으로 시설의 민주화를 이루어낸 것이다. 긴 싸움이 변화시킨 것은 시설뿐만이 아니었다.

"살면서 지금이 가장 행복해요. 시청 앞에서 잠을 자고 하루 종일 사람들에게 서명을 해달라고 말을 하다 보면 입이 얼고 몸이 아파요. 하지만 여기엔 자유가 있어요. 시설은 따뜻하지만 나를 구속시켜요." 김동림

"나보다 더 어려운 중증장애인도 밖으로 나오는 걸 보고 용기가 났어요. 점점 더 많이 나가고 싶다는 욕심도 생기고요. 시설에 살고 있는 사람들에게 말해주고 싶어요. 밖으로 나오라고, 되게 좋다고." 방상연

험난했던 1년간의 싸움을 온몸으로 뚫고나온 사람들은 더 이상 예전의 자신들이 아니었다. 그들은 안정되어 있지만 억압적인 시설 생활보다 불안정하지만 자유로운 시설 바깥의 삶을 원하고 있었다. 위험을 무릅쓰며 얻게 될 성장의 열매를 갈망했다. 아니, 그들은 원장에 대항해 싸우기 시작했을 때부터 이미 자유로웠을 것이다. 용기란 결코 수용될 수 없는 것이므로.

장애인시설의 비리는 워낙 만연해 있었던 만큼 그것에 맞서는 싸움 역시 계속 있어왔다. 그러나 이 싸움이 이전의 시설 비리 투쟁들과 결정적으로 달랐던 것은, 그래서 이후 장애인운동의 흐름을 바꾸어놓을 만큼 큰 힘을 가질 수 있었던 것은 바로 이 존재들 때문이었다. 갇혀 있지만 가둘 수 없는 용기를 가진 사람들, 석암비대위에는 바로 장애인 당사자 주체들이 있었다.

이전에 벌어졌던 시설 비리 투쟁은 모두 인권 활동가들이나 시설 종사자들이 그 주체였다. 한번도 그 속에 살고 있는 장애인 당사자들이 싸움에 나선 적이 없었다. 그도 그럴 수밖에 없는 것이 당사자들은 대부분 시설 바깥에 연고가 끊긴 중증장애인이었으므로 만약 문제의 시설이 폐쇄된다 해도 갈 곳이 없는 사람들이었다. 때문에 그들은 싸움에 소극적일 수밖에 없었다.

시설 비리 투쟁을 주도해왔던 '장애와 인권 발바닥 행동'의 김정하 활동가는 "싸움을 하면 할수록 대안은 시설 안에서 찾을 수 없음을 절실하게 깨달았다"고 했다. 시설이 아무리 민주화되어도 그들이 원했던 자유로운 삶은 아니었다. 답은 시설 밖에 있었다. 주거와 소득, 활동보조서비스 등 바깥의 삶의 조건을 바꾸어 장애인이 시설 밖으로 나갈 수 있게 하는 '탈-시설' 운동이 필요했다.

그러나 시설 비리를 해결하기 위해 함께 싸웠던 장애인 당사자들과 시설 종사자들은 이 운동에 대해서만큼은 이해를 달리할 수밖에 없었다. 종사자들에게 시설은 직업, 즉 생계와 직결되어 있었기 때문이다. 결국 탈시설 운동의 주체는 시설의 피해자이면서 동시에 시설 바깥의 삶을 갈망하는 장애인 당사자들이어야 했다.

자유로운 삶, 시설 밖으로

때는 2009년, 제도화된 활동보조서비스가 조금씩 확대되고 있었고 자립생활주택 '평원재'가 완공되어 첫 입주자를 맞이할 준비를 하고 있었다. 1년 동안의 활동을 통해 석암비대위 소속 장애인들의 열망은 더욱 뜨거워져 있었다. 탈시설 투쟁을 시작하기에 이것은 두 번 다시 오지 않을 결정적인 순간이었다. 김정하 활동가는 김포 석암베데스다요양원으로 찾아갔다.

> "시설 안 조그만 공원에 석암비대위 분들을 모아놓고 제안을 했죠. 시설에서 나오셔야 하지 않겠습니까. 그러나 아직은 아무것도 없습니다. 우리가 그걸 만들어가는 싸움을 해봅시다. 믿고 함께해주시면 우리도 끝까지 가보겠습니다."

그중 여덟 명이 함께 싸울 것을 결의했다. 그리고 그들은 그 자리에서 해방의 첫 아침이 될 디데이(D-Day)를 정했다.

2009년 6월 4일 아침, 김포 석암베데스다요양원에서는 여덟 명의 장애인이 수십 년간 살아온 이곳을 퇴소하기 위한 절차를 밟았다. 결코 끝날 것 같지 않았던 시설 생활에 그들 스스로 종지부를 찍은 것이었다. 같은 날 오후 서울 대학로 마로니에 공원에는 이들을 맞이하기 위해 많은 사람들이 모여 있었다. 그리고 그들을 기다리는 일군의 무리가 또 있었다. 바로 수십 명의 사복경찰과 새까맣게 공원을 둘러싼 전투경찰들이었다. 작은 공원은 이들로 북새통을 이루고 있었다.

곧이어 공원 앞에 작은 트럭 한 대가 도착했다. 긴장감 속에서 짐이 내려졌다. 작은 장롱 두 개, 소형 냉장고 한 개, 전자레인지 한 개, 서랍장 한 개. 그리고 입던 옷가지와 자잘한 가재도구를 담은 듯 보이는 상자들에는 그 주인의 이름이 적혀 있었다. 그것이 여덟 명의 장애인이 30년 동안 지녀온 살림의 전부였다.

사람들은 공원 입구에 짐을 부리고 서울시를 향한 노숙 농성 채비를 마쳤다. 햇볕이 따가운 초여름의 오후. 여덟 명의 앙상한 평생을 증언하는 초라하고 궁상맞은 세간들이 공원의 평화와 질서, 낭만을 깨뜨리고 있었다. 역사적인 마로니에 농성이 시작되었다.

이들이 요구하는 것은 '집'이었다. 권리의 근거에 '주소'가 있었다. 전입신고를 해야 활동보조서비스와 수급비를 받을 수 있고 임대아파트를 신청할 자격이 생겼다. 그러나 집이 없는 그들은 이미 보장된 다른 혜택마저도 받을 수 없었다. 집 없는 사람들의 주거권 투쟁. 먹고 자고 씻는 것이 이 농성이 매일매일 당면하여 해결해야 할 최우선 과제였다. 사람들은 오뉴월 뙤약볕과 세찬 소나기를 견디며 밥을 해먹고 서명 운동을 벌이고 집회를 하고 도로에 드러눕고 문화제를 열고 '탈시설 1000인 선언단'을 조직하고 오세훈 시장이 가는 곳마다 쫓아다녔다.

2009년 6월 24일은 '자유로운 삶, 시설 밖으로'라는 슬로건으로
장애인 탈시설 운동의 깃발을 들었던 역사적인 날이었다.

비바람을 맞으며 노숙을 하는 이들에게 지나가는 시민들은 혀를 차며 물었다. "대책도 없이 왜 나와서 이런 고생을 하느냐." 그렇게 묻는 이들에게 그저 사람답게 살고 싶었다고 말했다면 대답이 되었을까. 먹고 싶을 때 먹고, 자고 싶을 때 자며 햇볕이 좋으면 햇볕을 쐬고, 비가 오면 비를 맞을 수 있는 이곳의 생활이 좋다고 말했다면 그들은 그게 무슨 뜻인지 알아들었을까. 자신을 사람답게 대해주는 동료를 만나 오늘보다 나은 내일을 꿈꿀 수 있는 지금이 일생에서 가장 빛나는 순간이라고 아무리 열심히 설명했다 하더라도 그들은 아마 믿지 않았을 것이다.

'더 이상 장애인을 시설 속에 가두지 말라'고 외치는 사람들의 저항이 두 달을 넘어가자 서울시는 마침내 이들의 요구를 받아들여 탈시설 정책을 도입하겠다고 발표했다. 시설을 나온 장애인이 잠시 머물 수 있는 '체험홈'과 길게는 5년까지 살 수 있는 '자립생활가정'을 도입하고, 장애인의 탈시설 과정 전반을 지원하는 '탈시설 전환 서비스'를 시행하겠다는 것이 그 내용이었다. 시설을 나와 디딜 수 있는 징검다리 몇 개가 마련된 것이다. 그것은 '시설수용' 일변도였던 장애인 정책에 균열을 낸 의미있고 놀라운 성과였다. 이 놀라운 대책을 만든 사람들은 바로 '대책 없는 사람들', 대책 없이도 사람답게 살고 싶었던 이들이었다. 그들이 마침내 길이 끊긴 그곳에서 새롭게 길을 만들었다.

농성장이 마로니에 공원에 있었던 관계로 노들은 자연스럽게 이 농성의 현장 사무실이 되는 영광(!)을 누렸다. 농성에 필요한 것이라면 상근자들의 손발에서부터 숟가락, 젓가락까지 모조리 동원되었다. 농성이 끝난 후 '8인의 전사'들은 평원재의 첫 입주자가 되었고 야학에 입학했다. 그리고 노들은 '장애와 인권 발바닥 행동'과 함께 '탈시설 장애인을 위한 주거 지원 사업'을 시작했다.

이 사업으로 수많은 사람들이 시설을 나와 이 도시 속에서 집을 얻고 학교를 다니고 사랑하는 사람을 만나며 보통의 삶을 살아가고 있다. 탈시설 장애인들이 몰려오자 야학의 학생 수는 빠르게 상승했고 어느 순간 그 비율이 절반을 넘어섰다. 노들은 이들과 함께 다시 탈시설의 길을 넓히기 위해 싸우고 있다. 시설 아닌 다른 삶은 얼마든지 가능했다. 노들이 그 증거이다.

천천히, 즐겁게, 함께

'산'에서 '평지'로 내려온 야학에는 마을에서 추방된 어떤 삶들이 계속해서 떠밀려왔다. 다음은 2011년 교사 한명희가 교사회의에서 공유한 초등반 학생들의 근황이다.

"S가 입원을 했다. 맹장이 터진 줄도 모르고 1주일이나 참다가 병원에 갔다고 한다. 의사가 말하기를, 더 늦었다면 심각하게 위험할 뻔했단다. H는 영등포 쪽방에 살고 있다. 방 크기는 한 평이 채 안 된다. 교회에서 하는 노숙인 무료 급식소에서 배식하는 일을 돕고 있다. 얼마 전 시설에서 나온 K는 가족을 찾고 싶어 한다. 성북경찰서 가족 찾기 프로그램에 신청했지만 가족의 이름을 또렷하게 기억하지 못해서 경찰에서는 어렵겠다고 말했다. KBS 〈그 사람이 보고 싶다〉에 출연하려고 인터뷰 약속을 잡았는데 PD가 묻는 말에 K가 대답을 잘하지 못했다. 생방송은 어렵다고 판단해서 녹화를 하기로 했다.

이 과정을 듣고 있던 M이 자신도 가족을 찾고 싶다고 말했다. 어떻게 해야 할지 잘 모르겠다." 한명희

2008년 야학이 대학로로 이사를 한 이후 하나둘씩 입학한 이 신입생들은 어느새 새로운 흐름을 형성할 만큼 늘어나 있었다. 그들은 가족이 없거나 안정적인 주거 공간이 없었으며 시설에서 나왔거나 지적장애가 있는 사람들이었다. 그들은 또한 연이 끊어진 지 오래인 가족을 애타게 그리워하고, 맹장이 터진 것도 견딜 수 있을 만큼 통증이 체화된 사람들이기도 했다.

그리고 여기 또 다른 삶들이 있다. 이번에는 중등반의 이야기다.

"드디어 S가 책 읽기에 합류했다. 정신장애가 있는 S는 그동안 신체적 장애인이 많은 불수레반(중등반)에서 끼어들 틈을 찾지 못하는 느낌이었는데 오늘 이 대목에서 말문이 터졌다. "우리 사회에 존재하는 대표적인 수용 시설로는 감옥과 정신병원을 들 수 있다. (……) 시설로의 수용은 사회가 일탈자 혹은 비정상이라고 판정한 사람들에 대해 대처하는 방식 중의 하나이다. (……) 결국 장애인이 시설 수용의 대상이 된다는 것은 우리 사회가 여전히 장애인을 일탈자 혹은 비정상인으로 취급하고 있음을 말해준다."

"시설이나 정신병원이나 똑같네"라며 S가 말문을 열었다. 그러고는 정신병원에 들어간 이야기와 자신의 증상, 병원에서 만난 사람, 복용하고 있는 약, 부작용 등 정신장애와 관련된 여러 가지 이야기를 해주었다. 환청이 들린다고 했다. 알지

못하는 여자의 목소리, 예전에는 여러 명이었는데 지금은 한 명이라고 한다. 이 목소리가 잦아지면 너무 힘들기 때문에 늘 약을 먹는다고, 평생 약을 먹으며 살 거라고 했다. 예전에 이 목소리가 '약 먹지마!'라고 얘기해서 약을 먹지 않았는데 깨어 보니 병원이었단다. 심각한 질환의 반복 상태, 그래서 장애.

수업을 마치고 복도에 나왔더니 H가 아버지와 함께 느릿느릿 걸어 나가고 있다. 돌아서서 내게 인사하는 그 친구 눈이 풀려 있다. 곧 주저앉을 것처럼 걸어간다. 아버지는 "오늘 얘가 아파서 그런다"며 애써 웃으셨다. 간질 발작이 반복되는 이 친구는 오늘도 야학에서 쓰러졌다. 부자의 뒷모습이 너무나 무겁다.

노들야학은 어떤 공간인가, 무엇을 요청받고 있는가." 김유미

늘어나는 학생들, 다양하게 무거운 장애, 복잡하게 어려운 삶. 김유미의 말처럼 이들과 함께하는 노들야학은 어떤 공간이고 무엇을 요청받고 있는가. 어떤 공간이어야 하고 어떻게 응답해야 하는가. 이 높은 인구밀도(늘어난 학생 수만큼 활동보조인 수도 늘었다)와 비정상적(?) 장애출현율(통상 장애출현율은 10%이지만 노들의 장애인 비율은 50%가 넘으며 대부분 중증장애인이다) 위에서 노들은 어떻게 인간다운 존엄을 유지하며 차별 없이 함께 살아갈 것인가.

한국 사회 어디에도 답은 없었다. 중증장애인과는 '함께 사는 것'이 아니라 '함께 살지 않는 것'만이 이 사회의 정통한 매뉴얼이

었다. 노들은 자신이 가장 잘 쓰는 방법으로 그 답을 찾거나 쟁취해나갈 수밖에 없었다. 그것은 바로 이야기하는 것, 배우는 것, 그리고 싸우는 것이었다. 비록 그것이 오랜 시간을 겹겹이 쌓고도 무수히 실패하는 일일지라도 말이다.

천천히

K는 시설에서 나온 사람들 중 유일한 지적장애인이었다. 수업시간에 가만히 앉아 있는 것을 힘들어 했다. 같은 반 학생들은 의사소통이 잘 되지 않는 K를 은근히 무시했다. K는 화가 나면 소리를 지르거나 욕을 하는 등 거칠게 행동했다. 어떤 사람은 그녀와 싸웠고 어떤 사람은 그녀를 피했다. 작은 학급에 분란이 잦아졌다.

'K의 자립은 시기상조가 아니었을까?'

'K는 우리와 함께 살기 어려운 사람이 아닐까?'

교사들은 K를 시설에서 데리고 나와 야학에 떠넘긴(?) '장애와 인권 발바닥 행동'의 활동가들에 대한 불만을 토로했다. 활동가들이 '소환'되었다.

그들이 돌아가며 K를 그림자처럼 따라다녔다. 그녀의 행동을 조용히 지켜보고 있다가 개입이 필요한 때에 손을 지그시 잡거나 조곤조곤 설명했다. 그러나 그것만으로는 부족했다. 장기적인 도움이 필요하다고 판단했고 교사 천성호가 K의 멘토가 되었다.

그는 K의 하루를 함께하며 그녀의 일상을 지켜본 후 그 하루 속에서 지나간 것들로 K만을 위한 교육을 짰다. 사람들에게 질문하는 법, 설거지하는 법, 필요한 것을 부탁하는 법처럼 사소하지만 중요한 것들을 하나하나 알려주었다. 그는 K를 이해하기 위해 관련 단체를 찾아가 경험을 청해 들었고, K의 가슴속 숙원이었던 엄마를 찾기 위해 경찰서와 방송국을 쫓아다녔다. 그리고 교사들은 그의 태도를 따라 K를 대하는 방법을 익혀 나갔다.

그러자 K의 변화는 눈에 보일 정도였다. 그후 시간이 얼마간 흘렀을 때에는 그녀의 자립을 의심했던 때가 있었음을 의심할 만큼 K는 사람들과 잘 어울리며 살게 되었다. 그녀는 단지 시설 안에서 필요했던 방식을 몸에 익혔던 것뿐이었으리라.

K의 자립이 시기상조라고 판단했던 것은 일견 옳았을지 모른다. 노들은 그녀와 함께 살아갈 준비가 되어 있지 않았던 것이다. 고맙게도 그녀가 찾아온 후에야 비로소 노들은 그 준비를 시작할 수 있었다.

J는 정신장애인이었다. 조울증이 있었고 잦은 간질 발작으로 뇌기능이 조금 손상되었다고 했다. 스트레스를 받으면 발작이 빈번해져서 사회생활이 어려웠다. J는 종종 상대방의 감정을 살피지 못하고 자신의 생각을 거침없이 말하곤 했다. 사람들은 J를 어떻게 대해야 할지 몰라 그를 피했다.

교사들은 관련 단체의 활동가들을 초청하여 정신장애에 대하여 배웠다. 그후 사람들은 "J에 대해 이해하고 나니 그를 대하기가 한결 편안해졌다"고 말했다. 어떤 장애에 대해 배운다는 것은 자신의 시각을 넓혀서 누군가를 받아들이는 과정이었다.

그 단체와의 인연으로 정신장애인 B가 야학의 교사로 지원하였다. B는 순하고 똑똑했지만 담임으로서 학생들의 요구에 대해 판단하고 대처하는 데에는 어려움이 있었다. 몇몇 학생들이 담임교사로서의 B에 대해 불편함을 호소했다.

장애를 가진 학생들을 잘 지원하기 위해서 교사는 장애가 있어서는 안 되는 것인가. 그것은 장애인 차별인가 아닌가. 그런 차별은 정당한 것인가 정당하지 않은 것인가. 경험이 확장될수록 전에는 생각지도 않았던 새로운 질문이 꼬리에 꼬리를 물고 이어졌다.

즐겁게

2009년 이후 시설에서 나온 장애인은 계속해서 늘어났고, 그들 중 상당수가 노들야학에 입학해 어느덧 학생 수의 절반을 차지하고 있었다. 그렇다면 그들은 어떻게 노들로 모이게 되었을까. 노들이 단지 차별 없는 마음을 갖고 있어서일까? 당연히 아니다. 평생을 시설에서 살아온 사람이 그 시설을 나온다는 것은 결코 '마음'만으로 할 수 있는 일이 아니다. 자립은 사회적 환경이 만든다. 오직 옷과 밥과 집만이 인간을 자립시킨다. '마음'이 필요한 때는 어떤 시기, 어떤 반찬, 어떤 스타일, 어떤 동네를 고를 때뿐이다.

노들은 2010년부터 탈시설 장애인을 위한 주거 지원 사업을 진행했다. 이 사업의 담당자 조사랑에게 탈시설 과정에 대해 물었다. 그녀는 자립생활주택 '평원재'에 살면서 시설에서 나온 이들의 일상생활을 지원해왔다.

"시설을 나오기 전에 활동보조서비스 시간을 받아 놓아야 한다. 그런데 시골에 있는 시설, 병원, 면사무소 직원들은 그 서비스에 대해서 잘 모른다. 내가 일일이 그 사람들에게 전화를 해서 절차를 설명해주면서 일을 처리한다. 그게 3개월 정도 걸린다.

장애인이 시설에서 나오면 함께 동사무소에 가서 전입신고를 하고 이것저것 신청을 한다. 그리고 동네를 탐색하는 시간을 가진다. 들어갈 수 있는 은행, 병원, 마트 같은 데를 돌아본다. 그 다음엔 자립생활센터에 가서 담당자와 활동보조인을 만난다.

시설장애인은 활동보조서비스라는 개념을 아무리 설명해주어도 잘 모른다. 활동보조인을 시설에서 일하던 직원 정도로 생각해서 '선생님'이라고 부르거나 작은 행동 하나에도 '감사합니다'라고 말한다. 초기 관계 설정이 중요하다. 그 자리에서 서로의 호칭부터 정한다. 활동보조인에게도 시설이 어떤 곳인지 알려드리고 서로 주의해야 할 점에 대해 이야기를 나눈다.

시설 나와서 한두 달 정도는 정말 바쁘다. 활동보조서비스 추가 신청도 해야 하고, 그분들의 욕구를 파악해서 필요한 교육 프로그램도 쫓아다녀야 한다. 장애인 콜택시나 버스, 지하철 타는 것도 같이 해본다. 임대아파트 신청하는 법도 알려드리고 은행에 가서 적금도 꼭 들게 한다."

민간에서 '탈시설 지원 모델'을 만들기 위해 시작했던 이 사업은 시설을 나오고 싶어 하는 사람이 있을 때 처음 그 시설을 방문하여 상담하는 일에서부터 그가 시설을 나와 주거, 수급비, 활동보조서비스 등을 보장받으며 스스로 생활할 수 있을 때까지의 전

과정을 돕는 것이었다. 의료, 법률, 부동산 중개 등 관련 전문가로 구성된 이십여 개의 단체가 참여했고, 3년간 사회복지공동모금회로부터 6억 원의 예산을 받아서 이루어졌다.

한 사람이 시설에서 나올 때마다 조사랑이 펼치는 활동을 지켜보면 한 인간이 자유를 누리며 살아가기 위해 얼마나 많은 것이 필요한지 새삼 깨닫게 된다. 잘 인식하지 못할 뿐 우리는 무수히 많은 사람과 관계, 제도 속에 촘촘하게 연결되어 있다. 시설에 들어간다는 것은 그 모든 것과의 단절을 의미하는 것이다.

탈시설의 과정은 한 사람의 삶을 가장 밑바닥까지 바꾸어놓는 무척 역동적인 과정이다. 그렇기 때문에 당사자에게는 그만큼 혼란스럽고 두렵기도 한 시간이다. 자신의 우주를 깨고 나가야 하는 외롭고 혹독한 시간. 그들에게 그 힘든 시간을 견디게 하는 힘은 무엇이었을까. 나는 조사랑의 말에서 그 단서를 엿보았다. 많은 이들의 탈시설을 도왔던 조사랑에게 '언제 가장 즐거웠느냐'고 묻자 그녀는 이렇게 말했다.

"시설을 처음 방문해서 그분의 이야기를 듣고 돌아오는 길엔 '더 열심히 살아야겠다'는 생각이 든다. 나오고 싶어 하는 사람은 많고 가야 할 길은 너무 멀다. 그분이 결심을 하고 시설 측에 퇴소하겠다는 의사를 밝히면 그곳 직원들이 눈치를 주고 겁을 주기 시작한다. "나가서 살 수 있어? 서울이 얼마나 무서운 곳인 줄 알아?" 그분에게 그 시간은 무척 외롭다. 그가 오직 바깥에 있는 나와의 끈을 붙들고 안에서 혼자 힘든 시간을 견디고 있다고 생각하면 뿌듯하기도 하고 '지치지 말아야

지'라고 다짐도 하게 된다.

그분이 시설에서 짐 싸서 나오는 날은 정말 행복하다. 온갖 어려움을 견디고 끝끝내 박차고 나오는 사람들에게는 결연한 의지나 희망 같은 게 느껴진다. 그리고 시간이 지나 초기의 폭풍 같은 적응의 시기가 지나고 안정기에 접어든 사람들이 "사랑아, 이제 난 걱정 없어"라고 말해주면 그때 정말 기분이 좋다."

나는 그녀의 기쁨과 탈시설한 사람들의 기쁨을 따로 물어볼 작정이었는데 그녀는 이렇게 하나로 대답했다. 그것은 마치 출산 장면을 연상케 했다. 엄마와 아이가 안과 밖에서 함께 힘을 주어야 하는 것처럼, 서로의 존재를 붙들고 고통을 견딘 두 사람이 끝끝내 만나서 뜨겁게 눈물 흘리는 것처럼, 그들의 기쁨과 슬픔이 그렇게 하나로 연결되어 있었다.

함께

함께 산다는 것은 어떤 것인가. 그것은 '장애인끼리'라 해서 더 유리한 것도 아니고, 같은 공간 안에 있다 해서 자연스럽게 이루어지는 것도 아니다. 음성 꽃동네에 사는 사람과 가평 꽃동네에 사는 사람은 죽을 때까지 만나지 못할 가능성이 높다. 많은 장애 아이들이 학교 안으로 진입하지만 오래 견디지 못하고 튕겨져 나온다. 음성과 가평의 거리가 이리도 아득한데 우주인을 지구 밖으로 보낼 만큼 진보한 과학은 어디에 쓰는 것인가. 한 교실 안에서도 장애를 가진 친구를 투명인간 취급하도록 방치하는 교육은 그 많은 것들을 가르쳐 도대체 어디에 쓰기 위한 것인가.

함께 산다는 것은 서로의 존재가 연결되어 있음을 깨달을 때, 그리하여 함께 산다는 것이 무엇인지 질문할 때 비로소 시작된다. 장애인을 격리하지 않고 그 자리에 그대로 있게 하는 것이 먼저다. 장애인을 배제하지 않고 함께 소통하는 것이 먼저다. 그들을 밀어내고 빼앗은 자리를 원래의 주인에게 돌려주는 것이 먼저다. 어렵지만 그것이 먼저다. 깨달음과 질문은 만나고 부딪치고 섞이는 곳에서 자연스럽게 터져나오는 것이다.

정신장애를 가졌던 교사 B도 처음엔 걱정이 많았다. 사람들이 자신을 어떻게 볼까. 자신은 학생들을 어떻게 대해야 할까. 그러나 그는 "시간이 지나서 생각해보니 그저 자주 꾸준히 만나면 저절로 터득하게 되는 것이었다"고 말했다. 그의 말처럼 익숙해지는 것은 그 무엇보다 중요하다. 함께 부대끼며 살아가다 보면 모든 인간이 장점과 단점을 가진 채로 어울려 살아가듯, 장애가 격리와 배제의 이유가 될 수 없다는 사실을 자연스럽게 깨닫는 순간이 온다. 그러다 보면 특별한 기술 따위 없이도 함께 살아가는 능력이 자연스럽게 키워진 자신을 보게 된다.

야학은 다양한 사람들을 끌어안으며 점점 함께 살 능력을 키워가고 있었다. 그 힘이 강해질수록 노들 안에 있는 사람들의 자립 능력도 강해졌다. 누구나 처음에는 타인을 붙들고 일어서야 하므로.

2011년 3월 19일 마로니에 공원에서는 아주 사랑스러운 결혼식

자립은 결코 '혼자 사는 것'이 아니다. 마음을 나눌 새로운 동료들과 함께 어울리며 배우고 사랑하고 성숙해가는 것, 그것이 진짜 자립이다.
(2013년 노들텃밭에 간 야학의 20년지기 김명학 학생)

이 열렸다. 주인공은 2년 전 마로니에 공원을 뜨겁게 달구었던 탈시설 투쟁의 주인공 방상연과 같은 반의 안정란이었다. 둘의 결혼식이 성사되기까지는 우여곡절이 많았다. 상연에게는 가족이 없었고 결혼을 반대하는 정란의 가족은 너무 많았다. 두 사람은 모두 마흔이 넘었지만 가족들은 둘의 자립 능력을 믿지 못했다. 가족들의 축하를 포기하고서라도 둘은 결혼하기를 원했다.

야학은 이들의 사랑을 돕기로 했다. 명희가 결혼식을 기획했고 진수는 정란의 가족을 만나 설득했다. 영희는 신혼집을 구하러 다녔고 사랑이는 그 집을 수리했다. 수연의 부모님이 둘의 든든한 배경이 되어주었고 민구와 지예가 두 사람의 신혼여행 활동보조인으로 동행했다. 그 결혼은 많은 사람들이 힘을 모아 함께 만든 하나의 멋진 예술 공연 같았다.

2011년 9월 18일 학생 김명학은 정립회관 기숙사에서 짐을 싸서 아차산을 내려왔다. 그가 청운의 꿈을 안고 고향 부안을 떠나 서울로 올라왔던 것은 20년 전인 1991년이었다. 서른이 될 때까지 집안에서만 지냈던 그에게 그 시절 그것은 분명한 자립이었다. 하지만 그는 정립회관이라는 조금 넓은 집에 다시 갇히고 말았다. 그의 휠체어는 아차산 기슭을 벗어나지 못했다.

그는 늘 자립을 꿈꾸었다. 사랑하는 사람들과 어울려 자유롭게 집회에도 나가고 뒤풀이도 하고 싶었다. 그러나 가족들이 그의 자립을 반대했다. 유순했던 그는 여러 번의 기회 앞에서 번번이 꿈을 접어야 했다. 2008년 야학이 대학로로 이전한 후 정립회관에 혼자 남은 그는 점점 시들어가고 있었다. 그의 나이는 어느덧 쉰을 넘어서고 있었다.

2011년 더 이상 꿈을 포기할 수 없었던 김명학은 다시 한번 힘을 냈고 마침내 자립에 성공했다. 그가 장애인극단 '판'이 만든 카페 '별꼴'에 바리스타로 취직하고 '평원재'에서 사는 것이 결정되자 가족도 더는 그의 자립을 반대하지 않았다. 꿈에 그리던 20년 만의 자립이었다.

그들을 자립시킨 것은 노들이라는 공동체의 힘이었다. 옷과 집과 밥 그리고 사람들이 그들을 자립시켰다. 이처럼 자립은 혼자 사는 것이 아니다. 마음을 나눌 새로운 동료들과 함께 공부하고 투쟁하고 사랑하며 성숙해가는 것, 그것이 바로 자립이다. 그들의 삶의 무게가 기대어진 노들은 이제 단순한 학교를 넘어서 삶의 공동체로서 점점 확장되고 있었다.

노들의 자립 또한 이웃들에게 힘입은 것이었다. 연구공동체 '수유너머'를 만나 공부하며 사는 삶에 대해 배웠고 인권 활동가들을 만나 다양한 소수자 문제에 눈을 떴다. 인권 교육을 나가서 보통의 고등학생들을 만났고 그들이 다시 야학에 찾아와 수업을 거들었다. 가난하고 아픈 사람들과 함께하고 싶은 한의사들의 선한 손과 만났고 4대강 사업에 저항하는 두물머리 농민들을 만나 농사를 배웠다. 새로운 이웃들과의 결합은 노들 자신도 몰랐던 숨은 능력을 일깨워주었고 새로운 감각을 열어주었다. 노들은 그 모든 이웃들의 힘으로 성장하고 자립했다.

철학이 필요한 시간

연구공동체 '수유너머'를 통해 인문학을 접하게 된 교사 김유미는 그 내용을 학생들과 함께 좀 더 밀도 있게 공부해보고 싶었다. 노들에는 삶의 의욕이 없어 보이는 사람들, 그래서 '진짜 공부'가 필요한 사람들이 많이 있었다. 그러나 정작 그런 이들일수록 야학이 마련해놓은 인문학 교육의 그물망에서 자꾸만 미끄러져 나갔다. 그녀는 학생들을 가두어놓고서라도 제대로 한번 이야기해보고 싶었다. 삶에 지친 사람들에게 필수적인 것은 영어나 수학이 아니라 '다르게 생각하는 법'이라고 생각했다. 그녀는 불수레반(중등반)의 정규 교과로 철학 수업을 '쟁취'하여 8학기째 수업을 이어가고 있다. 학기가 끝날 때마다 그녀가 갈무리해놓은 기록들은 감동적일 만큼 생생하고 성실하다. 다음은 2009년의 이야기다.

"내가 학생들과 인문학을 하고 싶었던 건 학생들을 있는 그대로 지켜보는 게 힘들었기 때문이다. 노들야학에 발을 담그기 전 노들에 대해 가졌던 이미지는 이런 거였다. 공부하면서 투쟁하고 차별과 억압에 당당히 맞서는 건강하고 튼튼한 조직! 학생들이 다 투사일 거라 생각했다.

하지만 야학 생활 1년도 채 안 돼 그건 내 착각이었다는 사실을 깨달았다. 학생들은 수업에도, 투쟁에도 도무지 의지가 없고 무기력했다. '갈 데라곤 여기밖에 없어서' 오는 것 같은 사람들을 발견하고 나는 '으악'했다. 야학은 정말 공부가 필요한 사람들이 모인 대중공간이었다.

"뛰어내리려고 옥상에 세 번이나 올라갔다"는 자살 미수 3범, "서른 살까지만 살고 죽을 거야"라며 죽을 날을 미리 받아놓은 시한부 인생도 있었다. '그렇게 죽고 싶으면 지금 당장 죽어버려'라는 말이 목구멍까지 차올랐지만 정말 죽어버릴까 봐 무서웠다. 장애가 있는 사람에게 가해지는 차별, 배제, 억압, 소외의 수준을 알기에 마냥 어리석다고 나무랄 수 없었다. 중요한 건 이들 이야기를 듣다 보면 '나 잘 살고 싶다'가 핵심이라는 점. '잘 살고 싶은데 잘 안 된다.' 자포자기와 냉소의 지배 아래 살다가 노들에 왔고, 다르게 살아보려고 애를 쓰지만 쉽지 않은 일 같다. 그들은 나와 떠들며 웃다가도 자신의 골방으로 돌아가면 죽음을 기도했다.

'신체를 경멸하는 사람들'을 읽은 날이었다. 고병권 선생님이 '내 안에 맹수 같은 게 살고 있어서, 내가 원치 않을 때도 불쑥 나타나 나를 괴롭힌다'라는 이야기를 했다. 곧바로 수연과 재연이 소리를 질렀다. 재연은 손가락으로 자기를 가리켰고 호식은 '내가 그렇다'고 이야기했다. "그 맹수를 알고 있다", "내 안에 맹수가 있다"를 말하려는 엄청난 반응이었다. 고병권 선생님은 이날을 이렇게 기억했다.

"맹수란 나도 어찌할 수 없는 충동들, 정서들을 지칭하는 것인데요. 그때 학인들이 일제히 소리를 지르거나 손을 휘저었습니다. 그 맹수들을 아주 잘 알고 있다는 듯 말이죠. '내 안의 맹수들'에 대해서 이토록 크게 반응하는 사람들, 그 맹수들의 존재를 이토록 절감하는 사람들을 다른 곳에서는 본 적이 없습니다. 우리 불수레반 학인들이 느끼는 우울, 분노, 격정이 한꺼번에 일어나는 것 같았습니다. 모두가 정글에서 살아온 맹수들 같기도 했습니다.

이 맹수들이란 장애인들이 입은 상처이자 또한 장애인들

이 가진 힘이 아닐까 생각해봅니다. 습관적으로 사랑을 고백하고 마음의 짐을 더는 수단으로 다짐을 이용하는 사람들 앞에서, 그 고백과 다짐을 받아줄 착한 장애인은 없습니다. 쇼는 집어치워야 할 겁니다. 행사장 안에서 쇼를 보는 건 동원된 박수부대지만, 행사장 바깥에는 쇠우리에 가둘 수 없는, 갇혀 있기를 거부한 맹수들이 배회하고 있습니다. 저기 사랑을 습관적으로 고백하는 로맨티스트에게 이제야말로 우리가 맹수들임을, 우리는 꽤나 잔혹한 사랑을 하는 사람들임을, 우리는 할퀴고 물어뜯는다는 것을 보여주어야 할 때가 아닌가 싶습니다."

수업을 마치고 고병권 선생님과 나는 이 반응을 곱씹으며 기뻐했다. 내가 인문학을 통해 하고자 했던 게 어쩌면 '치유'가 아닐까. 맹수 이야기를 나누면서 서로 아픈 곳을 까보이는 느낌이 들었다. 니체를 통해 전달하는, 맹수를 다스리는 법, 나를 이해하는 법, 다르게 사는 법이 처방전이라면 처방전이다.

"중요한 것은 저토록 삶에 지친 자들이 왜 지쳤는지, 그리고 왜 고통에 맞서 싸우지 않는지 진단하고 치료의 처방을 내리는 일이다. 그들의 발에 생기를 불어넣는 일이 급선무다. 태어나면서부터 삶이 무가치하다고 포기해버리는 아이는 없다. 분명 살아가면서 무슨 병폐가 생긴 것이다. 철학자는 이처럼 병든 사람들을 치료할 수 있는 의사가 되어야 한다." (이수영, 《미래를 창조하는 나》)

저들의 생각에 휘둘리지 않고 나에게서 시작하는 생각이

> 필요하다. '비정상'이라고 낙인찍힌 몸에게는 특히 '다르게 생각하는 법'이 중요하다. 골방에서 나온 이들이 모인, 시설에서 탈출한 이들이 모인, 타인의 말에 찌든 이들이 모인 노들에 그래서 철학이 필요하다고 생각한다. 다르게 살기 위해서, 변신하기 위해서 기술이 필요하다."

김유미는 언젠가 나에게 김소연의 시를 건넨 적이 있는데 그 속에 이런 구절이 있었다. "자기 기억을 비워내기 위해 심장을 꺼내어 말리는 오후, 자기 슬픔을 비워내기 위해 배를 가르고 내장을 꺼내 헹구는 오후"(〈고통을 발명하다〉 중에서). 나는 그녀의 철학 수업이 그런 오후 같은 때가 아닐까 생각해본다. 학생들의 상처를 치유하고 그들의 삶을 지지하고 싶었던 그녀는 오늘도 누군가가 자신의 곪은 기억을 꺼낼 수 있도록 천천히, 즐겁게, 함께 책을 읽고 있을 것이다. 잘 살기 위해서, 다르게 살기 위해서, 변신하기 위해서 말이다.

노란 들판을 위하여

"노들섬에 있는 텃밭을 시민들에게 분양하고 있는데 노들이 빠질 수 있나요?"

2013년 새해 벽두에 이미 노들섬에 밭을 분양받은 '수유너머'가 노들에게 함께 농사를 지어보자고 손을 내밀었다. 2006년 4월, 활동보조서비스 제도화를 요구하며 장애인들이 한강대교를 기어서 도착했던 바로 그곳 노들섬은 7년 뒤 시민 텃밭이 되어 있었다. 중증장애인과 농사. 이 실험은 한 해 전 두물머리 경작으로 거슬러 올라간다.

경기도 양평군 두물머리는 이명박 정권의 4대강 사업에 반대하는 마지막 저항지였다. 2012년 양평군은 4대강 사업의 집행을 막고 있는 농민들에게 경작 금지 가처분 신청을 내어 농사를 짓지 못하도록 압박하고 있었다. 두물머리 밭전위원회(발전이 아니라 밭전)는 불복종 저항 운동으로서 '불법 경작 투쟁'을 선포하고 함께 싸울 사람들을 모았다. 그리고 그때 불복종의 대명사(?)인 노들에게도 연대를 제안한 것이었다.

휠체어가 아니라 상추와 고구마가 벌이는 점거 투쟁. 휠체어는 단숨에 도로를 점거하지만 상추와 고구마는 1년 동안 땀 흘리며 공들여 키워야 하는 생명이었다. 나 같은 사람들이 세차게 고개를 저을 때 몇몇 사람들이 손을 번쩍 들고 나섰다. '개발'에 반대해 싸우고 싶은 마음과 농사를 배워보고 싶다는 마음이 만난 사람들이었다. 그렇게 사건은 또 시작되었다.

'장애인과 함께 농사를 지으려면?'

노들의 숙명적 고민이 시작되었다. 두물머리는 제약이 많았다. 지하철역에서 30분이나 더 들어가야 했고 인근에는 장애인 화장실도 없었다. 울퉁불퉁한 밭길은 휠체어의 접근 자체가 불가능했다. 씨를 뿌리는 일보다 휠체어가 들어갈 수 있도록 길을 만드는 일이 먼저였다. 밭 고랑마다 단단한 매트를 깔아 기어이 전동휠체어가 다닐 수 있는 길을 냈다. 지켜보던 다른 밭의 경작자들이 탄성을 보냈다.

"휠체어 이용자가 밭에 들어갔다! 닐 암스트롱이 달에 착륙한

2012년 두물머리 불법 경작 투쟁. 휠체어가 아니라 상추와 고구마가 벌이는, 세상에서 가장 느린 점거 투쟁.

것처럼……"

비록 '방치 농법'이긴 했지만 경작팀은 작은 땅의 농사를 통해 흙을 만지고 소박한 먹거리를 얻고 나누는 즐거움을 맛보았다. 그러나 두물머리 농사는 어쩔 수 없이 비장애인 중심일 수밖에 없었다. 바쁜 비장애 활동가들은 띄엄띄엄 밭을 찾았고 밭은 어느덧 잡초로 무성해져서 '마음만 앞선 텃밭'이 되고 말았다.

그랬던 노들에게 두 번째 기회가 주어진 것이었다. 두물머리 농사에 아쉬움이 컸던 사람들이 다시 한번 손을 들었다. 노들 텃밭은 서울 시내에 있었기 때문에 학생은 물론 활동보조인까지 참여하여 함께 농사를 지을 수 있었다. 씨를 뿌리고 물을 주고 수확을 하는 시간을 오롯이 함께 보내는 동안 농사는 매일 컴퓨터와 아스팔트에 매여 사는 이들에게 새로운 감각을 일깨워주었다.

장애인과 비장애인이 함께 짓는 농사에 대한 고민도 계속되었다. 노들의 등장으로 서울시는 노들섬에 편의시설을 갖춘 생태 화장실을 설치했고, 이듬해에는 휠체어를 탄 사람이 밭에 들어갈 수 있게 하는 공사도 계획했다. 노들에게 농사란 어떤 것이었을까. 다음은 2013년 5월 김유미가 쓴 영농 일기이다.

우리에게 농사란
잘 오지 않는 저상버스를 기다리는 일.
함께 무사히 밥을 먹는 일.
농사 선배들이 가르쳐주는 대로 해보는 일.
잎에 붙은 진딧물을 손으로 눌러 죽이고 물로 씻어내는 일.
음식과 커피 찌꺼기를 모아 퇴비로 만드는 일.

다시, 오지 않는 저상버스를 기다리고 야학으로 돌아오는 일.

함께 시원한 것 마시며 웃는 일.

수확물을 원하는 대로 나눠 갖는 일.

쉬는 시간

밍구의 상장

언제나 그 자리에 상 | 박경석

위 사람은 1997년부터 지금까지 무려 16년 동안 교장을 역임하고 있을 뿐 아니라, 장애인운동판의 대표란 대표는 다 해가며 헌신적으로 투쟁해왔습니다. 그 결과 수많은 투쟁을 승리로 이끌었고 동네 꼬맹이들까지도 "아~ 그 백발 마녀 할아버지~"라며 알아볼 정도가 되었습니다. 비록 발음이 부정확하고 사람 귀찮게 하길 밥 먹듯 하며 욕심이 지나치게 많은 등의 단점이 있지만 '박경석이 있어 노들이 존재한다'고 해도 과언이 아닐 터, 그가 앞으로도 우리 곁에 영원한 동지로 남아 있을 것을 알기에 이 상을 드립니다.

개과천선 상 | 김호식

위 사람은 이번 학기 들어 그 좋아하던 술도 자제하고 장애인극단'판'의 배우로 활동했을 뿐 아니라, 인문학 강좌와 장애해방학교에서 전에 없이 학구열을 불태우는 등 활기찬 모습을 보여주어 지켜보는 이들로 하여금 흐뭇한 미소를 짓게 만들었지만, 그것도 잠시! 요즘 들어 다시 술을 마시고 수업을 짼다는 소문이 들리는 바, 그러지 않았으면 하는 바람으로 이 상을 드립니다.

넌 어느 별에서 왔니 상 | 이라나

위 사람은 귀여운 외모와 나긋나긋한 목소리로 만인의 연인이 될 뻔하였으나, 술을 먹고 행패 부리길 밥 먹듯 하며 그 행실이 하도 방정맞아 만인의 지탄을 받으면서도, 꿋꿋이 청솔 1반 담임으로서 책임을 다하고 노들야학 대소사에 빠지지 않고 충실히 임했습니다. 비록 다음 학기 휴직하지만 언젠가 좋은 세상이 오면 다시 돌아올 것이라 기대하며 이 상을 드립니다.

미운 놈 떡 하나 상 | 정우준

위 사람은 많지 않은 나이에도 불구하고 얇고 넓은 지식을 스스로 자랑하며 수많은 안티를 거느리고 살지만 그 속내는 여린 캐릭터로서, 누구보다 노들야학을 사랑하고 있음을 잘 알고 있습니다. 쓰레기 분리수거 같은 잡일도 마다하지 않으며 준비팀이란 준비팀은 죄다 들어가 왕성한 혈기로 성실히 활동했던 바, 미운 놈 떡 하나 더 준다는 심정으로 이 상을 드립니다.

이 사람 좀 본받으 상 | 공대식

위 학생은 '노세 노세 늙어서 노세' 분위기인 노들야학에 걸맞지 않게 의외의 학업 성취를 이룬 바, 타의 모범이 되기에 이 상을 드립니다. 위 학생을 본받아 공부하는 노들야학이 되길 기대하며 우리 모두 공부합시다.

장군감 상 | 한명희

위 사람은 작년 여름 혜성처럼 나타나 거침없는 언사와 괴력을 선보여 많은 사람들을 두려움에 떨게 했으며, 어느 집회에서는 전봇대를 뽑았다는 흉흉한 소문이 들려올 정도로 열심히 활동했습니다. 또한 노래반 수업을 할 때에는 그 목소리가 어찌나 쩌렁쩌렁한지 미술반과 연극반에서 경찰에 신고하려다 참았을 정도로 열정적으로 수업에 임한 바, 이 상을 드립니다.

야학 교사 밍구가 발행한 상장들이다. 주요 행사 때마다 수여되지만 공신력은 보장할 수 없다. 노들에서 상(賞)이란 미운 놈 떡 하나 더 주는 심정으로 주기도 하고, 이 아이는 어느 별에서 왔을까 하는 궁금증으로 주기도 하며, 개과천선하길 바라는 마음으로 주기도 한다. '우리 모두는 그 존재 자체로 상 받을 만하다'는 밍구의 시상 철학에 입각하여 다소 남발하는 경향이 있다. 혹자는 '상의 가치를 떨어뜨리는 것 아니냐', '개나 소나 다 받으면 그게 상이냐'라고 비판하기도 하지만, 밍구는 '저놈이 상을 못 받아 서운해서 저러는구나' 하고 깊이 반성할 뿐이다.
상 받고 싶은가? 오라, 노들로!

쉬는 시간

장애인 등급 브로커 '러브 조' 가상 인터뷰

누가 누가 무능한가 콘테스트

등급을 잘 받기 위해서는 먼저 장애인등급을 잘 이해하셔야 되는데요. 음…… 그건 허상이라고 말씀드리고 싶네요. 등급이라는 게 무엇을 의미하느냐 하면요. 손가락 하나 까딱 못하고 누워 있는 사람들 있죠? 밥을 눈으로 쳐다보기만 해야 하는 사람이요. 그러면 1급이에요. 그리고 다~ 흘리지만 자기 손으로 떠먹을 수 있는 사람은 2급, 그것보다 쪼~끔 덜 흘리면서 먹는 사람은 3급, 이런 식이에요. 밥 먹는 데 1시간이 걸리면 3급, 2시간이 걸리면 2급, 하루 종~~일 걸려도 못 먹으면 1급, 이런 식이라고요. 볼일 보는 걸 예로 들어볼까요? 기저귀를 써야 할 정도면 1급, 뒤처리를 잘 못해서 찜찜하긴 하지만 그래도 기저귀를 쓰지 않아도 된다면 3급, 이런 식이에요.

그런데! 사람이 사람답게 살기 위해서는 밥도 안 흘리면서 먹고, 볼일 보고 나면 뒤처리도 깨끗하게 하면서 살아야 하는 것 아닌가요? 왜 밥을 2시간씩 땀 뻘뻘 흘려가면서, 그것도 줄줄 흘리면서 먹어야 하냐고요. 그러니까 3급도 1급처럼 활동보조인이 똑같이 필요한 거예요. 그런데 3급을 받으면 서비스를 받을 수가 없어요. 그러니까 1급을 받아야 해요. 우린 모두 1급이 되어야 해요!

1급이 되기 위해서 어떻게 해야 하느냐고요? '아무것도 못하는 것처럼' 행동하셔야 돼요. 꾸밀 수밖에 없어요. 웃긴 건 뭔지 아세요? 1

급처럼 꾸미는 것이 그리 어렵지 않다는 거예요. 저만 믿으세요.

꾸밈이 필요해요

우선 장애인들이 겪는 어려움에 대해서 잘 아는 의사를 찾아가요. 그리고 의사를 최대한 애처롭게 쳐다봐요. 강원도 어디 듣도 보도 못한 오지에서 왔다고 말해요. 새벽밥 먹고 산 넘고 물 건너왔다고, 등급 잘못 받아서 다시 와야 되면 너무 힘들다고, 그러니 한번에 잘 받게 해달라고 사정사정해요. 검사는 인지 기능하고 신체 기능에 관한 것 두 가지를 할 거예요. 물리치료사가 검사를 하면서 하나하나 체크를 해요.

신체 기능을 체크할 땐 무조건 뻣뻣하게 굴어야 돼요. 말도 못하는 척하고요. 아예 병원 입구에 들어서면서부터 말을 하면 안 돼요, 버릇되니까요. 물리치료사가 말을 걸 거예요. 그때 대답하시면 절대 안 돼요. 제가 다 알아서 할게요. "이분은 아무것도 못해요"라고 말할 거예요. 그때 기분 나쁘다고 끼어드시면 절대 안 돼요. 전동휠체어 운전도 본인이 하면 안 돼요. 제가 대신할 거예요. 혹시 수동휠체어 갖고 계세요? 아예 수동휠체어를 타고 가는 것도 좋은 방법이에요.

그리고 물리치료사가 침대에 옮겨 앉아 보라고 할 거예요. 절대로 혼자 움직이시면 안 돼요. 명심하세요. 우리 장애인 분은 무조건 아무것도 못하는 거예요. 제가 낑낑대면서 옮기는 척할 거예요. 한 번씩 놓쳐주기도 하고요. 호흡이 잘 맞아야 돼요. 그때 경련을 한번 일으켜주시면 절반은 먹고 들어갈 수 있는데 혹시 가능하신가요? 일이 성공적으로 끝나면 의사 선생님이 그 점검표를 보고 이 사람은 정말 '아.무.것.도.못.하.는.사.람'이라고 소견서를 써주실 거예요. 그걸 장애등급 심사센터에 제출해요.

아직은 방심할 때가 아니에요. 센터에서 사회복지사가 또 찾아올 거예요. 역시 꾸밈이 필요해요. 아무것도 못하는 척 누워서 말도 안 해야 돼요. 송장처럼요. 여기서 주의할 점이 있어요. 집에 혼자 있는데 사회복지사가 찾아올 때예요. 그럴 땐 사회복지사가 아무리 초인종을 눌러도 절대 문을 열어주시면 안 돼요. 그런 건 3급들이나 하는 거예요. 당신이 문을 열어준 걸 알면 그 사람들은 당신에게 절대 1급을 주지 않아요. 불 났을 때 문 열고 도망갈 수 있다고 생각하거든요.

꼭 그렇게까지 해야 하느냐고요? 너무 바보 같고 비참하다고요? 그래도 어쩔 수 없어요. 저 그렇게 나쁜 사람 아니에요. 저라고 우리 장애인들 바보 만들어서 기분이 좋겠냐고요. 참으셔야 돼요. 그래야만 활동보조서비스를 받으면서 혼자 살아갈 수 있어요. 마음 절대 약해지면 안 돼요.

장애등급제는 신체적 기능의 손상 정도에 따라 장애인의 몸에 등급을 매기는 반인권적 제도이다. 이때 받은 등급은 활동보조서비스와 직결된다. 장애 1등급을 받지 못하면 활동보조서비스를 제대로 받을 수 없다. 야학 학생 고 송국현 씨의 경우처럼 불이 나도 피할 수 없게 되는 것이다. '생사의 저울' 위에 올라가야 하는 이 등급 심사는 그래서 너무나 중요하다. 무조건 잘 받아야 한다. 그러나 이 인터뷰는 어디까지나 '가상'임을 믿어주길 바란다.

4교시

다시 일상

타전

1999년 야학에 처음 봉고차가 생기자, 그동안 혼자 이동할 수 없었던 중증장애인들의 입학이 이어지기 시작했다. 흔히 장애인의 삶을 비유하는 '창살 없는 감옥'에서 나온 바로 그 수인(囚人)들이었다. 형기마저 없는 옥살이 20년, 30년 만에 첫 외출이 시작된 것이다. 이들의 교육 수준은 낮았다. 야학은 한글반을 만들고 나는 그 반에서 한글을 가르쳤다.

어떤 이는 '손으로 쓰기'가 안 되었고, 어떤 이는 '소리 내어 읽기'가 안 되었다. 수업은 일주일에 두 번뿐이었고, 집에 가도 도와줄 사람이 없어 숙제도 내주기 어려웠다. 야학에서 가장 의욕 넘치는 교사들이 달라붙었는데도 1년이 지나도록 '가'에서 '하'까지를 도달하지 못했다. 몇 년을 씨름해야 겨우 유치원생 수준의 교육 시간을 확보할 수 있었으니 속도가 더딘 것은 당연했다. 그 나이 되도록 변변한 외출 한번 못해본 사람들의 사회화 수준은 늘 내 예상을 뛰어넘었다. 문화상품권을 선물로 주어도 어디다 쓰는 물건인지 몰라 기뻐하지 않았고, '목욕탕에 가면 정말 다 큰 사람들이 발가벗고 다니냐'며 외국인처럼 물었다. 30년에 걸쳐 일어났어야 할 일들이 한꺼번에 몰아치니 극심한 성장통이 따랐고 교실은 그들의 짜증, 히스테리, 눈물바람으로 하루도 조용할 날이 없었다.

'여자 친구가 필요하다'

그 속에서 J는 독보적으로 조용한 사람이었다. 화장실을 가기 위해 남자 교사를 부를 때 외에는 누군가를 부르는 일이 드물었다. J는 말을 하지 못했다. 할 말이 있으면 글씨를 써보였지만 쓸 수 있는 글자가 얼마 안 되어서 대화는 스무고개 하듯 더 이어졌다. 내가 그의 마음을 알아맞히기 위해 질문을 하면 그는 '응', '아니'로 답했다. 스무고개가 길어져서 내가 조금이라도 답답해하면 그는 이내 '미안'이라고 쓰며 대화를 중단했다. 오랜 세월 학습된 눈치가 지독했다.

그런 J는 종종 뜬금없이 '여자 친구가 필요하다'거나 '결혼을 하고 싶다'고 말해서 교사들을 당혹스럽게 했다. 그 눈빛이 절실하고 집요해서 대충 웃어넘길 수도 없었다. 그러나 타인과 전혀 어울리지 못하는 J의 성격상 그에게 여자 친구가 생길 가능성은 매우 낮았다. 문제는 그 사실을 그가 전혀 이해하지 못하거나 혹은 받아들이지 못하고 있다는 점이었다.

어느 날은 자신이 '2년 안에 결혼을 할 수 있겠느냐'고 묻기에 나는 그것을 교육의 기회로 삼아 '집과 야학 교실만 오가며 살아가는 중증장애인 J가 여자 친구를 사귀기 위해 필요한 것들'을 100가지쯤 늘어놓은 후 J가 야학 행사에 적극적으로 참여해야 한다고 결론지었다. 그가 너무 괴로워했다. 하지만 그는 그 뒤로도 계속 잊을 만하면 한 번씩 그 말을 꺼냈다.

어느 날 술에 취한 J의 아버지와 통화를 한 적이 있었다. 아들 생각만 하면 억장이 무너진다는 아버지의 긴 넋두리가 돌연 'J와 결혼할 여자가 어디 없느냐'는 질문으로 꺾였을 때 나는 조금 어지러웠다. 서른이 넘은 아들을 여전히 강보에 싼 아기처럼 대하면서도 한편으로는 결혼을 시키지 못해 애가 타는 부정(父情)이 잘 헤아려지지 않았다. 나는 다만 J가 드문드문 결혼 이야기를 꺼내던 그 주기가 그의 아버지가 술에 취하는 주기와 일치할지도 모르겠다고 짐작했을 뿐이었다.

탈-봉고 프로젝트 그리고……

2009년 봄 야학은 '탈-봉고 프로젝트'를 추진했다. 2009년은 1999년과는 확연히 달랐다. 지하철역에는 엘리베이터가 설치되었고 중증장애인에 대한 활동보조서비스가 점차 확대되고 있었다. 탈-봉고 프로젝트는 학생들이 더 이상 야학의 봉고차에만 기대지 않고 대중교통을 이용해 스스로 이동할 수 있도록 조건을 만드는 것이었다.

시작부터 학생들과 부모님들의 저항이 거셌다. 사람들 사이를 비집고 들어가 지하철을 타고, 자신을 향해 쏟아지는 수많은 시선을 견디고, 눈과 비를 온전히 맞으며 이동하는 것은 여러모로 두려운 일이었다. 야학에서조차 버려졌다고 느끼는 듯 원망과 서러움을 쏟아냈다. J의 아버지도 불편한 기색을 감추지 못했다. '그토록 힘들게 학교를 다니면서까지 늘지 않는 공부를 해야 하는 거냐'고 되물었다. 나는 금방 익숙해질 것이라고 아버지를 설득했다.

그해 가을부터는 J도 전동휠체어를 타고 활동보조인과 함께 지하철을 타고 야학을 다니기 시작했다. 활동보조인이 잘 연결되지 않거나 날씨가 궂은 날이면 결석을 하기도 했지만 그는 이 새로운 도전에 대해 제법 만족스러워하는 것처럼 보였다. 그러나 겨울이 다가오자 J의 아버지는 J가 감기에 잘 걸린다며 휴학을 하겠다고 알려왔다. 봄이 되어도 그는 복학을 하지 않았다. 잊을 만하면 한 번씩 메일이 왔을 뿐이었다.

2013년 2월, J가 세상을 떠났다는 소식이 전해졌다. 스스로 준비한 죽음이라고 했다. 그의 몸으로 그게 가능한가. 나는 죽었다는 사람이 정말 J일까 의심했다. 빈소를 찾아가니 국화꽃 속에서 웃는 사람은 내가 한글을 가르쳤던 J가 맞았다.

빈소에서 만난 아버지는 아들이 답 없는 메일을 자꾸 보내는 것을 보고 하도 속상해서 더 이상 사람들에게 민폐를 끼치지 말라고 화를 냈었다며 울었다. 나는 집으로 돌아와 메일함에서 J의 이름을 검색했다. 첫 페이지에 뜬 스무 통의 편지 제목들이 모두 한결같았다.

'꼭 읽어주세요.'

그제야 나는 J에게 '죽을 능력'이 없을 거라고 생각했던 것이 미안해서 눈물이 터졌다.

J는 전동휠체어가 고장이 났고 계단 없는 새 집이 필요하며 여자 친구가 없어서 마음이 아프다고 썼다. 나는 답신을 하지 않았을 것이다. 전동휠체어는 신청기간이 아니었고 새 집이나 여자 친구에 대해서도 긴 설명이 필요했으므로. 겨울도 지났으니 언제든 아쉬우면 다시 나오겠지, 수시로 드나드는 감옥이니 이번에도 무사히 나오겠지, 대수롭지 않게 넘겼다. 그 사이에 아득한 절망으로 빠지는 크레바스가 있을 줄 꿈에도 생각지 못했다.

혼자서는 나갈 수 없는 3층 계단 집, 아들을 업을 수 없는 늙은 아버지, 고장 난 전동휠체어, 잘 연결되지 않는 활동보조인, 더 이상 오지 않는 봉고, 그리고 대답 없는 사람들. 다시, 계단, 늙은 아버지, 고장 난 휠체어……

그 지독한 '불능'의 연쇄에 갇혀 J가 '폐만 끼치는 무능한' 자신을 죽였다. 한 글자를 쓰기 위해 천천히 팔을 뻗어 손바닥 전체로 연필을 쥐고 안간힘을 쓰던 J. 개미 한 마리도 잡을 수 없을 것 같던 그 손으로 그가 자신의 목숨을 끊었다.

다시 1999년으로

세상이 좋아진 건 분명해 보였다. 그에게는 비록 고장이 났지만 전동휠체어도 있었고, 활동보조서비스를 이용할 자격도 있었고, 지하철도 탈 수 있었다. 그래서 나는 그의 손을 놓았다. 괜찮아요, 안 죽어요, 하면서. 그러자 J는 이내 1999년으로 돌아가 다시 집 안에 갇히고 말았다. 그는 자신이 할 수 있는 유일한 방법으로 계속해서 타전을 보냈으나 아무도 알아듣지 못했고, 그것마저 할 수 없게 되자 스스로 방문을 걸어 잠갔다.

그 밤, J가 죽었다. 그 어떤 것도 그가 죽을힘을 다해 잡아당겼을 줄보다 가까이 있지 않았다는 사실이 아프다. 그가 유서를 쓸 만큼의 한글 실력도 가질 수 없었던 것이, 그래서 그가 표현할 수 없었던 절망이 슬프다. 내가 여전히 그의 마음을 잘 알아맞히지 못해서 미안하다. 그의 나이 겨우 서른을 조금 넘었다.

분열의 추억

1년에 한 번 우리는 모꼬지를 간다. 강이나 바다를 낀 곳에서 집에 갈 걱정 없이 푸지게 술을 마시며 노는 것이다. 여느 공동체와 마찬가지로 우리에게도 모꼬지는 친목과 단합을 도모하는 가장 중요한 행사 중 하나다. 문제는 우리의 빛나는 장애출현율과 터무니없이 가난한 주머니 사정이다.

모꼬지의 계절이 다가오면 '어디로 갈까', '뭐하고 놀까' 하는 기대에 부풀어 있는 노들 초년생들에게 '좀 놀아 본' 선배들의 지혜가 전해진다. 그건 '감히' 우리가 고를 수 있는 게 아니라는 사실. 그 해의 전 지구적 기운이 우리를 휘감고 돌다가 마지막으로 가닿는 그곳. 노들을 굽어살피는 신이 학생 수, 휠체어 대수, 활동보조서비스 시간 등을 따져 꼼꼼하게 계산기를 두드려 점지하는 그곳은 장애인 편의시설을 갖춘 해수욕장일 때도 있었고 두물머리 같은 저항의 땅일 때도 있었다.

그러나 '신의 한 수'가 늘 성공하는 것만도 아니었고 신이 운전을 하거나 밥을 하거나 활동보조를 해줄 것은 더더욱 아니었다. 그것은 온전히 교사들의 몫. 교무실에선 모꼬지 가기 싫다는 탄식이 여기저기서 터져나온다. 2005년 모꼬지를 다녀온 후 어느 교사가 우스갯소리를 했다. 아침 6시부터 새벽 2시까지 쉬지 않고 일했는데 정작 단합하는 건 잊었더라고.

짧았던 환희

그해에는 장애인 단체가 수련원으로 쓰기 위해 개조했다는 강원도 평창의 어느 폐교에 묵었다. 한 시간쯤 차를 타고 나간 곳에 바다가 있었다. 태어나 바다를 처음 만났다는 이들과 그들의 발을 기어이 파도에 담그게 해주고 싶었던 이들이 힘을 합쳐 전동휠체어를 바다까지 밀고 들어갔다. 환희의 순간은 짧았다. 소금물 먹은 휠체어들이 말을 듣지 않았다. 한참을 씨름하여 겨우 모래사장에서 탈출하는 데 성공했지만 그건 기나긴 노동의 시작에 불과했다.

숙소에 돌아온 교사들은 학생들의 목욕을 돕고, 전동휠체어를 씻고, 밥을 하고, 밥 먹는 걸 돕고, 설거지를 하고, 화장실 가는 걸 돕고, 청소를 하고, 커피를 끓이고, 커피 마시는 걸 돕고, 뒤풀이 음식을 준비하고, 술 마시는 걸 돕고, 술자리를 정리하고, 취침을 돕고, 다시 아침이 되어 밥을 안치고, 학생들의 기상을 도왔다. 바다에 발 한번 담그는 일이 누군가에겐 이리도 어려울 수 있다니. 어이가 없어서 우리는 마주보고 웃었다. 그럼에도 함께 있다는 사실에 가슴이 뻐근했다. 힘들지만 즐거웠다. 아니, 그렇게 믿고 싶었다.

2012년 여름 강원도 양양으로 떠난 모꼬지 프로젝트의 이름은 '4년만해(海)'.
4년 만에 도착한 바다라는 뜻이고, '이번에는 기어이 가보자'는 의지를 담은 것이기도 했다. 편의시설이 없는 해수욕장은 그만큼 휠체어로 접근하기 어려운 곳이었다.

서울로 돌아왔을 때 몇몇 교사들이 회의적인 목소리를 토해냈다. 함께 놀았던 것이 아니라 '놀아주었다'는 자괴감이 들었다는 것이다. 벗이고 동지였던 이가 '봉사의 대상'으로 전락하는 순간 참기 힘든 것은 그 대상의 무게가 아니라 균형을 잃고 쓰러진 관계의 일방성이었다. 며칠 뒤 학생 한 명이 이동 중에 생겼던 안전사고에 미흡하게 대처한 책임을 물어 교사들에 대해 손해배상소송을 제기했다. '왜 너희만 힘들었다고 생각해!' 라고 일침을 가하듯이.

균형을 되찾은 우리는 법정에서 만났다. 자유를 빼앗긴 인간은 반드시 누군가를 미워하게 된다. 그 미움이 서로를 향하고 있다는 사실이 쓰라렸다. 기본적 욕구조차 제대로 해결할 수 없는 조건 위에서 이루어진 단합이란 그렇게 허약했다. 우리가 함께 보낸 시간은 무엇이었을까.

'봉사'라는 말에는 어딘가 모르게 불륜의 냄새가 났다. 무엇이든 우리가 하면 '연대'이고 '로맨스'라고 믿었던 그때. 반인권적 · 반장애적 행동 지침이 모꼬지라는 이유로 모두 허용되었던 그때. 우리는 어쩌면 우리 사이 어딘가에서 피어오르던 그 불륜의 냄새를 지우기 위해 더욱더 소처럼 일했던 것인지도 몰랐다.

8년이 흘러 2013년 11월, 어김없이 모꼬지의 계절이 돌아왔다. 평균 나이 마흔을 넘긴 사람들에게는 단풍놀이가 제격인 계절이지만 속이 깊은(?) 노들의 신이 이번에 점지한 곳은 바로…… 에버랜드였다! 천장 없는 놀이공원에 첫눈이 내렸다. 새벽밥을 먹고 집을 나서서 지하철을 네다섯 번이나 갈아타야 하는 먼 길을 학생들은 각자 알아서 찾아왔다. 예전에는 상상도 못했을 이런 일이

가능해진 것은, 강산 위에 경전철이 뚫렸고 그이들의 옆에는 각자의 활동보조인이 있기 때문이었다. 무사히 정문에 도착한 사람들에게 미션처럼 자유이용권과 식사권이 주어졌다. 이것들을 이용해서 각자 타고 싶은 것을 타고, 먹고 싶은 것을 먹다가, 알아서 숙소로 돌아오면 된다고 했다. 장애인 여행 바우처가 사용되었다고 했다. 세상의 변화가 다시금 놀라웠다. 활동보조를 하지 않아도 되었고 남이 해주는 밥을 먹으면서도 돈 걱정이 없었다. 이제 놀기만 하면 되는 것인가.

공원은 평일이라 혼잡하지 않았지만 인기 있는 몇몇 관은 그럼에도 긴 줄이 늘어서 있었다. '장애인 먼저'. 학생들의 복지카드가 요술을 부려 우리를 줄의 맨 앞으로 보내주었다. 그러나 우리를 기다리고 있는 건 호박마차가 아니라 그냥 호박이었다.

휠체어를 탄 A는 탑승할 수 없다. A가 망설이는 사이 뒤에서는 자유이용권을 쥐고 선 사람들의 시선이 집중되었다. 조급해진 활동보조인이 그녀의 몸을 번쩍 들어올렸다. 휠체어에서 분리된 A의 몸이 축 늘어져 위태로워 보였다. '둘 다 곧 너덜너덜해지겠군' 하고 생각하는 순간, 뒤에서 지켜보고 있던 J가 휠체어를 돌렸다.

그는 자신의 휠체어에 기대어야만 몸을 곧추세울 수 있는 사람이었다. "어차피 무서워서 못 타" 하며 순순하게 돌아서는 그의 뒷모습이 추워 보여서 코끝이 찡했다. 그는 결국 놀이기구 타는 것을 포기하고 자유를 빼앗긴 동물들을 보러 갔다. 나는 그를 따라가야 하나 잠시 망설였지만 갈등은 길지 않았다. 그의 옆에는 활동보조인이 있고, 내 손에는 비싼 자유이용권이 쥐어져 있지 않은가. 그동안의 모꼬지에서 일만 하고 놀지 못했던 한을 풀기라도 하듯이 나는 바이킹을 타고 소리를 꽥꽥 질렀다.

늦은 저녁 강당에 도착하니 먼저 도착해 있던 전동휠체어들이 무대를 제외한 삼면의 벽에 착 달라붙어 일제히 전기를 빨아들이고 있었다. 웅…… 낮고 노곤한 기계음이 나에게 묻는 듯했다.

'바이킹은 재밌었니?'

실패를 고백할 때 우리는 진실하다

'함께 놀기'란 '함께 투쟁하기'보다 어려웠다. 모든 놀이기구의 출구를 빠짐없이 기프트샵으로 연결시켜놓은 영악한 자본이 산도 깎고 강도 덮는 능력을 가지고도 기어이 휠체어 하나 들어갈 통로를 열어놓지 않았다. A와 함께라면 더딘 속도를 감수해야 했을 것이고, J와 함께라면 놀이 자체를 포기함으로써 놀이의 연대를 지킬 수 있을 것이었다. 그러나 나는 그들과 나를 분리하여 내 옹졸한 놀이의 영역을 확보했다. 몸은 자유로웠지만 마음은 불편했다.

돌이켜보면 '함께 놀기'는 모꼬지를 떠난다고 자연스럽게 이루어지는 것이 아니라 그 전체의 과정 속에서 증명해야 하는 하나의 과제 같은 것이었고, 우리가 '함께 산다'는 문제도 그것과 크게 다르지 않았다. 주어지는 조건은 계속 달라졌지만 작은 차이를 들추어 우리의 분리를 부추기긴 마찬가지였다. 우리는 유혹 앞에서 갈등했고 고개 돌렸고 분열했다.

어쩌면 우리가 함께할 수 있는 유일한 일은 실패를 시인하는 것, 그 조건 위에서는 결코 함께 행복할 수 없다는 사실을 인정하는 것뿐일지 몰랐다. 우리는 함께 노는 것에도 실패했고 함께 사는 것에도 실패했다. 오직 그렇게 고백할 때만이 함께 진실하다. 우리가 나누어 가진 분열의 추억만이 진실하다.

사랑과 봉사의 환상이 깨어지고 진정한 연대가 시작되는 곳은 고통스럽지만 정직하게 진실을 대면할 때이다. 연대는 분열하지 않는 것이 아니라 무릎이 꺾일 것 같은 순간 힘없이 뒷걸음질치고 고개 돌렸던 우리 자신을 보듬는 힘이다.

분열의 책임은 우리에게 없다. 다만 그 조건이 틀렸음을 말할 책임만 있을 뿐이다. 올해도 어김없이 분열의 추억이 쌓인다. 함께 싸워야 할 이유가 또 하나 늘었다. 진정한 모꼬지는 아직 가보지 않았다.

'9'를 위한 변명

장애인 출현율 10%. 열 명 중에 한 명은 장애인이다. 분류 기준은 사회마다 다르고 복지 수준이 높은 나라일수록 그 비율도 높다. 장애인이라는 범주는 다분히 임의적이지만 결코 유연하지 않고 낙인은 강력하다.

2001년 처음 노들장애인야학 교사가 되었을 때 나는 이 사실을 저 '1'들에게서 배웠다. '1'들이 말하는 세상은 야만적이었다. 그러나 내가 자라온 세상은 한번도 '1'의 눈으로 세상을 바라보라고 가르치지 않았다. 상식이라고 믿었던 것들이 와르르 무너졌다.

나는 '1'들의 세상에 조금 더 깊숙이 발을 들여놓았다. 그리고…… 그들의 가혹한 세상살이를 알면 알수록 나는 내가 '1'들과는 다르다는 사실에 깊이 안도했다. 그 차이가 있는 한 저들에게 일어난 일은 결코 나에게로 넘어오지 않을 것이므로. 나는 안전한 '9'였다.

12년이란 세월을 함께 보내는 동안 무너진 상식 위에는 좀 더 강력한 진리가 자리 잡았다. 서른여섯이란 나이는 인간이라는 존재가 거대한 자연의 순환 속에 있다는 사실을 몸으로 깨닫기에 충분한 나이였다. 그 순리 위에서 우리는 평등하게 나이를 먹고 서로의 흰머리를 걱정해주었다. '1'들과 나의 차이는 여전했지만 나는 이제 내가 저 '1'들이 아닐 이유가 전혀 없었다는 사실을 깨달았다.

애초에 우리는 텃밭에서 캐낸 고구마처럼 자잘하게 다양했으리라. 그것이 분류되기 시작했을 때만 해도 차이는 담백했다. 그러나 그것들이 갈라져 어디론가 팔려다니기 시작하면서 모든 것은 달라졌다. 어떤 상자는 백화점 진열대에 올랐고 어떤 것들은 상자도 없이 버려졌다. 갈라진 운명의 양끝이 너무나 천지 차이여서 우리는 우리의 처음을 연결하지 못할 뿐이었다.

장애인 탈시설 운동을 오래 했던 활동가 J를 만나 인터뷰를 했다. 지옥의 문을 박차고 들어가 무고한 사람들을 구해낸 J의 10년은 멋있었다. 다시 태어나면 그녀처럼 살고 싶다는 생각을 하며 늦은 밤 녹취를 풀기 시작했을 때, 손끝을 따라 지옥도에 갇혀 있던 사람들이 한 명 한 명 풀려나왔다.

한여름에도 솜바지를 입은 여자에게서는 끔찍한 악취가 났다. 바지 속에서 다리가 썩고 있었다. X자로 봉쇄된 문을 열었을 때 그 안에는 한 남자가 자신의 똥오줌을 엉망으로 뭉개며 앉아 있었다. 온몸에는 시퍼렇게 피멍이 들어 있었다. 침대에 팔다리를 묶인 채 한 사람이 각목으로 맞았다. 때린 사람들의 의도와 달리 그는 그날 밤에 죽었다.

나는 심장이 쿵쾅거려서 녹취를 중단했다. 그러나 이미 어둡고 각진 내 방 안에 그들과 나는 함께 갇혀 있었다. J가 문을 열고 들어와 나를 구해주길 바랄 만큼 길고 공포스러운 밤이었다. 아침이 되어 그들이 방을 나간 후에야 나는 겨우 잠에 들었다.

어떤 삶들이 찾아왔다

소년의 부모는 가난했다. 언제 버려졌는지도 기억나지 않았다. 기차역에서 자고 있던 소년을 낯선 어른들이 차에 태웠다. 그가 내린 곳은 감옥 같은 철문과 성벽으로 둘러싸인 복지원이었다. 도망치다 붙들려온 사람들이 개처럼 두들겨 맞았고 매일매일 사냥 당한 짐승처럼 새로운 사람들이 잡혀왔다.

소년은 영문도 모른 채 두들겨 맞으며 잘못을 빌었다. 동상에 걸려 퉁퉁 부은 손으로 하루 종일 봉제 일을 했고 냄새 나고 상한 음식마저도 배불리 먹지 못했다. 소년은 도망을 치기로 결심했다. 목사의 설교가 한참 이어지고 있을 때 소년은 도둑고양이처럼 예배당을 빠져나왔다. 그러고는 무덤을 지나 높은 담벼락을 넘어 산으로 달렸다. 개들이 짖었다. 잡히면 저 무덤의 새 주인이 될 것이었다.

남자는 형수 친구의 소개로 기도원에 들어왔다. 정신장애인과 알코올중독자가 여든 명 있었다. 얇은 추리닝 한 장으로 견뎌야 하는 겨울은 혹독했다. 하루 종일 곱은 손으로 마늘을 깠다. 양념 안 된 반찬과 말간 시래깃국은 먹어도 먹어도 배가 고팠다. 10년도 더 된 참치캔이 나왔을 때 남자는 그것마저 더 먹으려고 치열

2006년 4월 17일 활동보조서비스 제도화를 위한
삭발식 도중 시설에서 나온 김선심 학생이 울음을 토하고
있다. (사진 제공《함께 걸음》전진호)

하게 싸웠다.

방문은 밖에서 잠겼다. 구석에 소변통과 대변통이 있었다. 그것들의 옆자리는 걸을 수 없는 남자의 몫이었다. 남자는 목이 마른 고통을 처음 알았다. 오줌을 버려줄 사람이 없어 아무도 남자에게 물을 주지 않았다. 한 달에 한 명씩 죽어 나갔다. '하나님, 제발 여기서 나가게 해주세요.' 남자는 죽은 이의 옆에서 두 손 모아 간절히 기도했다.

여자는 스물일곱 꽃다운 나이에 가족에게 짐이 되기 싫어 재활원에 들어갔다. 기대와 달리 운동은커녕 움직이지도, 씻지도 못했다. 여자는 한 남자를 만나 사랑했고 그 힘으로 견뎠다. 결혼을 하겠다고 했을 때 원장이 말했다. "너희는 하나님하고만 결혼할 수 있다." 인터넷을 할 줄 알던 남자가 방법을 찾아 먼저 시설 밖으로 나갔다.

남자가 여자에게 핸드폰을 보냈다. "조금만 기다려." 감시가 시작되었다. 여자의 아버지가 엄포를 놓고 돌아갔다. "너는 죽을 때까지 이곳을 나갈 수 없다." 원장이 그녀의 몸 속 깊숙이 숨겨놓은 핸드폰을 빼앗았다. 혼자 남은 여자의 울음조차 방 안에 갇혔다.

여자는 죽으려고 모아두었던 약을 꺼냈다. 그러나 저들이 자신을 다시 살려놓을 것임을 여자는 알고 있었다. '여기서 나가야 한다.' 늦은 밤, 여자는 모두가 잠자리에 들기를 기다려 무릎으로 정신없이 기기 시작했다.*

---

* 《나를 위한다고 말하지 마》(삶창) "춤추는 별과 시 쓰는 하마의 사랑 이야기" (인터뷰이: 장애경, 김탄진 / 인터뷰어: 이지홍)

저녁 6시. 야학이 소란스럽다. 여자가 추석 선물로 양말을 한 켤레씩 돌린다. 어른이 된 소년은 동료의 기침 소리를 듣고는 감기약을 사러 간다. 남자는 엊그제 부인의 속을 뒤집어놓은 것이 미안했던지 "그래도 너밖에 없다"며 음흉하게 웃어 보인다. 이렇게 착하고 평범하고 정 많은 사람들이 지옥에서 살았다.

1987년 내가 가족들과 물놀이를 갔을 때 소년은 목숨을 걸고 산속으로 탈출했다. 1997년 내가 좋은 대학에 들어가게 해달라고 기도하고 있을 때 남자는 진창 속에서 살려달라고 기도했다. 2009년 내가 장애인운동 활동가가 되어 탈시설 농성장에 불을 밝힐 때 여자는 불빛 하나 없는 어두운 산 속의 시멘트 길 위를 네발로 기어 도망쳤다.

"받아쓰기는 너무 어려워."

여자가 무심히 웃을 때 가슴에 바람 같은 것이 지나갔다. 너는 누구냐. 내가 놀고 꿈꾸고 성장하는 동안 손발을 묶이고 울음조차 짓이겨진 너는 도대체 누구냐. 누가 너를 가두어 이득을 취했고 이렇게 너에게 한글을 가르치고 있는 나는 또 누구인 것이냐.

그 답을 찾기 위해 나는 S에게 가야 한다.

어떤 삶들이 버려졌다

S가 처음 집 밖으로 나왔을 때 나는 그에게 한글을 가르쳤고 전동휠체어를 신청하고 수급비를 받을 수 있게 도왔다. 그가 전동휠체어를 타고 어디에 가는지, 수급비를 받아 무엇에 쓰는지는 몰랐다. 경찰이 술에 취해 널브러진 S를 뼈만 남은 가난한 엄마에게로

인도하는 일이 반복되었다. 얼마 후 그는 시설에 보내졌다.

화가 날 때마다 S에게 분풀이를 했던 형제가 그를 가두었다. 그를 받아주지 않았던 학교와 일을 주지 않았던 기업이 그를 가두었다. 딱 소주를 살 만큼의 수급비를 주었던 국가와 그에게서 소주병을 빼앗는 대가로 그 돈을 취하기로 한 시설이 그를 가두었다. 그리고…… 인사불성이 된 그의 치다꺼리 몇 번에 질려버린 내가, 이젠 어쩔 수 없는 거 아니냐는 내 마음이 그를 가두었다.

99를 가진 이들이 1을 가진 사람의 마지막 하나를 빼앗고 그를 버렸다. S를 보러 가는 길은 고역이다. 그의 힘없는 눈에 비친 나를 바라보는 것은 괴롭다. 나는 내가 아닐 이유가 전혀 없었던 어떤 삶을 버려두고 돌아온다. '1'들과 함께 싸우지만 어떤 '1'은 포기하는, '1'이 되지 못한 나는 여전히 안전한 '9'이다.

인권 강사 K는 힘이 세다

K가 문을 열고 교실 안으로 들어서자 참새 떼처럼 재잘대던 아이들이 모두 '얼음'이라도 외친 듯 일순간 멈칫한다. 얼어붙은 아이들 속으로 K가 느릿느릿 걸어간다. 그가 교탁 앞에 이르렀을 즈음 용감한 누군가가 '땡'을 외치듯 큰 소리로 말한다.

"와! 장애인이다!"

담임선생님이 뒷목을 잡는다. 그러나 그녀 역시 K를 보고 당황한 기색이 역력하다. 아이들에게도, 선생님에게도 K는 낯선 존재다.

그건 K 역시 마찬가지다. 그가 여덟 살이었을 때 취학통지서를 받아 든 엄마는 K를 업고 학교에 찾아갔다. "혼자 다닐 수 없는 아이는 받을 수 없습니다." 집으로 돌아오던 길, 엄마가 말했다. "동생 입학할 때 함께 보내주마." 하지만 그때가 다가오자 이번에는 동네 사람들이 엄마를 나무랐다. "동생까지 학교 다니기 곤란하게 만들면 어떻게 해."

입학은 기약 없이 미뤄졌다. K는 무엇보다 심심했다. TV를 보다 지루하면 동네를 돌아다녔다. 빈 놀이터가 모두 K의 것이었지만 조금도 신나지 않았다. K는 학교에 간 친구들이 돌아오기만 손꼽아 기다렸다.

긴 사춘기가 시작되었을 무렵 K는 멀리서 가방 맨 꼬마들이 몰려오는 소리만 들려도 방향을 바꾸어 달아났다. "엄마, 저 형은 왜 저래?" 그 악의 없는 손가락질에도 마음이 훅 베이던 시절, K는 알 수 없는 적의를 누르느라 고통스러웠다. K는 꼬마들이 싫었다. 그리고 30년이 흐른 지금, 마흔 줄에 들어선 K가 열 살 꼬마 아이들에게 둘러싸여 있다.

인권 강사 K 만들기

2008년 노들장애인야학은 일반 초·중·고등학교를 찾아가는 장애인 인권 교육 사업을 시작했다. 그해 초 '산'에서 '평지'로 내려온 야학이 야심차게 기획한 첫 번째 프로젝트였다. 야학은 15년 동안 정립회관에 더부살이로 얹혀 지냈다. 회관은 장애인을 위한 시설이면서도 높은 산에 자리 잡고 있어서 정작 장애인들은 드나들기 어려운 곳이었다. 그럼에도 불구하고 동네에서 밀려난 장애인들은 그 높은 곳까지 꾸역꾸역 잘도 올라왔다.

2007년 야학이 정립회관에서 쫓겨나게 되었을 때 교육청은 '야학을 지원할 법적 근거가 없다'고 말했다. 30년 전 자신들이 보낸 취학통지서를 휴지 조각으로 만들면서도 그들은 미안함을 몰랐다. 더 이상 밀려날 곳도, 더 이상 잃을 것도 없었던 사람들은 벼랑 끝에서 회관의 바짓가랑이를 붙드는 대신 종로 한복판에 자리를 깔고 앉았다. 그리고 '종로 한복판에 교실 100평을 내놓으라'고 요구했다.

산이 아니라 평지에서, 변두리가 아니라 도심의 한가운데서 교육받을 권리. 15년을 공짜로 얹혀살다 쫓겨난 신세들치고는 그 요구가 발칙했을까. 고작 마흔 명의 중증장애인들을 위해 '그 많은' 국민세금을 달라는 것이 가당키나 하냐는 듯 교육청이 코웃음을 쳤다.

그 지당하신 경제관념 덕에 수많은 K들이 학교와 동네에서 밀려나 눈부신 성장의 시간을 놓쳤다. 우리는 묻고 싶었다. 장학관님께서 다닌 초등학교는 '평당 얼마'였는지, '비싼 땅'에 있는 저 수많은 학교들은 도대체 누가 다니고 있는 것인지. 왜 어떤 이에게는 물을 필요조차 없는 질문에 누군가는 평생을 걸고 답을 해야 하는지. 그 답을 듣기 위해 노들야학 사람들은 80일간 농성을 했고, 마침내 종로 한복판에 교실 100평을 '쟁취'했다.

이제 이곳에서 버티고 살아남아야 했다. 호시탐탐 힘없고 가난한 이들을 밀어내기 위해 기회를 노리는 이곳에서 뿌리를 내리려면 먼저 이곳의 토양이 바뀌어야 했다. 그렇다면 가장 먼저 변화해야 하는 곳, K들을 추방했던 최초의 그곳, 학교로 가자. 장애인 인권 교육 사업은 그렇게 시작되었다.

노들은 K를 교단에 세우기 위한 속성 코스에 돌입했다. 엄선된 대학교수가 법조문을 해설하고 베테랑 인권 강사가 아이들을 사로잡는 비법을 전수했다. 그러나 그것들은 안타깝게도 K의 것이 될 수 없었다. 가슴 뛰는 혁명을 노래하기에는 그의 목소리가 너무 작았고 수십 명의 천둥벌거숭이들을 들었다 놨다 하기에는 그의 팔이 너무 얌전했다.

무엇보다 K에게는 활동보조서비스도 충분하지 않았고 아직은 글을 읽는 것조차 버거웠다. 강의 준비는 물론이고 당일 아침 활동보조와 이동까지 함께할 사람이 필요했다. 야학 교사인 내가 K의 짝이 되었다.* 1시간의 인권 교육을 준비하기 위해서는 K의 인생 전체가 필요했다. 우리는 오직 K만을 위한 강의안을 만들었다.

처음 중학교로 인권 교육을 나가게 되었을 때, 우리는 전날부터 모여 숙식을 함께하며 연습했다. 글을 빨리 읽을 수 없는 K는 커닝 실력이 부족했으므로 대사를 통째로 외워야만 했다. 나는 밤새 그의 스파링 파트너가 되었고 동이 틀 무렵에는 벌겋게 충혈된 눈으로 K의 활동보조를 했다. 봉고차 한가득 중증장애인 강사들을 태워 용역처럼 '출동'했던 그 피곤했던 아침에는 이 사업이 이렇게 오래, 번창하게 될 거라고 아무도 예상하지 못했다.

사회적 약자, 주변인이라는 상징

"여러분, 공부하기 힘들지요?"
'아동의 놀 권리'로 내가 먼저 이야기를 시작한다. 아동들은 잠시 들어주는 시늉을 하다가 이내 찧고 까불며 권리 실천에 들어간다.

---

* 여기서의 '나'는 야학 교사 정민구이다. K들의 스파링 파트너이자 운전기사이자 활동보조인이자 이 사업의 담당자였던 그가 중증장애인 당사자가 주체가 되는 인권 교육의 새로운 길을 닦았다. '느린' 학생들의 속도에 자신을 맞추기 위해 수많은 생고생을 자처했던 그에게 많은 것을 배웠다.

인권 강사가 되어 초등학교로 간 노들야학 학생들. 그들의 어깨에 지워진 짐의 무게만큼 그들의 삶도 땅속으로 뿌리박을 것이다.

아이들의 놀 권리가 금세 나의 목소리를 잠식한다. 그러다 K가 입을 떼는 순간! 아이들은 본능적으로 '반응'을 한다. 이 교실에서 한번도 일어난 적 없는 장면이 아이들의 눈과 귀를 붙든다. 잘 들리지 않는 말을 들으려고 귀를 갖다 대고 놓친 이야기의 빈틈을 채우려고 미간을 찌푸리고 눈동자를 굴린다. 아이들의 오감이 활짝 열린 이런 틈을 타고! '장애인이라서 차별받는 것이 아니라, 차별받기 때문에 장애인이 된다' 같은 오묘하고 멋있는 말로 뒤통수를 쳐야 한다. 그러나.

현실에선 K가 내 뒤통수를 더 자주 친다. 자기 차례인데도 '꿀 먹은 벙어리'가 되어 천장만 바라보거나 간신히 입을 뗀 이야기가 삼천포로 빠져 영영 돌아오지 못할 강을 건너고, 예상에 없던 질문을 받고는 땀을 뻘뻘 흘리며 늘어놓는 대답이 줄줄이 반인권적일 때. 나는 밤샘노동의 본전생각이 난다.

K가 초등학교도 다니지 못했지만 기억력은 비상하게 뛰어나고 차별로 점철된 인생을 살았지만 인권의식만은 기가 막히게 균형 잡힌 그런 사람이면 좋았으련만. K는 그저 범상하다. 내가 그러하듯이.

알아주는 사람 하나 없는 이 생고생을 몇 년간 사서 했다. 그것은 이 인권 교육의 중요한 목표가 '차별받은 당사자를 교육자의 위치에 세우는 것' 그 자체에 있었기 때문이다. 살면서 나에게 수많은 기회가 주어졌고 그것들을 붙들기 위해 많은 이들의 도움을 받았다. 응원하고 기다려준 사람들이 있었기에 한 걸음 내딛고 열 걸음 머뭇거리면서도 여기까지 왔다.

K가 자신을 밀어낸 세계 속으로 걸어 들어간다. 그의 어깨가 조

금 떨리고 있어서 좋다. 어깨에 진 짐의 무게만큼 K의 삶도 땅속으로 뿌리박을 것이다. 어떤 뿌리도 처음부터 강하지 않았다. 조금씩 내려가면서 단단해지고 굵어질 것이다. 삶은 더 이상 유예될 수 없다.

익숙한 사고의 회로를 거꾸로 돌리고 결속의 방식을 달리하는 것만으로도 '할 수 없는' 것들이 '할 수 있게' 되고 '비정상'의 것들이 '정상'이 된다. 약자를 배려하고 바깥으로 밀려난 사람에게 자선을 베푸는 일은 익숙하다. 그러나 진정으로 함께 살기 위해서는 그 관계를 깨야 한다. 약자에게 주어야 할 것은 권력이고 주변인에게 필요한 것은 중심의 자리, 자기 울음을 우는 주체의 자리이다.

오래전 밀려나고 사라진 것들을 제자리에 돌려놓는 조합은 낯설다. 그것을 기획하는 것은 상상력이지만 현실로 만드는 것은 용기 있는 실천이다. 낯선 조합은 그래서 아름답다. 그것이 말보다 더 크게 말하는 인권의 힘이다. 대학로 한복판의 장애인야학은 아름답다. 그리고 중증장애인 인권 강사 K는 힘이 세다.

당신에게 이 사회는 언제나 참사였구나

2014년 5월, 장애등급제 · 부양의무제 폐지를 위한 서울 광화문역 농성장에는 여덟 개의 영정이 들어섰다. 2년 전 이곳에 자리를 잡을 때만 해도 전혀 예상치 못한 일이었다. 더구나 그중 세 명은 이 농성장에서 서명운동을 펼치던 사람들이었다. 지병이 있었던 것도, 돌연한 교통사고를 당한 것도 아닌 그들이 한 해에 한 명씩 거짓말처럼 저쪽 죽은 자들의 자리로 건너갔다. 삶과 죽음의 거리 고작 3m. 그러나 나는 그 거리를 실감하지 못했다. 그 죽음은 나의 것이 아니었기 때문이다.

나는 뇌병변장애인이 아니므로 가벼운 화재쯤 재빨리 피할 수 있고, 돈 30만 원이 없어서 맹장이 터진 것을 끌어안고 지내다가 복막염으로 키우지도 않을 것이다. 나는 가족에게서 버려진 지적장애인이 아니므로 사회사업가를 사칭한 어느 미치광이의 손에 평생을 능멸당한 것도 모자라 죽은 뒤에까지 차가운 냉동고에 갇혀 12년이나 방치될 가능성이 없으며, 나는 간질장애인도 아니므로 장애등급 심사에서 '장애인 아님'으로 판정받았다고 생계비 지원이 중단돼 자살하지도 않을 것이다. 그러니까 이것은 전형적인 장애인의 죽음이다. 바쁘게 지나가는 비장애인들의 발걸음이 저리도 무심한 것을 나는 쉽게 이해해버린다. 사람들은 어쩌면 제단 위의 저 죽음이 당연하다고 생각할지 모른다. 그러니까 저들은 이 사회의 '안녕'을 위해 바쳐지는 제물 같은 존재라고.

이 사회의 '안녕'을 위해 바쳐지는 제물

2014년 5월, 나는 안산 세월호참사 희생자 합동분향소에 놓인 300여 명의 영정 앞에 섰다. 이렇게 압도적인 죽음 앞에 서본 것은 광주 5 · 18 묘역 이후 처음이다. 나는 단지 '300'이라는 숫자의 무게뿐 아니라 그들의 삶과 죽음 사이의 거리가 손에 잡힐 듯 가까웠다는 사실에 압도당했다. 그 짧은 거리가 거대한 음모와 탐욕 속에 주도면밀하게 끊어져 있음을 영화처럼 생생히 보고야 말았던 것이다.

세월호. 사고가 일어나지 않았다면 아마 이즈음 나는 그 배를 탔을 것이다. 분명 그랬을 것이다. 1년 동안 하던 작업이 마무리되면 꼭 배를 타고 제주로 여행을 가리라 다짐하고 배편을 검색하기도 했었다. 지난해 10월, 10만 권의 책을 싣고 제주 강정마을로 향하는 세월호를 타지 못해 아쉬워했던 기억도 생생하다. 그러니 저 영정 하나에 내 얼굴을 넣어보는 것은 대단한 과대망상도 아니다. 그 앞에서 한참을 울고 있는 나에게 누군가가 묻는다.

"당신은 혹시 '죽음'이 아니라 '아이들'의 죽음이 슬픈 것은 아닌가? 나머지는 그저 '감수할 수 있는 정도'의 '숫자'인 것은 아닌가? 생명은 중요한가? 몇 사람부터 그러한가?"

그제야 나는 광화문 농성장의 영정들을 떠올렸다. 일곱 개의 영정이 이제 막 여덟 개로 늘어났을 때였다. 나조차 광화문의 저 많은 영정들을 '남의 죽음' 보듯 했음을, 장애인의 죽음은 '감수할 수 있을 정도의 숫자'로 보고 있었음을 깨달은 것은 그때였다. 내 순서는 오지 않을 줄 알고 죽음의 행렬을 관조하고 있던 나는 별안간 배가 뒤집히고 순번이 흐트러져버리자 당황하고 있었다. 나의 안전이 위협받고 나서야 깨달았다. 아…… 당신들에게 이 사회는 언제나 참사였구나. 당신들은 평생을 세월호에 갇혀 구조되길 바랐구나. 시시각각 다가오는 죽음의 공포와 싸우느라 생을 다 써버린 사람들이 더는 견딜 수 없어 스스로 죽음의 바다에 뛰어들었던 거구나. 나는 또 누군가에게 미안해서 주저앉아 울고 싶었다.

새로운 삶을 갈망하며 제주로 이주하려던 사람들이, 인생의 황혼을 자축하던 사람들이, 이제 막 터지기 직전의 꽃봉오리 같던 아이들이, 하루하루 열심히 살아가던 노동자들이 세상을 떠났다. 그리고 또 한 사람. 감옥 같은 시설을 박차고 나와 자유의 땅으로 이주해온 사람이, 인생의 황혼은 그저 사람답게 살고 싶었던 사람이, 한번도 흐드러지게 피어보지 못한 인생이, 매일매일 낯선 세상에 적응하기 위해 분투하던 사람이 새로 산 옷을 몇 번 입어보지도 못하고 세상을 떠났다.

장애등급 심사센터 찾아 도움 호소했지만……

2014년 4월 16일, 전남 진도 앞바다에서 수백 명의 생명이 시시각각 스러져가고 있을 때, 서울 어느 병원의 중환자실에서 한 남자의 목숨도 서서히 꺼져가고 있었다. 그 역시 구조되지 못한 대한민국호의 승객이었다. 대한민국호는 침몰하기 전에 이미 이렇게 한 명씩 한 명씩 제물처럼 가난하고 힘없는 사람들만 골라 바닷속으로 밀어넣고 있었다. 대부분의 사람들이 느끼지도 못할 만큼 배가 조금 기울었을 때 균형을 잡기 어려운 그들이 가장 먼저 검은 바다 속으로 던져졌다.

한동안 야학 활동을 쉬었다가 2014년 6월부터 다시 한글 수업을 시작했을 때 출석부에 그의 이름이 남아 있다. 송국현. 사고가 나지 않았다면 나는 그의 이름을 살갑게 부르고 내 이름은 홍은전이라고 나를 소개했을 것이다. 그리고 그가 아직 다 익히지 못했다는, 그가 집에 가기 위해 환승해야 할 '동대문 역사문화공원역'을 함께 써보았겠지. 그러나 내가 그를 처음 만난 건 그의 장례식장에서였다.

송국현. 스물다섯 살에 사고를 당해 장애를 입었고 4년 뒤 시설에 입소했다. 감옥 같은 생활이 싫어 도망쳐본 적도 있으나 그는 결국 갈 곳이 없어 다시 시설로 돌아가야 했다. 그토록 달아나고 싶었던 그곳에서 그는 24년이나 지나서야 비로소 나올 수 있었다. 2013년 10월의 일이었다. 스물다섯이었던 청년은 어느새 머리가 희끗희끗한 50대가 되어 있었다. 낯선 세계가 두렵고 사람 많은 곳이 불안했던 그는, 아이처럼 동료들의 옷자락을 꼭 붙들고 다니면서도 사람들과 어울려 노래방도 가고 벚꽃놀이도 할 수 있는 이곳의 삶이 좋았다.

그는 혼자 걷기 어렵고 말을 하지 못했다. 그러나 그는 활동보조서비스 지원 대상이 아닌 '장애 3급' 판정을 받았다. 밥 짓고 빨래하고 이동하는 일을 혼자 할 수 없었던 그는 4월 10일 장애등급심사센터에 찾아가 도움을 호소했지만 경찰에 가로막히며 문전박대를 당하고 돌아서야 했다.

그리고 사흘 후…… 원인을 알 수 없는 불길이 거짓말처럼 그의 집을 덮쳤다. 불덩이가 떨어져내리는 침대 위를 한 발자국도 벗어나지 못했던 그는 "안에 사람이 있느냐"고 다급하게 외치는 소리를 듣고도 '살려달라'는 응답조차 하지 못했다. 한가로운 일요일 오전이었다. 함께 살던 이가 외출한 직후였고 교회에서 그를 데리러 오기로 한 사람들이 도착하기 바로 직전이었다. 그 짧은 사이에 그가 불에 갇혔다. 전신에 화상을 입은 그는 4월 17일 새벽, 동료들이 지켜보는 가운데 서러운 생을 마감했다. '사고가 나서'가 아니라 '사고가 나도록 방치돼서', '불이 나서'가 아니라 '달아나지 못해서' 죽었다.

삶을 막아선 그들은 죽음 앞에서도 무례했다

송국현을 죽인 범인이 '장애등급제'라는 사실을 똑똑히 알고 있는 그의 동료들은 보건복지부 장관이 그 책임을 인정하고 사과할 때까지 장례를 치를 수 없다고 버텼다. 그러자 경찰은 오래전 연이 끊긴 그의 가족을 재빨리 찾아내 가족장을 치르도록 종용했다. 삶을 막아서던 놈들은 죽음 앞에서도 끝내 무례했다. 그리고 4월 20일 '장애인의 날', 경찰은 그의 영정을 든 사람들을 향해 최루액을 난사하고 저항하는 사람들을 잡아 가뒀다. 동료들은 27일 동안 송국현의 주검을 붙든 채 장례식장을 지키고 시민분향소를 차리고 장관의 집 앞에 찾아가 촛불을 밝혔다.

촛불을 든 사람들에게 누군가가 조심스럽게 묻는다.

"이렇게 위험한데도 시설 바깥의 삶이 정말 좋은 건가요?"

사람들은 단호하게 "그렇다"고 대답한다.

"수학여행을 가다가 배가 뒤집혔다고 수학여행이 잘못된 건 아니잖아요. 그는 그저 사람답게 살고 싶었을 뿐입니다."

인간답게 살고 싶었던 당신의 여행길을 지켜주지 못해 미안합니다. 인간 송국현을 잊지 않겠습니다. 부디 편히 쉬십시오.

2014년 겨울 광화문에서

김유미*

서명하고 가세요, 라는 말이 잘 나오지 않는다. 늘 그랬다. 목소리는 떨리고 말은 꼬이고 사람들을 만나는 일은 쉽지 않다. 큰 목소리로 낯선 이들에게 말을 건네는 동료들이 부러울 따름이다. 어렵다. 농성은 550일이 넘었다. 이곳 광화문역 안, 이 농성장을 확보하기 위한 싸움이 얼마나 힘들었던가. 경찰은 안 된다고 하고, 지나가던 사람들은 짜증을 보냈다. 하지만 이후에 보란 듯이 사람들이 죽었다. 김주영이 죽었고, 박지우, 박지훈이 죽었다. 어른이 죽고 아이가 죽고 남자가 죽고 여자가 죽고 늙은이가 죽고 부모가 죽었다. 이제 농성장 앞 검은 추모대에는 일곱 명의 얼굴이 놓여 있다.

* 노들야학 교사. 2003년 사진 공부하다 장애인 이동권 투쟁 사진집《더 이상 죽을 수 없다》를 보고 장애인, 비장애인 문제에 눈떴다. 이후 신문사, 잡지사를 떠돌며 장애인운동과 노들을 지켜봐왔다. 노들의 후원인이었다가 야학 교사였다가 지금은 노들에서 일상을 보낸다. 2009년부터 소식지《노들바람》을 만들고 있다.

부양의무제 때문에 사람이 죽는다

지나가는 사람을 향해 나를 대신해 말을 건네는 빔스크린 영상 속에서 한 남자가 말한다. 그가 있는 곳은 보건복지부 앞이다. 복지부가 사람을 죽여놓고 이게 뭐하는 짓이냐! 사람을 죽인 것이 복지부라고 말한다. 복지부. 가난한 자의 기초생활을 보장하는 제도를 관장하는 정부 부처. 국민기초생활보장법에 하나의 단서 조항으로 있는 부양의무자기준. 이 부양의무제 때문에 사람이 죽고 있다.

당신은 아들이 돈을 벌고 있으니까, 당신은 아직 아버지가 살아계시니까 안 된다고 한다. 당신 아버지 때문에 어머니 때문에 자식 때문에 사위 때문에 기초생활을 보장받을 권리가 없다고 한다. 달리 살아갈 방법이 보이지 않으므로, 수급권이 탈락한 할머니가 농약을 먹는다. 장애인 아들과 함께 살던 할머니가 아파트 복도에서 뛰어내린다. 장애인 아들을 둔 아버지가 나무에 목을 매단다. 나 때문에 우리 아이가 받지 못하는 것이 있다고 하면서 목을 매단다.

이것이 대체 다 무어람. 어디에 가서 하소연할 것인가. 벽이라는 것이 너무 높다. 벽 안에서 이를 갈다가 울다가. 죽기로 하든가 살기로 하든가. 그런 삶들이 있다.

박지우, 박지훈의 영정을 본다. 열세 살 지우와 열한 살 지훈이는 부모가 집을 비운 사이 둘이서 저녁을 해먹다 집에 불이 나 유독가스에 질식했다. 발달장애와 뇌성마비, 이 아이들에게 붙여진 또 다른 이름이었다. 두 아이는 중환자실에서 사경을 헤매다, 누나 먼저 그리고 동생이, 차례로 세상을 떠났다. 광화문역, 아빠의 손을 잡은 아이들이 지나가며 묻는다. "누가 죽었어요?" 참새 같은 목소리로 재잘대며 지나간다. 아이들을 유혹하는 영정 앞 '타요'버스. 아이들은 미소를 지은 채 나를 본다.

너희는 왜 죽은 거니? 검은 천에 둘러싸인 두 아이와 다섯 명의 사람들은 언제쯤 이 지하 광장에서 벗어날 수 있을까. 너무 오래 저이들을 붙잡아두고 있는 건 아닐까 하는 생각이 든다. 하지만 붙잡아놓은 동안 우리는 잊을 수 없고, 생각할 수밖에 없다. 슬픔도 계속된다. 무겁고 검은 것이 짓누르는 힘이 세다.

아주머니는 묻는다. 1급인 장애인들이 나라로부터 받는 돈이 어느 정도 되느냐고. 사람마다 다른데요, 많이 받는 사람은 수급비에 장애연금 더해서 오륙십만 원 정도 돼요. "1급도 그것밖에 안 주나요?" 네. 1급 되기도 어려워요. 1급 되기가 어렵다. 이 이상한 말이 성립할 수 있다니. 아무튼 아주머니는 고개를 끄덕이다 가신다. 나는 서명을 청하지 않는다.

주기 싫은 돈, 왜 법으로 만들었나

틀어놓은 영상 속엔 노모와 함께 사는 늙은 아들의 사연이 나온다. 몇 번째 재실행되고 있다. 이 가난한 이들의 55만 원, 50만 원, 40만 원은 이제 그만, 빼앗지 말았으면 좋겠다. 뺏을 걸 빼앗아야지 않나. 매달릴 곳이라곤 국가 같은 것밖에 없는, 매일의 삶이 시급한 사람들이 있다. 이들이 죽고 있다. 드러나지도 않은 곳에서,

국가가 지역사회가, 아니 당신이 내게 무언가를 주었어야 했다고 말해볼 생각도 못한 누군가가 오늘도 죽고 있다. 드러나지도 못한 채 죽어가는 얼굴들이 있다는 게 더 아프다.

아이들 얼굴 위에 근조 리본이 씌워져 있다. 너무나 익숙할 정도로 많이 봤나 보다. 저것이 끔찍한 상징이라는 생각을 못하고 있으니 말이다. 똑바로 다시 본다. 웃는 아이들 얼굴에 죽음을 뜻하는 근조 리본이 붙어 있다. 아이들은 천진하게 웃고 있고. 비극. 비극. 비극.

발이 시리다. 살아 있는 내 두 발. 오후 1시 45분. 교대시간 2시. 농성장에 온 시간 지난밤 10시. 전기장판 켜고 자리 깔고 자고 자리 치우고 영정에 초 켜고 밥 사먹고…… 그리고 앉아 있었다. 그저 추위를 견디며 영정 속 얼굴들과 지나가는 사람들을 동시에 바라보며, 산 사람의 시선을 대체로 피하며, 종종 묻는 말에 답하며 앉아 있었다.

김주영의 영정과 선전물을 유심히 보던 아주머니께서 장애등급제가 왜 없어져야 하느냐고 묻는다. 장애등급이 있어야 뭘 줄 수 있는 게 아니냐고…… 지금 장애등급에 따라서 서비스를 주고 있는 게 맞는데요, 서비스가 필요한 사람은 더 있는데 정부가 1급 장애인만 이용할 수 있게 해놓은 것들이 많아서 정작 필요한 사람이 서비스를 못 받고 있어요. 정부가 예산을 늘릴 생각은 안 하고, 이 서비스는 1급만 이용할 수 있다 이렇게 정하고, 1급 자격도 굉장히 어렵게 만들어놨어요. 이쪽에 예산 쓰는 것을 의미 없다고 생각하는 것인지……

사람들이 너무 무심히 휙휙 지나간다. 나 역시 고개 들어 그들을 갈구하지 않는다. 나는 그저 간간히 지우, 지훈이와 주영 씨와 눈을 맞춘다. 떠나지 못하게 하니 그들은 곁에 있다. 잠잘 때도 웃을 때도 저렇게 장막이 되어 곁에 있다. 콧구멍에서 허연 김이 나온다. 손이 시려 장갑을 끼고 글을 쓴다. 어쩌면 자리를 지켜야 한다는 의무감, 낯선 이들과 마주하기 어려운 이 시간을 버티기 위한 나의 방법일지 모르겠다.

무심한 사람들…… 나는 고작 발이 시리다

농성 초반에는 자신이 있었던 것 같다. 금방 무언가 바꿔낼 수 있을 것 같았다. 장애등급제 폐지에 대한 자신감, 부양의무제 폐지에 대한 정당함. 사람들을 만나 친절하게 이야기해주고 싶은 마음이 컸다. 하지만 이렇게 길어질 줄 몰랐다. 완전 폐지될 때까지 계속하겠다는 말이 이런 의미인 줄 왜 몰랐을까. 그렇다고, 뭐, 여기서 물러날 수는 없다, 무엇이 달라졌다고. 550일이 넘는 동안 달라진 건 늘어난 영정, 죽은 자들의 얼굴밖에 없는 것 같다. 우리를 둘러싸고 있는 벽의 위치와 단단함을 더 크게 느낀다.

농성장 앞을 지나다니는 사람들은 우릴 보고 무슨 생각을 할까. 불편하겠지. 그냥 지나가기도 쳐다보기도 말을 걸기도. 마음만큼 세상은 움직이지 않고. 사람들이 죽고, 춥고. 살아 있는 나는 고작 발이 시리다.

25만 원의 노역일기

박경석*

벌금 254억 원을 내지 않은 허재호 전 대주그룹 회장의 일당 5억 원짜리 '황제노역'이 사회적 공분을 일으키고 있을 때, 벌금 200만 원을 내지 못한 박경석 교장은 일당 5만 원짜리 노역형에 처해졌다. 이 글은 2014년 3월 29일 서울구치소에 수감된 그가 4월 2일 시민 모금으로 출소하기까지의 과정을 기록한 내용이다. '벌금의 계급'은 한국 사회 불평등의 심부를 보여준다.

3월 29일 토요일

오후 3시. 서울중앙지방검찰청 앞에서 "벌금 200만 원 때문에 자

* 노들야학 교장. 1993년, 절친 정태수로부터 '야학을 만들려고 하니 교사들을 조직해달라'는 부탁을 받고 대학 동기 안신연을 꼬드겨 야학 교사를 하게 했다. 이후 그녀의 기사 노릇을 하며 야학을 기웃거렸다. 1994년, '야학 하기 너무 힘들다'는 안신연의 하소연과 원망을 들어주던 끝에 전격적으로 신임교사로 결합했다. 몇 번의 낙선 끝에 1996년 교사 대표가 되었고 이듬해에 교장이 되었다.

진 노역한다"고 기자회견을 했다. 지난 2012년 10월 26일 활동보조인이 퇴근한 집에서 홀로 잠을 자다 새벽에 발생한 화재로 중증장애여성 활동가 김주영이 목숨을 잃었다. 나흘 뒤 그녀의 노제를 지내면서 도로의 차선을 넘었다는 이유로 벌금 200만 원을 받고 나는 수배 상태에 있었다.

기자회견을 마치고 검찰에 출두했다. 검찰은 휠체어를 탄 지체장애 1급인 나를 곧바로 서울구치소로 이동시키지 못했다. 나는 장애인의 이동권을 보장받기 위해 리프트 차량의 이용을 요구했고 검찰은 준비하지 못했다며 곤란해 했다.

검찰청 직원들은 서울시와 의왕시(서울구치소가 여기에 있다)의 장애인 콜택시에 전화를 했다. 모두 '이용 불가능하다'는 답변이 돌아왔다. 서울시 장애인 콜택시는 의왕시까지 운행하지 않았고 의왕시 장애인 콜택시는 며칠 전에 미리 예약하지 않으면 이용할 수 없다고 했다. 검찰청 직원은 "이따위 정책이 어디 있어!"라며 화를 냈다. 그는 "가까운 인접 도시에 갈 때조차 이용하지 못한다면 무슨 장애인 콜택시냐!"며 목소리를 높였다. 검찰 직원조차 어이없어하는 모습을 보니 나는 조금 허탈했다. 장애인 이동권 문제에 이토록 무관심한 사회를 향해 우리는 2001년부터 지금까지 무려 13년이나 외치고 있었구나.

검찰은 네 시간이 지나서야 나를 구치소로 옮길 수 있었다. 나를 마중하기 위해 따라온 활동가들을 뒤로 하고 구치소의 두꺼운 담을 지나 홀로 철문 앞에 섰다. 혼자 가야 하는 길은 참 외로웠다. 그러한 길이 어찌 구치소에 들어가는 길뿐이겠는가.

구치소에 들어가자마자 신원을 확인했다. 머리가 길어서 묶고 있던 머리끈을 포함해 모든 물건을 맡겼다. 벌거벗고 신체검사를 한 뒤 죄수복으로 갈아입었다. 비누와 칫솔, 수건 두 장이 담긴 비닐봉지를 받았다. 그리고 다른 비장애인과 달리 나는 오줌통 하나를 더 받았다.

토요일 밤 내가 간 곳은 독방이었다. 누워서 팔을 양쪽으로 뻗으면 완전히 펼 수 없을 정도의 크기였다. 발을 뻗고 누우면 발끝에서 조금 떨어진 곳에 칸막이 없는 좌변기가 있었다. 나는 누군가의 도움을 받더라도 좁아터진 공간의 좌변기는 절대 이용하지 못할 상황이었다.

양쪽 벽면은 스펀지처럼 푹신한 것으로 덮여 있었다. 처음 수감된 사람의 경우 정신적 충격 때문에 자살할 위험이 있어 이런 방에 유치한다고 구치소 관계자는 말했다. 나는 그곳에서 2박 3일을 송장처럼 누워만 있었다.

모포는 까는 것과 덮는 것 하나씩이 주어졌다. 나는 교도관에게 내가 척수장애인이라는 사실에 대해, 그리고 나의 장애 상태에 대해 다시 자세히 설명했다. 욕창 때문에 수술도 몇 차례 한 상황이라 누워 있을 때 바닥에 모포 하나만 까는 것은 위험하니 침대나 매트리스 같은 것이 필요하다고 말했다. 말단 교도관에게는 '상상할 수 없는 영역'이었다. 나는 세 겹으로 겹쳐 깐 모포 위에 휠체어와 분리된 채 들려서 눕혀졌다. 독방은 원천적으로 휠체어가 들어올 수 없는 구조였다. 내 휠체어는 어디로 갔는지 보이지 않았고 나는 밤새 꺼지지 않는 형광등 불빛 아래서 눈만 깜빡여야 했다.

3월 30일 일요일

새하얀 형광등 불빛 아래 밤이 지나고 새벽이 왔다. 두 눈에 보이는 구치소 독방의 철문 구멍은 나를 숨막히게 했다.

아침을 먹지 않은 채로 교도관을 불러 다시 한번 부탁했다. 나는 지금까지 누군가에게 내 장애 상태에 대해 이야기하는 것을 싫어했다. 괜한 동정을 받는다는 기분과 부끄러움 때문이었다. 나는 만나는 교도관마다 내 장애 상태를 반복적으로 설명하면서 생리현상을 해결할 수 있도록 도움을 요청해야 했다.

"교도관님, 나는 소변 조절이 자유롭게 되지 않습니다. 잠자는 도중에 소변이 흘러 넘쳐서 모포를 적실 수 있습니다. 모포가 젖지 않도록 조치가 필요해요. 흘러 넘친 소변 때문에 몸을 씻어주어야 하는데 화장실에는 가기도 힘들고 내가 씻을 수도 없게 되어 있어요. 조치를 좀 취해주세요." (야학에서 이 사실을 알면 나를 '오줌싸개 교장샘'이라 할까 부끄럽다.)

교도관은 "오늘은 일요일이니까 내일 의사 선생님 진단이 있어야 가능하다"고 앵무새처럼 답했다. "나는 의사 선생님의 진단이 필요한 게 아닙니다. 오늘 당직 책임자에게 지금 흘러 넘친 소변을 처리하고 샤워할 수 있도록 해달라고 요청하는 겁니다." 당직 교도관은 "여기가 당신 집인 줄 아냐!"고 고함을 쳤다. "벌금 내면 되지 왜 벌금 안 내고 사람 귀찮게 하는 겁니까!"

머리가 핑 돌고 분노가 치밀어 올랐다. 한창 옥신각신했지만 나는 그저 장애를 핑계로 엄살을 떠는 한 명의 '골통'으로 취급될 뿐이었다. 모포는 소변에 푹 젖었고 그대로 누워 있기 너무 힘들어

다시 한번 요청했다. 잠시 후 조금 높은 사람이 왔다. 그는 문도 열지 않은 채 문구멍에 대고 큰 소리로 고함을 지르고 가버렸다.

"사소한 것으로 꼬투리 잡아서 귀찮게 하지 마시오. 경고합니다!" 경고? 귀찮게 하면 지금보다 더 힘든 곳으로 보내겠다는 뜻인가? 더 힘든 곳은 어디지? 나는 그렇게 방치된 채 2박 3일을 지내야 했다. 재소자에게도 인권은 있다. 그래? 개뿔이다. 인권은 무슨 인권. 그때부터 나는 밥을 먹지 않겠다고 했다. 듣는 둥 마는 둥 하는 교도관들의 비웃음만 돌아왔다.

3월 31일 월요일

날이 밝자 국가인권위원회에 긴급진정서를 작성해 보냈다. 교도관은 "지금 진정서를 쓴 수감자들이 줄 서서 기다리고 있어요. 인권위 직원이 나온다면 아마 당신의 40일 노역이 다 끝난 뒤일 겁니다"라며 기계적 말투로 접수했다. 이건 또 어떻게 받아들여야 하나. 막막했다.

아침에 면회 온 동지들에게 상황을 설명하며 인권위에 긴급진정을 요청하였다. 동지들은 '오늘 저녁 노들야학 교사와 학생들이 구치소 앞에서 현장수업을 진행할 것'이라고 전해주었다. 눈물이 핑 돌았다. 너무 고마웠고 힘이 났다.

면회를 마치자 의무반으로 오라는 연락을 받았다. 드디어 의사를 만났다. 내가 요구했던 모든 것은 의사의 허락을 받아야 가능했기에 무소불위 권력자를 만난 셈이다. 그러나 그가 조치해준 것은 여타 다른 구치소 방 환경과 똑같은 병동 구치소로의 이동뿐이

2014년 3월 31일, 박경석 교장이 벌금형을 받아 수감된 서울구치소 앞에서
노들야학 사람들이 현장수업을 하고 있다.

었다. 여전히 나는 한 마리 짐승으로 방치되었다.

4월 1일 화요일

아침에 인권위원회에서 긴급조사를 나왔다. 구치소 내부의 진정 절차에 따른 것이 아니라 외부 동지들의 긴급진정이 받아들여져서였다. 나는 인권위 조사관들에게 상황을 설명했다. 조사관들은 구치소 소장을 만나보겠다 했고 내가 있는 방도 보고 갔다.

오후에는 구치소 소장을 면담했다. 지금까지의 상황을 설명하고 공식적인 사과와 적절한 조치를 요구하였다. 소장은 "사과 문제는 상대적인 것"이라며 "앞으로 잘하는 것이 중요하다"고 얼버무렸다. 그때부터 분위기가 달라지기 시작했다. 나는 양심적 병역거부자들이 복역 중인 방으로 옮겨졌고 그들의 도움을 받을 수 있었다. 구치소에서 욕창 방지용 매트리스를 사다 깔아주었다. 몸도 씻을 수 있게 되었다.

그러나 노역 없는 노역살이는 고통스러웠다. 휠체어 없이 누워만 있는 시간은 더할 수 없이 괴로웠다. 나는 구치소 입감 첫날부터 노역 일거리를 요청했다. 봉투 접기라도 시켜달라고 했으나 구치소 쪽은 일거리가 없다며 거절했다. 한 해 4만 명이 단지 벌금 낼 돈이 없어 노역형을 살고 있다. 하지만 실제 구치소에선 그들에게 시킬 노역거리가 없어 사실상 구금형을 살게 하는 것이 한국 벌금 시스템의 웃지 못할 현실이다. 저녁에는 당뇨에 따른 저혈당 증세가 찾아왔다. 더 이상 단식을 이어가기가 버거웠다. 일요일 저녁부터 시작한 3일째 단식을 마무리하였다.

4월 2일 수요일

나는 시민들의 모금으로 5일 만에 구치소를 나올 수 있었다. 5일간의 노역 대가인 25만 원을 제외하고 나머지 벌금을 납부했다. 나의 구치소 노역 소식을 듣고 126명이 무려 10,844,533원의 벌금을 모아주셨다. 이 돈으로 나를 포함해 김주영 노제 과정에서 18명에게 부과된 15,350,000원 상당의 벌금을 갚을 수 있게 되었다.

허재호 회장은 탈세와 횡령으로 부과된 벌금 254억 원 중에서 5일간의 노역으로 25억 원을 탕감받았다. 나는 도로 차선을 넘었다는 이유로 부과된 벌금 200만 원 중 5일 노역으로 25만 원을 탕감받았다. 노역을 살면 살수록 탕감액 격차가 천문학적으로 벌어지는 구조이다. 그 구조의 핵심엔 야만스런 돈 냄새를 풀풀 풍기며 우리를 지배하는 '법질서'의 실체가 도사리고 있다. 노들야학이 3월 31일 구치소 앞에서 현장수업을 할 때 야마가타 트윅스터라는 인디 뮤지션이 불러준 〈돈만 아는 저질〉이란 노래가 있다. 내 귀엔 사법부를 위한 찬송가로 들린다.

벌금의 불평등은 헌법 제11조 1항에 대한 명백한 위반이다. 헌법은 "모든 국민은 법 앞에 평등하다. 누구든지 성별 · 종교 또는 사회적 신분에 의하여 정치적 · 경제적 · 사회적 · 문화적 생활의 모든 영역에 있어서 차별을 받지 아니한다"고 말하고 있다. 그런데 헌법 위반이라고 아무리 외친들 무엇을 할 수 있을까. 우리는 너무 쉽게 포기하고 있는 것 아닌가.

나의 구치소행은 돈이면 무엇이든 되는 현실 앞에서 너무 쉽게 '평등'을 포기해버리는 세상에게 날리는 '똥침'이었다. 어떤 상황이 닥치고 어떤 곳에 있더라도 장애인이라는 이유로 차별받고 싶지 않은 작은 저항의 몸부림이기도 했다.

구치소에서 고병권 선생이 쓴《살아가겠다》를 읽었다. 책에는 철학자 디오게네스와 전태일의 이야기가 나온다. 디오게네스가 대낮에 시장에 나가 등불을 들고 "인간을 찾노라"라고 한 것처럼, 나는 구치소에서 등불을 들고 "평등을 찾노라"라고 말하고 싶었다. 비록 혼자만의 '원맨쇼'로 치부될지라도.

장애인 인권 운동을 시작한 이래 법원은 내게 2001년부터 2012년까지 23차례의 벌금을 선고(2,874만 원을 납부)했다. 2010년부터 2012년까지는 나를 비롯한 90명에게 6,845만 원을 부과했다. 나를 구치소에서 꺼내준 시민들의 모금은 나를 포함해 장애인운동을 하다 벌금으로 고통스러워하는 이들에게 보내는 연대라고 생각한다. '나를 아는 모든 나', 그리고 '나를 모르는 모든 나'에게 부치는 전태일의 유서처럼 '그대 영역의 일부'로서 장애인들을 받아들여주길 요청하는 마음으로 이 글을 쓴다. 평등과 연대는 '결코 포기할 수 없는 희망'이지 않을까.

이제 4월 10일이면 또 재판이 시작된다. 김주영이 죽었던 해인 2012년 세계 장애인의 날에 국회 정론관에서 1박 2일간 머무르며 '높으신 의원님들'께 주영이의 죽음을 알리고 장애인 활동보조 예산을 올려달라고 기자회견을 했던 일 때문이다. 검찰은 '공동 주거 침입 죄'로 나와 두 명의 장애인을 기소했다. 이미 세 명의 장애인에게는 350만 원의 벌금이 부과돼 있는 상태다. 하지만 우리는, 결코 포기하지 않을 것이다.

쉬는 시간

노들음악대를 소개합니다

야학 교사 박준호

지면을 통해서 한번도 소개되지 않은 노들음악대! 2010년에 창단되었지만 오직 음악으로 승부한다는 일념으로《노들바람》과의 인터뷰를 거부해왔습니다. 하지만 김태원도 예능으로 승부하는 요즘, 임재범도 25년 음악인생을 '나가수'에서 말해야 하는 시대, 음악성만으로는 먹고 살기 힘든 현실을 겸허히 인정하고 험난한 속세의 바다에 몸을 맡깁니다. 노들음악대를 소개합니다~

뜨거운 눈빛 바그르르 주원

심벌주자. 노들음악대의 시작과 끝. 그 음감이 절대경지에 달하여 다른 음악대원들과 달리 긴장하는 일이 없으니, 음악이 시작되기 직전에 심벌이 없어도 당황하지 않으며, 공연 도중에 사라졌다가도 끝날 때가 되어 유유히 나타나 연주를 마무리합니다. 그이의 풍모는 언제나 자유롭고 얽매임이 없으셔라~

까칠까칠 형호

이제는 발 베이스로 4/4박자 리듬을 완벽하게 구사하는 까칠 형호 님. 바그르르 주원 님과 노들음악대의 양대 리듬 산맥을 잇고 계십니다. 형호 님께서는 5월이 되면 잠깐 영화계로 외도하시나 항상 돌아오사 노들음악대는 계속하겠다 하셨고, "회의가 있어 2주 단위로 들어오겠다"고 선언하기도 하셨으나 오매불망 바쁜 와중에도 꼬박꼬박 수업에 출석하시는 은근 모범생. -_- b

엇박의 달인 신진수 선생

노들음악대의 전통이자 자랑인 엇박자의 맛을 가장 훌륭히 표현하는 엇박의 달인 신진수 선생. 간혹 노들음악대의 음악을 이해하지 못하는 야만인들이 엇박에 놀래고 불쾌해 하면 진수 님께서 음악에 대한 사랑을 만면에 그득 담아 미소를 보내시어 이내 그들을 감미로운 음악의 세계로 인도하곤 하십니다.

태공 장애경

애경의 장쾌한 스네어드럼 타법은 먼 바다를 향해 낚싯바늘을 던지는 낚시꾼의 모습을 닮아 있습니다. 먼 곳에서 바람을 가르며 날아든 스틱이 스네어드럼을 때린 후 다시 솟아오를 때에는 태평양을 유영하는 참치 한 마리가 드럼에서 솟아오르는 듯합니다.

하모니카 외길 상연

타악기 위주로 연주하는 노들음악대에서 목에 걸친 하모니카 하나로 이목을 잡아끄는 이분. 상연 님은 '도'음에 심취하셔서 '도'음을 1년째 연구하면서 불고 계시고 '도'음에 대한 해석이 끝난 이후에 '레'음에 대한 연구를 시작하실 계획입니다.

철의 작곡가 김호철 선생님

2011년 1월 박 교장님께서 "김호철 선생을 교사로 섭외하라"는 명을 내리시어 노들야학 음악대 교사들은 삼차초려(三次草廬, 3차까지 술자리를 함께하는 예)를 지내고 김호철 님을 섭외하였습니다. 현재 노들음악대 교사로서 수업에 열중하시는 한편, 비장애인 중심으로 제작된 악기에 대한 개조 프로젝트를 진행하고 계십니다.

슬로우핸드 정수연
수연 님 연주의 묘미는 G키 핸드벨 하나로 무한한 감정과 정서를 표현하는 데 있습니다. 청음 훈련이 되어 있지 않은 일반인들에게 비정기적으로 조용히 흔들리는 수연 님의 핸드벨 소리는 주의를 기울여 듣지 않으면 잘 들리지 않습니다. 수연 님의 고요한 연주야말로 노들음악대 정신의 집대성이라 할 수 있으나 최근에는 조금 더 대중에게 다가가기 위하여 간간히 오리나팔을 연습하고 계십니다.

재연이
노들음악대 중 유일하게 청음까지 되는 능력자. 정확하고 클래식한 박자감을 보유하여 플로어탐 연주의 유망주로 떠올랐으나 음악적인 견해 차이로 인하여 장기 결석 중입니다. 그 공백이 안타깝게 여겨지며 하루빨리 노들음악대의 카오스적 음악에 적응하여 돌아오길 바랍니다.

눈감은북 김순이 님
눈 감고도 치는 소장구의 달인 수연 모친 김순이 님. 수연 모친의 장구소리를 들은 김호철 님께서는 모모지탄 기염만장(牟牟之聲 氣焰萬丈, 소 우는 소리의 기세가 몹시 호기롭도다)이라 평하셨다고 합니다.

쉬는 시간

존재 염색, 노들에 물들다

야학 교사, 철학자 고병권

지난 겨우내《민주주의란 무엇인가》라는 작은 책을 집필했습니다. 글은 자기 변신의 기록이라고 하지만, 글을 쓰면서 제게 일어난 변화에 스스로 놀랄 거라고는 생각지 못했습니다. '민주주의에 대한 내 생각이 이렇게 변했나?' 책을 쓰는 내내 싱거운 웃음이 떠나질 않았습니다. 사실 책의 주제와 제목은 출판사에서 반쯤 과제처럼 넘겨받았던 것인데요, 묘하게 숙제하다 공부에 재미 붙인 학생처럼 '민주주의'라는 개념에 깊이 빠져들었습니다. 무엇보다 민주주의에 대한 사회적 통념, 그 누구보다 제 자신 안에서 의심받지 않은 채 늙어가고 있던 진리로서의 민주주의와 싸운다는 게 저를 흥분시켰습니다.

언제부턴가 제게 '민주주의에 대한 불화'가 생겨난 것 같습니다. 대학 때만 해도 '군부 독재의 전횡에 맞서 다수의 이해와 요구를 반영하는 제도'로서 민주주의를 꿈꾸었는데요. 이젠 '정당들이 투표자 다수의 관심이나 선호에 반응하는 노력이 민주주의'라는 저명한 학자의 상식적 정의에도 불같이 화를 내게 됩니다. 무엇보다 '다수의 선호에 반응한다'는 말이 아주 폭력적으로 느껴집니다. 때를 확정할 수는 없지만 언제부턴가 제게 나쁜 물이 든 것 같습니다. 저는 제게 일어난 '존재 염색'의 상당한 혐의를 이 노들야학에 두고 있습니다.

제가 노들과 만난 지는 한 5년 된 것 같습니다. (물론 2001년 이동권 투쟁 때부터 마음을 빼앗겼습니다만.) 사실 민주주의라는 말은 제게 가치만 있지 용도가 없는 10원짜리 동전과 같았습니다. 구석 어딘가에 처박아두었을 뿐이지요. 그래서인지 다수 시민의 상식과 통념에 저항하는 이들의 투쟁을 보면서도 민주주의와 긴장을 형성한다는 생각을 별로 하지 않았습니다. 민주주의를 과거 보물상자에 넣어둔 채 꺼내보질 않았으니까요. 그 대신 '소수성'이라는 말을 자주 사용했습니다. 노들과 함께한 이래로 말입니다. 그런데 이제 두 말이 불편한 관계에 있음을 느낍니다.

그동안 이동권을 보장하라며 지하철 집단 탑승을 시도하는 나쁜 장애인들을 보았고 그들에게 법질서는 지켜야 하는 게 아니냐고 야단치는 선한 시민들을 보았습니다. 그동안 저상버스와 활동보조인은 언제 늘리고 감옥 같은 시설에서는 언제 빼줄 거냐며 여기저기를 점거하는 과격한 장애인들을 보았고 우리 경제 여건과 국민정서상 그건 시기상조라고 말하는 선한 공무원을 보았습니다. 그런데 놀랍게도 이제 그런 선한 사람들에게 제 자신이 20~30년 갇혀 있던 장애인이라도 되는 양 오버하고 흥분하는 걸 봅니다.

민주정부 아래서 치열한 싸움을 시작했던 이 '반민주주의자들'이 도대체 언제 제 안에 들어온 걸까요. 민주주의에 대한 책을 쓰는 동안 이들의 명령을 받는 것 같았습니다. '민주주의를 사랑한다면, 사랑할 만한 민주주의를 만들어내라'고 말이지요.

곰곰이 생각해보면 이들은 제게 진리를 입증하지도 않았고, 교묘한 말로 꾀지도 않았습니다. 저를 설득한 것도 반박한 것도 아닙니다. 물론 저를 교육시키지도 않았지요. 이 모든 것들은 말의 영역, 논리의 영역, 이성의 영역, 한마디로 로고스의 영역입니다. 엄밀히 따지고 보면 교육자는 저였습니다. 저는 노들야학에 인문학 강사로, 불수레반 철학 교사로 참여해서 말을 던졌습니다. 저는 말하는 사람이었고 설득하는 사람이었고 교육자였습니다. 제 수업을 듣는 중증장애 학생들 대부분은 한 마디의 말을 하기 위해서도 너무 힘든 노력을 해야 했습니다. 말은 분명 제가 했습니다. 그런데 왜 제가 물들었을까요. 모를 일입니다.

저는 이제 과거와 다른 색깔의 말을 합니다. 존재가 다른 색깔로 물든 겁니다. 말하는 이가 개입하는 것보다 더 깊은 곳에 말할 수 없는 이들이 개입한 것 같습니다. 이게 뭘까, 생각해보고 또 생각해봅니다. 노란 들판, 노들의 그 노란 물이 제게 어떻게 배어든 걸까요.

"장애인들을 바꾸려면 물리적 요법과 화학적 요법을 함께 써야 합니다. 집회장에 강제로라도 끌고 나오는 게 물리적 요법이라면 술 먹이면서 은근이 말려들게 하는 게 화학적 요법이지요."

언젠가 박경석 선생이 한 말인데 오늘따라 '화학적 요법'이라는 그 말이 귓가에서 맴돕니다. 술의 효능은 잘 모르겠습니다만, 노들이라는 도가니 속에서 제게도 일종의 화학적 요법이 작동한 것 아닌가 싶습니다. 존재를 염색하고 변형시키는 어떤 화학이 노들에서 작동하는 것 같습니다.

5교시

뒤풀이

우리는 왜 노들에 간도 쓸개도 다 빼줄 듯이 굴었나

내가 노들야학에 홀딱 빠졌던 것은 스물세 살 때의 일이었다. 부모가 반대하는 남자와 사랑에 빠져 야반도주하는 여인처럼 나는 급작스럽게 임용고사 준비를 제치고 장애계에 입문하여 아버지 등에 칼을 꽂았다. 왕십리에서 가장 싼 고시원에 방을 얻고 교육학도로서 비판해마지 않던 학원 시장에서 알바를 했다. 살면서 가장 심장이 요동치던 때였다. 요동치는 심장을 따라 산다는 것은 행복하지만 고단한 일이었다.

야학에는 나 같은 이들이 많았다. 누구네 아버지는 야학에 불을 지르겠다고 협박을 했고 누구네 엄마는 아들의 마음을 앗아간 노들인지 뭔지에다가 "딱 너 받는 쥐꼬리만 한 월급만큼만 충성하라!"고 미움을 쏟아냈다. 우리는 이 작은 학교를 이끌었던 절반의 주체인 '비장애인'들이었다. 그리고 이것은 물론 "요즘 세상에도 야학이 있어요?" 하는 그런 시절의 이야기다.

우리는 왜 그렇게 노들에 목을 매었고 간도 쓸개도 다 빼줄 듯이 굴었나. 어쩌자고 그렇게 유치한 애정고백을 경합하기 위해 백일장을 열었고 심지어 그 연적들마저도 사랑해버렸나. 정작 노들은 우리 비장애인들을 노예처럼 부렸고 한겨울에 다 큰 남자를 쫄쫄이 하나 입혀 무대에 올리는 만행도 서슴지 않았으며 허구한 날 침낭 하나 안긴 채 차가운 아스팔트 위로 내몰기 일쑤였는데.

어떤 이는 그것을 두고 마약이라 했고 어떤 이는 종교, 어떤 이는 연애라고 했다. 공통점이 있다면 딱 떨어지게 설명이 잘 안 된다는 것. 나는 오래전부터 거기에 어떤 중요한 메시지가 있을 거라고 생각해왔다. 일명 비장애인이 노들야학에 미치는 이유. 혹은 노들야학이 비장애인에게 미치는 영향. 그러나 이 과제는 나에게 지극히 어려운 것이며 그것을 푸는 이 글은 다분히 편파적일 수밖에 없음을 미리 밝혀두어야겠다. 왜냐하면 노들은 나에게 마약, 종교, 연애, 그 모든 것이었으므로.

노들야학을 한다는 것

우선 노들장애인야학의 정체부터 한마디로 설명하기 어렵다. 1993년 출발 당시 그것은 분명히 교육받지 못한 장애인을 위한 학교였다. 그러나 2001년 이동권 투쟁 발발 이후에는 투쟁 현장이 있을 때마다 그 타격 대상에 알맞게 사람을 파견하는 용역 집단처럼도 보였고, 요즘 들어서는 잃어버린 가족을 찾아주거나 부모가 반대하는 결혼을 추진해주기도 하는 정체불명의 흥신소나 종합기획사 같기도 하다.

나는 지난 1년 동안 야학의 20년 역사를 정리하면서 그 모호한 정체성을 건어내보려고 용을 썼지만 결국 실패했다. 그리고 이제야 어렴풋이 깨달았다. 야학이 '모호함'을 그 정체성으로 삼고 있다는 것을. 노들에 어떤 힘이 있다면 바로 거기서 나올 것이라는 사실도. 이유는 그 구성원들이 노들야학을 '하는' 특유의 방식 때문이다.

나는 '노들야학을 한다'는 일이 일종의 '몸으로 말해요'이자, '빨강이란 낱말 없이 빨강의 속성을 설명하기'와 같은 게임의 방식과 비슷할 것이라고 생각한다. 너의 마음속에 몽글몽글 피어오르는 것 혹은 부글부글 끓어오르는 것을 표현하되 절대 '사랑'이나 '혁명' 따위의 말을 쓰지 않을 것. 백 마디 말이어도 좋고 단 한 번의 눈빛이라도 괜찮다. 그러니 사람들은 기역니은에도 무언가를 녹이고 화장실 활동보조를 할 때에도 무언가를 드러내며 추운 밤 노숙농성을 함께하는 옆 사람에게도 어떤 것을 표현한다. 사람마다 다르고 정답도 없다. 더 사랑스럽고 더 혁명적인 것은 무궁무진하다. 가장 사랑스럽고 가장 혁명적인 것은 아직 표현되지 못한 것이다.

에스키모의 언어에 '눈(雪)'을 가리키는 단어가 수십 가지로 발달해 있듯이, 노들에는 '몸'이나 '고통'을 표현하는 언어와 몸짓이 다양하게 분화되어 있다. 그것은 이 문화권에 '말할 수 없는 고통' 혹은 '몸으로 말하는 고통'을 읽고 듣는 감각이 예민하게 발달해 있기 때문일 것이다. 나는 그것이 이 학교가 가르치는 가장 중요한 덕목이라고 생각한다. 스물세 살의 나를 가장 놀라게 했던 것은 장애인이 처한 열악한 현실 그 자체라기보다는 그것을 표현하고 바라보는 그들의 풍부한 어휘와 섬세한 태도였다. 그것은 낯설고 아름답고 강렬했다.

너를 믿어도 좋다

평범한 비장애인으로 살아온 나에게 삶은 선착순 달리기 같았다. 고등학교 2학년 체육시간. 10등까지 가려내고 교사는 다시 호각을 불었다. "뛰어!" 나머지들은 또 달렸다. 꼴찌그룹이 만들어질 때까지 달리기는 계속되었다. 뒤처진 친구들을 보며 안도하는 내가 싫었지만 그러고도 나는 끝내 죽을힘을 다해 잘도 뛰었다.

그렇게 달려서 도착한 대학교 4학년. 나는 또다시 거대한 달리기의 출발점에 서 있었다. 임용의 문은 좁고 달리는 사람은 넘쳤다. 책 읽으며 나누었던 좋은 가치들은 모두 합격 이후로 유예되었고 사람들은 옆 사람을 경계하며 미친 듯이 자기를 착취했다.

나도 도서관에 자리를 배정받고 노량진 학원에도 다니기 시작했다. 좀처럼 시동이 걸리지 않아 오래 고생을 했다. 그럼에도 불구하고 할 수 있는 것이 아무것도 없었으므로 조금만 더 버티다 보면 언제 그랬냐는 듯이 또 달리게 될 것이었다. 어쩌면 제법 잘 달릴 수 있었을지도 모를 일이다. 노들을 만나지 않았다면 말이다.

누구는 가산점 1점을 위해 각종 자격증을 따는데 누구는 아직 제 이름 석자도 배우지 못했다고 했다. 어떤 이는 평생 죽을힘을 다해 달려왔는데 어떤 이는 평생 같은 자리에 누워 창밖만 바라보았다고 했다. 처음엔 그저 연민이나 분노인 줄 알았다. 나를 잠시

모든 건 거기서부터 시작되었다. 내가 너를 믿어도 좋다는 사실을 깨달았을 때,
내가 나를 믿어보기로 결심했을 때, 그리고 그 아름다움에 나를 던져보기로
마음먹었을 때. 그런 존재는 누구도 말릴 수가 없다.
사랑과 믿음과 중독의 속성이 그러하듯이.

멈춰 서게 한 그 힘은. 그러나 할 수 있는 게 아무것도 없을 것 같았던 그들이 벼랑 끝에서 스스로 몸을 던져 길을 만드는 것을 본 뒤 나는 깨달았다. 그것이 아름다움임을. 인간이란 존재는 어떠한 조건 위에서도 존엄함을 포기하지 않는 한 그러하다는 것을. 그래서 그들을 믿어도 좋다는 사실을.

우리가 지켜주지 못해 안달했던 것은 아마 그것이었을 것이다. 연약해서 더 날카롭게 빛나던 그 아름다움을 지켜주고 싶어서 누구는 장애인이 일할 수 있는 공장을 만들었고 누구는 그들의 이야기를 마음껏 펼칠 수 있도록 극단을 만들었다. 어떤 날은 구청 앞에 불을 피우고 '활동보조서비스 더 있었더-라면'을 끓여 먹었고, 어떤 날은 제 스스로 감옥으로 들어간 교장이 외로울까봐 구치소 앞으로 몰려가 수업을 했다. 그리고 어떤 이는 제 몸으로 지하철을 막겠다는 학생 하나를 선로에 내려주었고 그 죄로 구속되었다.

노들은 아마 알고 있었을 것이다. 자신 앞에 무릎을 꿇고 유치한 연서를 읊어대기 시작한 이들이 벌이게 될 어마어마하게 비효율적이고 위험한 일들을. 그 폭발적 힘이 오직 그 자신들 속에서 나오게 되리라는 것을. 그리하여 노들은 보여주고 싶었을 것이다. 너희 안에는 이미 게바라*도 있고 프레이리**도 있다는 것을. 그러니 너희 자신을 믿어도 좋다는 사실을.

---

* 체 게바라 : 아르헨티나 출신의 쿠바 혁명가.

** 파울로 프레이리 : 브라질의 교육사상가. 그가 쓴《페다고지》는 제3세계 민중교육학의 고전이다.

우리를 믿어도 좋다

오래전 내가 선착순 달리기의 대열에서 빠져나오기로 결정하고 도서관의 자리를 정리했던 날, 책상 위에는 노들이 나에게 건네었던 문구가 적혀 있었다.

"만약 당신이 나를 돕기 위해 이곳에 오셨다면
당신은 시간을 낭비하고 있는 것입니다.
그러나 만약 당신이 여기에 온 이유가
당신의 해방과 나의 해방이
긴밀하게 결합되어 있기 때문이라면,
그렇다면 함께 일해봅시다."

모든 건 거기서부터 시작되었으리라. 내가 너를 믿어도 좋다는 사실을 깨달았을 때, 그리고 내가 나를 믿어보기로 결심했을 때, 그래서 그 아름다움에 나를 던져보기로 마음먹었을 때. 그런 존재는 누구도 말릴 수가 없다. 사랑과 믿음과 중독의 속성이 그러하듯이.

에필로그
노들의 전부인 우리에게

내 꿈은 선생님이 되는 것이었습니다. 하지만 우리 사회에서 교사로 산다는 것, 그건 참 힘들고 위험해 보이기까지 하더군요. 스물세 살의 나는 자신이 없었습니다. 방황하던 그때 당신을 만났습니다.

'숨 쉬는 것 빼고는 모든 게 차별'이라고, 30년을 집 안에만 갇혀서 수인(囚人)처럼 살아왔다고 했습니다. 우리가 만나서 했던 첫 번째 일은 바로 일상을 만드는 것이었지요. 지하철을 타고 학교를 다니고 친구를 만나 밥을 먹고 영화를 보는 그런 평범하고 눈부신 일상 말입니다.

그것은 또한 얼마나 지켜내기가 버겁던지요. 우리는 차별의 백만 가지 얼굴을 보았습니다. 그 하루하루들은 정말이지 온몸으로 밀어야만 겨우 가질 수 있는 것이었습니다.

당신이 나에게 말했었지요.

"일상의 모든 현장이 교실이고, 네가 사랑하는 사람들의 삶이 가장 훌륭한 교과서다. 기역니은을 가르치기 위해 때로는 그 사람의 인생 전체가 필요하다."

그리고 나에게 물었습니다.

"그 인생에 휘말려들 준비가 되었는가. 노들을 마주할 준비가 되었는가."

'일상'이란 말은 내가 노들에서 배운 가장 멋진 말이었습니다. 그리고 가장 단단한 말이었습니다. 나는 이 근사한 학교의 선생님이 되고 싶었습니다.

얼마나 억눌린 게 많았던지 당신은 '미안하다'는 말을 달고 살고 나는 '괜찮다'는 말을 달고 살았었지요.

"소리 질러도 괜찮아요. 울어도 괜찮아요. 싸워도 괜찮아요. 무서우면 같이해요."

우리의 대화 끝에 항상 마침표를 찍던 '같이해요'라는 말, 그건 또 얼마나 무겁고 무서운 말이던지요. 열 번 스무 번 고민하고 나서야 겨우 입 밖으로 꺼낼 수 있는 것이었습니다. 이곳에서의 말은 입으로만 할 수 있는 것이 아니더군요. 누군가를 조직한다는 것이 결국 나 스스로를 조직하는 일이었음을 시간이 한참 더 흐른 후에야 깨달았습니다. 그 시간 속에서 가장 많이 변한 건 바로 나 자신이었으니까요.

우리에겐 할 말이 있었습니다.

"우리는 지금 이대로도 충분한 존재이다. 세상에는 그 머릿수만큼 다양한 몸의 차이가 있고, 그것이 모욕과 멸시의 이유가 될 수 없다. 우리에게도 지키고 싶은 삶이 있고, 그것을 다 빼앗긴 존재들에게 필요한 건 적응이 아니라 저항이다."

당신을 따라 그 말을 외칠 수 있어서 행복했습니다. 그리고 그 말을 따라 사느라고 조금 고단했습니다.

스무 해.

잡히지 않는 희망을 망연히 바라보면서가 아니라, 하루하루를 온몸으로 밀면서 온 시간이었습니다. 평범한 사람들이 이어서 걷고 달리고 굴려서 온 그 20년. 나는 우리의 역사가 자랑스럽습니다.

당신이 버텨주었으므로 나도 버틸 수 있었고, 내가 버텼으므로 어느 날의 당신도 버틸 힘을 얻었겠지요. 우리 모두에게 수고했다고 칭찬해주고 싶습니다. 진심으로 지극한 것들은 다른 길을 걷더라도 같은 길에서 만나게 된다고 했습니다.

우리 앞으로도, 오래, 만날 수 있었으면 좋겠습니다.

2014년 5월
노들장애인야학 20년사 정리를 마무리하며
교사 홍은전 드림

추신
지난 20년 동안 이 지루한 이어달리기를
지켜보고 응원해주신 많은 분들께
세상에서 가장 애틋한 마음을 담아 보냅니다.
노들과 함께해주셔서 고맙습니다.

추천의 글

새로운 길을 내는 사람들

장일호 《시사IN》 기자

《노란들판의 꿈》에는 '9를 위한 변명'이라는 제목의 글이 있습니다. 저는 그 글의 많은 부분에 밑줄을 그었습니다. 마치 제 일기장 같았기 때문입니다. 이를테면 이런 문장이었습니다. "장애인 출현율 10%. 열 명 중에 한 명은 장애인이다. (……) '1'들이 말하는 세상은 야만적이었다. 그러나 내가 자라온 세상은 한번도 '1'의 눈으로 세상을 바라보라고 가르치지 않았다. (……) 그들의 가혹한 세상살이를 알면 알수록 나는 내가 '1'들과는 다르다는 사실에 깊이 안도했다. 그 차이가 있는 한 저들에게 일어난 일은 결코 나에게로 넘어오지 않을 것이므로. 나는 안전한 '9'였다."

안녕하세요, 저도 9입니다. 기자인 저는 장애인을 취재하면서 잘 알아듣지 못해 미안했던 순간들, 취재 후 도움을 요청하는 장애인들을 귀찮아했던 시간들을 어쩔 수 없이 떠올려야 했습니다. 책을 읽는 내내 자신을 '9'라고 고백한 저자의 마음에 제 마음을 겹쳐 보았습니다.

'짤리지' 않을 기사 아이템의 조건 중에 시의성이 있습니다. 언론이 장애인을 기사로 다루며 가장 많이 생색내는 날에 저도 숟가락을 얹은 적이 있습니다. 기자 초년생이었던 2010년 4월 20일 장애인의 날은 장애인의 날 30주년이었습니다. 당시 취재수첩을 뒤져보니 이런 메모가 나왔습니다. '당사자 운동. 시혜와 동정의 대상으로 전락시켜온 장애인의 날 거부. 4월 20일을 장애인 차별철폐의 날로 만들겠다는 목소리 꾸준. 이들이 거리로 나올 수밖에 없는 이유는?' 이를 다시 교통권과 주거권, 교육과 성, 노동의 문제로 쪼개어 못 알아볼 글씨로 적어뒀더군요. 모르긴 몰라도 취재 과정에서 자연스레 노들야학을 거쳤을 겁니다. 기사를 찾아보니 낯 뜨거웠습니다. 그런 기사를 '싸놓고'(써놓고 아닙니다) 한참 잊고 있었습니다. 어쨌든 저 역시 안전한 9였기 때문입니다. 기자에게 장애인 관련 아이템은 '더는 새로운 기사가 나올 게 없는' 레드오션입니다. 아무리 체험하고 또 해도 결국 9의 자리에서 9의 시선으로 쓰게 될. 혹은 연민이나 동정에 호소하거나 애써 희망적인 이야기를 찾아 '팔리는' 기사를 쓰기 십상입니다. 쉬운 길이죠. 그래서 많이들 검증된 그 길을 가거나, 그냥 잊고 지냅니다. 아시겠지만 정말이지 세상에는 너무 많은 문제들이 있으니까요.

그래서 어떤 책들은 불방망이 같습니다. 이 책이 그랬습니다. 에둘러 가지 않습니다. 노들야학 소식지 99권과 교사회의록 40권, 수천 장의 회의록과 20년간의 일지들을 수북이 쌓아놓고, 그 위에 새로운 길을 냅니다. 20주년사를 정리하는 만큼 그 지난하고도 아름다웠던 세월을 포장하고 싶은 마음, 짐작컨대 왜 없었을까요. 저라면 우리 대견하다고, 이만하면 잘 살아냈다고 쓰고 싶었을 것 같습니다.

그러나 저자는 서문에 이렇게 씁니다. "사람들은 노들에게 밝고 희망적인 것을 기대하지만 나는 노들의 어둡고 절망적인 얼굴을 더 많이 알고 있다." 정직한 기록만이 역사가 될 자격이 있습니다. 그들이 비틀거리며 지난 20년간 걸어온 길이 바로 한국 장애인 운동사입니다. 저자의 말마따나 "우리가 함께할 수 있는 일은 실패를 시인하는 것일지도" 모릅니다. 그러나 노들의 한계가 바로 우리 사회의 한계이고, 우리는 그 실패의 자리로 몇 번이고 다시 돌아가 새롭게 출발해야 합니다. 이 책은 바로 그 자리입니다. 1의 불행은 사회의 건강함에 대한 리트머스입니다. 더는 후퇴하지 않아야 할 가치들을, 저는 이 책에서 새삼 깨달았습니다.

책을 덮고 초등학교 졸업앨범을 열어봤습니다. 초등학교 때 같은 반이었던 뇌성마비 장애인 L이 생각났기 때문입니다. 그 애의 하교를 도와주던 어느 날, 계단을 내려가던 그 아이 머리 위로 왁스대걸레가 부벼졌습니다. 제가 대신 화를 내자 남자애 서넛이 히죽거렸습니다. "야, 너 L이랑 사귀냐?" 그 말이 왜 그렇게 죽도록 싫었을까요. 어쨌든 못난 저는 그날 이후로 그 아이의 하교를 더는 도와주지 않았습니다. 통합교육을 시키려 했던 그 애 엄마의 피곤한 얼굴이 부지불식간에 떠오를 때마다 저는 지금도 괴로워

지곤 합니다. L은 지금쯤 어떤 모습으로 자기 삶을 꾸려가고 있을까요. 그 애는 살면서 노들을 만났을까요. 노들이라는 '행운'이 그 애 삶에도 개입하고 있으면 좋겠다고 생각해봅니다.

추천의 글

당신의 해방, 나의 해방

《오늘의교육》편집위원 **이계삼**

1.

만약 당신이 나를 돕기 위해 이곳에 오셨다면
당신은 시간을 낭비하고 있는 것입니다.
그러나 만약 당신이 여기에 온 이유가
당신의 해방과 나의 해방이 긴밀하게 결합되어 있기 때문이라면
그렇다면 함께 일해봅시다.

— 노들장애인야학 교사모집 광고 중에서, 사파티스타 농민 투쟁의 구호를 인용

지하철 엘리베이터, 길거리 어디서나 볼 수 있는 저상버스와 장애인 콜택시, 활동보조서비스 제도, 오늘날 이 나라의 장애인들이 누리는 그나마의 시민적 권리는 '노들'로부터 시작된 진보적 장애인 운동의 성과이다.

지난 10여 년간 이 나라의 사회운동은 끝없이 시들어왔지만, 진보적 장애인운동은 그 간난신고의 세월 마디마디마다 옹골찬 승리를 이끌어냈다. 그 시작은 '노들'이었고, 노들은 민들레 씨앗처럼 온 나라 방방곡곡 장애인운동의 자리로 퍼져나가 곳곳에서 꽃을 피웠다.

어느 교사 출신의 시인은 '유리창을 닦으며 모르는 사이에 하늘을 닦던 아이들'을 노래했지만, 이 책을 읽은 이들은 '노들'의 식구들이야말로 '살기' 위해 투쟁하고 '살기' 위해 사랑하였으나, 모르는 사이에 '하늘을 닦은' 이들임을 알게 될 것이다.

2.

홀린 듯 이 책을 읽어 내렸다. 읽으면서 교육 바닥에서 일하고 발언했던, 그러나 실상 무력하기만 했고 핵심에서 비껴서 있었던 나 자신을 노들의 이십 년 이야기가 날카롭게 후려치는 것을 느꼈다. 현장에서 빌빌대던 내 비루하고 아픈 기억들이 흩어졌고 나는 자주 천장을 바라보며 한숨을 쉬어야 했다.

말이나 글로써만 동경을 피력했던 어떤 세계가 실제로 구현되어온 이야기를 나는 노들의 이십 년 역사를 통해서 만났다. 교육이 무엇인지 캐물었고, 교육을 통해서 사람은 어떻게 평등해지며, 자신의 운명을 어떤 방식으로 만나게 되며, 어떤 존재로 성장하게 되는지를 나는 늘 물어왔지만, 내가 머물렀던 공간에서는 답이 없었다. 그래서 나는 학교를 떠나야 했다.

나는 알고 있었다. 제도권이라 불리는 어떤 현장. 월급 받는 사람과 월급 주는 사람의 공모와 힘겨루기, 사회적 지위 경쟁의 마당으로 떠맡겨진, 학교라고 이름 붙여졌으나 배움과 상관없는 온갖 기술과 제도가 횡행하는 그곳에서 이제는 더 이상 그런 일이 일어나지 않으리라는 것을. '교육 불가능'이라고 하였으나 제도 바깥에서 교육은 꽃피고 있을 것임을. 그 현장이 바로 노들이었다.

거창한 대의가 아니라 그저 '살려고' 올라갔던 곳, 떠날 때가 되면 떠나는 것이 당연했던 시절에 장애인야학에 자신의 인생을 묶은 사람들이 빚어낸 뜨거운 이야기들. 우리는 불빛이 비치는 곳만이 현실이라고 말했으나 불빛 없는 곳에서 제 몸의 불을 밝혀 어둠을 밀어내고 스스로 빛이 되었던 장애인운동의 어기찬 역사를 만났다. 나는 그 속살을 읽으며 나 자신이 자유로워짐을 느꼈다. 누군가의 머리에서 나와 누군가의 권유로 이루어진 기대의 체제가 아니라, 스스로의 마음에서 나와 스스로 희망이 된 사람들의 이야기를 나는 읽었다. 첫 마음의 변심과 첫사랑의 미움, 술의 희열과 숙취가 늘 날카롭게 대립하였으나 그들은 변심과 미움과 숙취를 고스란히 받아냈다.

계단 서른 개를 한 시간이 걸리도록 오를 때에도 바깥이 좋아서 나가는 일이 꿈만 같았던 사람들, 삼겹살에 소주를 먹을 때의 첫 느낌, 자신을 반겨주는 사람, 운이 좋으면 뒤풀이에 낄 수도 있었던 수많은 자리에서 그들은 희망이 되었다. 화장실에서 몰래 울던 장애인은 어느 날 무대 위에서 자신의 이야기를 노래하고 있었다. 자신이 언제 시설에 보내질지 모른다며 위기감을 피력하던 장애인은 맨몸으로 지하철 헤드라이트 불빛 앞에 버티고 서 있게 되었다. 누군가의 한글 실력이 천천히 그러나 틀림없이 늘어났던 것처럼 교사들도 천천히 진실하게 사람을 배워갔다.

희망과 절망 사이, 시도와 패배 사이, 엇갈리는 오해들과 일치의 기억까지 끝없는 망망대해를 노 저어 가던 모든 과정이 노들의 수업이었다. 장작불 같은 학교, 먼저 붙은 토막이 불씨가 되었고, 빨리 붙은 장작은 밑불이 되고 젖은 놈은 마른 놈 곁에 몸을 맞대어 활활 타올라 끝내 쇳덩이를 녹여 나가는 노들의 나날, 교육은 교육 바깥에서 희망이 되었다. 노들처럼 살고 노들처럼 투쟁하는 곳에 그 고색창연한 이름, '교육'이 있었다.

3.

"소리 질러도 괜찮아요. 울어도 괜찮아요. 싸워도 괜찮아요. 무서우면 같이 해요."

이것은 이 책을 통해 내가 파악한 노들의 '이념'이다. 그것은 우리가 이 거친 항해를 통해 도달할 어느 머나먼 항구와 같은 아련한 그리움과 희망을 우리에게 불러일으킨다.

노들의 이념은 온갖 차이와 다양성을 용광로처럼 품어주는, '나날의 삶-일상'과 그 속에서 함께 일구어낸 '삶의 공부-교육'으로써 정초되었다. 우리는 '어떻게 함께 살아가고—일상', '어떻게 함께 공부할 것인가—교육'. 노들을 통해 '일상'과 '교육'을 배우자.

노들의 교사이자 뛰어난 작가인 홍은전이 노들의 20년사를 풀어내었다. 이것은 훌륭한 이야기책이며 장애인야학과 장애인 투쟁의 역사를 속 깊게 갈무리한 역사책이기도 하지만, 나는 무엇보다 인간의 배움과 성장에 관련되는, 이 시대의 '교육학 교과서'로서의 높은 가치를 발견한다.

노들을 통해, 노들에게서, 배우자. 노들처럼 사랑하고, 노들처럼 투쟁하자.

그래서, 끝내 승리하자.

노란들판의 꿈

노들의 배움 · 노들의 투쟁 · 노들의 일상

초판1쇄 발행 2016년 4월 8일
초판3쇄 발행 2022년 4월 20일
지은이 홍은전

발행인 박지홍
발행처 봄날의책
등록 제311-2012-000076호 (2012년 12월 26일)
주소 서울 종로구 창덕궁4길 4-1 401호
전화 070-4090-2193, E-mail springdaysbook@gmail.com

기획 노들장애인야학
편집 박지홍
디자인 공미경
인쇄 · 제책 한영문화사

ISBN 979-11-86372-05-0 03810

이 도서의 국립중앙도서관 출판시도서목록(CIP)은
서지정보유통지원시스템 홈페이지(http://seoji.nl.go.kr)와
국가자료공동목록시스템(http://www.nl.go.kr/kolisnet)에서
이용하실 수 있습니다.(CIP제어번호:CIP2016007805)